英式下午茶

YINGSHI XIAWUCHA

赵红都 ◎ 著

花山文艺出版社

图书在版编目（CIP）数据

英式下午茶 / 赵红都著. —石家庄：花山文艺出版社，2019.4
ISBN 978-7-5511-4586-2

Ⅰ.①英… Ⅱ.①赵… Ⅲ.①中篇小说－小说集－中国－当代 ②短篇小说－小说集－中国－当代 Ⅳ.①I247.7

中国版本图书馆CIP数据核字(2019)第062825号

书　　名：	**英式下午茶**
著　　者：	赵红都
责任编辑：	张采鑫　贺　进
责任校对：	李　伟
装帧设计：	陈　淼
美术编辑：	胡彤亮
出版发行：	花山文艺出版社（邮政编码：050061）
	（河北省石家庄市友谊北大街330号）
销售热线：	0311-88643221/29/31/32/26
传　　真：	0311-88643225
印　　刷：	石家庄继文印刷有限公司
经　　销：	新华书店
开　　本：	700×1000　1/16
印　　张：	18
字　　数：	200千字
版　　次：	2019年8月第1版
	2019年8月第1次印刷
书　　号：	ISBN 978-7-5511-4586-2
定　　价：	39.00元

（版权所有　翻印必究·印装有误　负责调换）

目 录
CONTENTS

红都师兄和他的小说（代序）……………… 何 弘 001

柳枫镇的童话故事……………………………… 001
英式下午茶 …………………………………… 053
槐叶如琴 ……………………………………… 072
像狼叼一样孝顺 ……………………………… 114
非洲木雕 ……………………………………… 128
红口白牙 ……………………………………… 177
我们本以为他前程似锦 ……………………… 187
惊蛰 …………………………………………… 246

红都师兄和他的小说（代序）

□ 何　弘

赵红都是我的师兄。1982年，他从河南邓县（现为邓州市）考入南开大学中文系汉语言文学专业就读。两年后，我从河南新野考去，读的是相同的专业，这样，我们在南开大学的校园里共同度过了两年的时光，而且住在同一层楼。

新野和邓县是邻县，同属南阳管辖。但邓县是大县，很多年前人口就有一百多万，据说曾是全国第一大县。国家建南水北调工程，中线的渠首陶岔原本就属邓县，而且是邓县人牵头建的，但因为丹江口水库淹没了淅川的大量耕地，所以国家把包括渠首所在的两个乡划给了淅川。尽管如此，邓县的人口还过百万。焦枝铁路修建的时候，本来从南阳到襄阳过新野是直线，结果特意划个弧走了邓县。红都的老家构林在邓县东南部，离新野不远，这个弧一划，焦枝铁路就经过了他的家乡，他在一篇叫《柳枫镇的童话故事》的小说里专门写到了这条铁路的修建。

对焦枝线绕道邓县，新野人很不忿，念叨了很多年。南阳人注重老乡情谊，但同处一地，相互间就有争高低的心态，新野和邓县的民间较量当然不只是关于铁路线的争论。邓县有座福胜寺塔，建于北宋年间，原本有13层，高20丈余，后经战乱兵火，现存7层，成了名副其实的七级浮屠。邓县人对福胜寺塔一直引以为傲，民间有句顺口溜："邓县有座塔，离天一丈八。"新野人对此心里犯酸，抬出钟鼓楼打擂。新野的钟鼓楼现已不存，只有一处叫汉议事台的建筑，传说是刘备、诸葛亮等议事的地方。现存议事台为明朝重建，长方形，台基高3丈6尺，象征一年三百六十天，楼修八角，代表八卦。传说阁楼屋脊上的八条神龙，是诸葛亮为防御火灾而特意设计的，哪边有火，哪边龙头就会自动喷水。因此当年火烧新野，满城皆焚，独留议事台完好无损。据说阁楼台基上原本南边有魁文阁，北边有钟鼓楼，这些建筑合起来才是真正的议事台。议事台边原本还有太子阁，传说因为蜀汉后主刘禅出生于此而建，1958年还是"文革"期间被拆掉了。我母亲说她小时候是见过这些建筑的，隐约听她说台上现存的阁楼好像就是钟鼓楼，具体是不是没考证清楚。新野人搞"精神胜利"，就在邓县人顺口溜后加了两句，凑成首打油诗："邓县有座塔，离天一丈八。新野有座钟鼓楼，半截还在天里头。"新野钟鼓楼肯定是没有邓县福胜寺塔高的，但都是民间吹牛，总要吹大一些才过瘾。这其实类似"大跃进"时期的文学创作："稻谷堆得圆又圆，堆稻社员上了天。撕片白云擦擦汗，凑上太阳吸袋烟。"也算是"革命浪漫主义"的佳作了。

　　还说铁路。到郑万高铁规划时，两县又开始打擂。官方并未出面，首先是地方要服从国家的总体安排，不能有偏颇臧否，同时他们要么是这县人在那县工作，要么在两地都工作过，手心手背都是肉，没法分出个你我。因此，较量还是在民间展开，结果高铁就从邓州、新野的交界处穿过，名叫邓州东站，其实离新野更近一些，好像是给双方都有个交代，实际上很可能国家原本的规划就是如此。其实呢，铁路走新野，据说可节约十几亿的投资，并可为乘客节约一些时间和费用；但铁路哪有完全走直线的，总是拐一拐串起主要的城市站点。当时我和红都见面时,不时有在座的人提起这些事,我们两个都哈哈一笑,从未觉得这是个问题。明白人就应该和明白人相处,如果两人中有个糊涂蛋,就想闲吃萝卜淡操心,争出个子丑寅卯来;如果两个都糊涂,完了,会争得面红耳赤甚至头破血流。我和红都就不会为这些事操心,相处非常愉快,这就是和明白人相处的好处。但当年焦枝铁路这么一绕,我入学时就到了邓县坐车去天津,红都当然也是从这里走的,两人也因此有了更多的共同点。

说起火车绕远,话扯这么远,其实是想说我和红都很近,有共同的家乡背景、共同的求学经历和相似的工作经历,看待事物也有相似的观点。

我和红都读大学的时候,正值文学热,而更热的是西方现代主义的各种思潮。今天看红都的小说,还会发现受当年影响的痕迹清晰依然,其重要的特点是对作品形式的重视和对作品内在意义的追求。但当时红都似乎并不写小说,他写字,一手毛笔字写得相当漂亮,学校的书法展上时时可以看到他的书法作品。我那时的字写得极差,于是决定练字,临过颜真卿的《勤礼碑》等,但始终拿不出手。这让我对红都益发崇拜,觉得他是大大的才子。很多年之后,我负责文学院的日常工作,经常出去参加一些活动,主办者也许觉得文人就应该写得一笔好字,总是非常热情地铺上案子,死活也要让你写上几笔。我这时字还是写得很差,于是重新开始练字,临《集王圣教序》。而红都这时也开始重拾旧好,日日临池不辍,我们因此又多一项共同的爱好。

多年前,红都写过一篇小说,叫《鼻孔里的子弹》,以打麻将开篇,以打麻将结束。我知道红都雅好此道。我自己基本不主动找人打牌,只是偶尔遇到三缺一了就凑个数,这样就和红都在参加活动的过程中一起打过几次牌。后来红都闲时偶尔会喊我一起玩玩，说是一起打牌的朋友都觉得我牌品好，大家一起玩感觉愉快。一般牌品好的人在牌桌上难免会吃些小亏，未必能赢牌。但红都却不仅牌品好，而且经常赢。这就是智力问题了，说明才子赵红都确实是聪明人。这是我愿意和红都交往的另一个原因，和聪明而不是自作聪明的人相处，说话办事不费劲，不至于为很简单的事费半天口舌，不至于对牛弹琴或鸡同鸭讲。

红都打麻将还不仅仅是玩玩这么简单。别人打牌基本就是消遣，红都却通过打麻将观察人、了解人，按当下的说法，算是"深入生活"吧。红都说，打麻将最容易看出一个人的智力能力、修养境界和人品心性。打牌需要根据场上形势及时调整自己的策略，如果出牌不在路数，说明这人智力、能力有问题；如果一根筋，说明处事不灵活，不懂变通；赢时得意忘形，输时气急败坏，说明这人修养境界有问题，缺乏成大事的定力；而如果一个人打牌时过于算计，甚至搞些小动作，那就是人品有问题。收入本集的《红口白牙》，红都透过麻将众生相，把人性的丰富、幽微刻画得入木三分、生动有趣；叙事幽默滑稽、酣畅淋漓，极具反讽意味。就像这样，红都不经意间透过对生活深入细致的观察，写出了一篇篇富有生活气息和生动细节的小说，对人物的刻画生动饱满，非常到位，令人过目难忘，充分体现出一个作家对生活的敏锐感知能力。

红都不唯有才，还不流俗，对那些水平不怎么样又爱张扬之人，以及处事庸俗猥琐之人，他的一张嘴巴可不饶人。我觉得能让他青眼相加之人实在不多。红都有才，自然有些自负，但他自负却不恃才傲物，实际也是人情练达之人。对人如此，对作品也差不多。某种意义上讲红都是有文学洁癖的人，当代作品能入他法眼的也实在不多。

20世纪80年代中期，就是所谓的"85新潮"时期，我和红都正好在大学读书。那时，现代主义文学思潮深入人心，极大地影响了中国的文学创作，促使中国文学发生了极大的变化，魔幻现实主义成为当时活跃在文坛的那批作家至今无法摆脱的创作手法，"寻根文学"等红极一时。文学观念形成于那个时期的作家，通常都对西方文学有着异乎寻常的偏爱，对叙事、对表达形式特别重视，同时对作品的意义和价值有着深入的追求，这是这批生于20世纪60年代的作家与之前和之后作家的显著不同，相当容易辨认。红都就是这样的作家。

正因如此，红都对小说的理解从根本上说来自于欧美文学，而且主要并非古典主义的传统而是现代主义的观念。有一段时间，红都对东欧文学极为热衷，阅读了大量文学作品，并以此为参照，反思自己的创作，写出了一些叙事密度极高的小说。《红口白牙》《英式下午茶》就是这个时期完成的作品。这两篇作品以都以主人公不间断的言说展开叙事，一段写到底，叙事密度极大，形式探索的意味非常明显。这种对形式的注重，20世纪80年代盛极一时，此后渐渐退潮。这么说，似乎红都和当年的先锋作家走的是同样的路子，其实不然。红都早期的写作并没有赶形式实验的时髦，他注重的还是作品的内容和意义。

自新写实兴起以来，大量中国小说似乎除了简单复制现实和讲故事之外再没有其他内涵，文学性、思想性大大减弱。红都在先锋文学热时并没有表现出对形式探索的热衷，此时重新关注表达问题，其实是他长期对文学思考的结果，是他对当下小说写作流于故事的简单讲述、内容单薄无力的批判与反正。

最近，红都的写作更多关注到了他的故乡。自中国新文学发端以来，红都的家乡邓州便涌现出大量优秀的作家。比如姚雪垠，为大家熟知的是历史小说《李自成》，其实远在新中国成立前，他就创作有大量优秀的文学作品，不少描写的都是他家乡邓县的故事，《长夜》就是一部带有姚雪垠自传性质的长篇小说。近来如梁鸿,以写"梁庄"闻名,她写到的"穰",古称穰县,是现邓州市的一部分。又如周大新,他和红都的家乡都是邓州市构林镇,其很多作品写的都是家乡的事。这个构林,在红都的笔下,成了"柳枫镇",像《柳枫镇的童话故事》《槐叶如琴》《像狼叼一样孝顺》等写的都是枫柳镇的故事。而《红口白牙》《英式下午茶》虽然没直接写家乡,但仍然写到了"表哥",表明今天发生在城市的故事依然与家乡有着密切的联系。

当然,红都书写故乡,与传统的乡土文学其实是大异其趣的。比如,《柳枫镇的童话故事》采用儿童视角展开叙事,却与儿童文学根本不同。作品通过一个有些残忍的故事揭示了20世纪70年代农村的生活现实和人性现实。《槐叶如琴》是以多视角展开的叙事,对比了历史与现实。这表明红都对叙事一以贯之的重视。但与此同时,红都在小说中又引入了侦探小说元素。包括前面提到的几部作品,也包括叙事中规中矩的《非洲木雕》等,都带有传奇或悬疑色彩,有一些侦探小说的意味,作品可读性因而大大增强。但是,红都又绝不是在写通俗侦探小说,说他是对侦探小说的戏仿倒更贴切。他要使作品既可读又能借此完成对人性、对社会的深入表达。这说明红都对作品有明确意义追求的初心始终未变。

红都有才,对文学有自己深入的见解,在繁忙工作之余,能多年坚持文学阅读,并不断实践,以完成对自己熟悉生活的表达;他熟练运用多种叙事技巧,又能大胆将现代小说的表现形式和侦探小说的元素融为一体,这样的写作值得关注,值得期待。

红都的小说集即将付梓,拉拉杂杂谈谈对红都、对红都小说的一些感受,是想表达对师兄的一份敬意,表达对其大作出版的祝贺,并权以为序。

2019 年 3 月 4 日于北京

柳枫镇的童话故事

1

8月的一个午后,我和大庆走在西街上。我们准备去北大桥洗澡。

我十三岁。我不知道大庆有多大。在我眼里,他已经是个大人了,他的个子其实比很多大人都高。我不上学的时候,大庆喜欢找我玩儿。大庆小时候得过脑膜炎,发高烧把他的脑子给烧慢了。他的智力没有他的个子长得快。他上到五年级,再也上不下去了。镇上人都叫大庆憨子、傻子或者信球、二百五,半大的孩子总是戏耍他,欺负他。我从未取笑过大庆。大庆对我好,总把他认为好的东西送给我。他送过我糖果、鸟蛋、雨花石、塑料糖纸,还有一只小兔子和一只小鸟。兔子和小鸟都让我养死了,每次都很伤心。大庆陪我把它们埋在了柳枫河岸边的小树林里。

太阳火辣辣的。白亮的光线挤满了街道,刺得人睁不开眼。大人们都躲了起来。街上几乎没有人。几只鸡在垃圾堆上安静地啄食。四周臭烘烘的。狗在屋檐下吐长了舌头,呼呼喘气,肚子一起一伏的。我们不怕热。我们走到表哥的肉铺前。我看到表哥躺在屋内地上铺着的竹席上。表哥光着膀子，摊开四肢，发出巨大的鼾声。他门口的肉架上挂着一只猪后腿。他身边的水盆里泡着一堆猪肠子。绿头苍蝇围着猪肠子、肉架子起起落落，发出嗡嗡的声音。我闻到了浓重的油盐酱醋和糖果混合的复杂气味。我们走到了糖烟酒门市部的门口。那是我两个舅爷的店。他们是亲弟兄，长得极其相像，乡下来赶集的人很难把他们分清。但我很早就能分得清，大舅爷见了我会给我糖果吃，二舅爷见了我会屈其中指狠敲我的头顶。我不知道二舅爷为什么喜欢敲我的头顶，很疼，有时疼得我流眼泪。来，吃个栗子。他敲我一下。不见得是以此取乐，因为每次敲我时，他总是一本正经的。我怕他，也恨他，每次见到他，我总是躲着走。我不想吃他的栗子。现在大舅爷坐在柜台后的椅子上打瞌睡，手中的大蒲扇偶尔扇一下。二舅爷拿着苍蝇拍在柜台上凶狠地打苍蝇。我装着往另一边看，另一边的墙壁上有我去年用石灰写的标语："我们一定要解放台湾。"我觉得"解"字的左偏旁没有写好。如果现在写，会写得更好一些。毕竟那时我刚刚加入学校的宣传小组。我们写标语、出墙报、画漫画已经一年多了。我的美术字大有长进了。我们走到了鞋匠老马的门前。老马正有气无力地修一只鞋底。他抬头看我们一眼，老马的一张蜡黄的马脸越来越长了，他的眼窝塌得更深了，他的样子让我害怕。在老马的身后，我看到马蓝蓝在他们家后院的树荫下洗衣服。蓝蓝坐在小凳子上，面前是一个巨大的木盆，搓板杵在木盆里。蓝蓝穿着带红色小方格的衬衫，她把袖子捋到手肘部，露出白生生的两条手臂，随着双手在搓板上的移动，无数的光斑在她的身上跳舞。我低声叫了一声蓝蓝。蓝蓝抬头看了我一眼，又迅速低下了头。我觉得蓝蓝的眼圈是红的。我觉得蓝蓝在哭泣。老马用他那双深陷发黄的眼睛恨恨地盯着我。我不敢停下来。我和大庆继续往前走去。蓝蓝比我高一个年级。蓝蓝画画很好看。我们都在学校的宣传小组。每次从西街过,我都希望能看到蓝蓝。我觉得蓝蓝是我们镇上最好看最温柔的女孩儿。

吃个冰棒才美呢。大庆说,舔了舔嘴唇,眼睛盯着磨角楼前的一个推自行车卖冰棒的。他的冰桶用一条脏得看不清颜色的被子捆扎着,固定在后衣架上。

我也想吃。我说,可我没有钱。

我心里想,蓝蓝是怎么了?她为什么哭泣?

我有。大庆从裤头的口袋里摸出一张皱巴巴的一毛钱,笑眯眯地看着我。

哪来的?

我在人民会场捡的。

还去啊?你不怕那里有鬼?

我们镇上的人民会场因为三年前的一场演出,踩死过三个小孩。从那以后再也没启用过。

我才不怕呢。大庆说,嘿嘿,你迷信。

我知道,大庆总是从后边的厕所处翻墙进人民会场。他像个探险者或者寻宝人那样,总能找到喜欢的东西。他送我的雨花石就是在那里找到的。

我们吃着冰棍拐到北街上。乌嘴头儿郭林不知从何处突然出现在我们身边。郭林细胳膊细腿,个子比我高半头。他长着一张小白脸,白脸上有一双大眼睛,但他的嘴唇一年四季都是乌的。他穿着红背心,细腿上是一条绿色的喇叭裤,裤腿拖在地面上。

憨子,也给咱买支冰棒吧。郭林乌着嘴说。

我没钱了。我就一毛钱。

郭林早就不上学了,整天在街上混。有一段时间,我们镇上来了一个玩魔术杂耍的草台班子,离开时,带走了郭林。郭林对我们说,他不学吞剑、钻火圈。他要跟师傅学扫堂腿。等我学成了,我让你们躺着，你们就别想在我跟前站着了。他乌着嘴对我们说。过了一段时间，郭林留着长头发、穿着喇叭裤又在我们面前出现了。我们都等着看他的扫堂腿。但谁也没有看到过。我轻易不会出腿。他的乌嘴吹嘘说，伤人太厉害。他不出腿，但他出手。我们时常听说他掏包。每逢集日，他专对乡下来赶集的人下手。郭林成了我们镇上路人皆知的小偷。

憨子，你要是给我买了冰棒——郭林把他的乌嘴唇凑近大庆，说，我告诉你个好消息，绝对是你的好事。五分钱就换桩好事，多值。

我就一毛钱。五分钱一支，买两支，花完了。

憨子，你怪会算账哩。我看你不憨嘛。

我不憨。

不憨咋叫你憨子呢？

我不知道。我爹说我脑子比别人慢，我不憨。

你爹说你不憨。我也说你不憨。我也是你爹了。

郭林真可恶。我想让大庆打他一顿。但大庆从不打人。

我是你爹。大庆想了想，说。

信球货，郭林不计较，笑笑，说，真的没钱了？我不信。让我搜搜看。

郭林灵巧地把手伸进了大庆的裤头口袋里。

真是个信球二百五。郭林失望骂道。

我不喜欢乌嘴头儿郭林，不想让他跟我们一起走。我一点也不相信他的乌嘴里会说出什么好事。他就是欺负大庆，骗一支冰棒吃。

你做啥去？我问郭林。

北大桥洗澡啊，你们不是也去吗？

我们不去。

郭林咧着乌嘴坏笑着，不相信地摇摇头。

我拉了一把大庆的胳膊，扭头往回走。

憨子，郭林大声喊，冰棒吃你屁股里。

吃你屁股里。大庆生气地说。

大庆果然上当了。

吃你屁股里。郭林乐不可支，说。

吃你屁股里。大庆一点也不服软。

郭林张着乌嘴哈哈大笑着扭头往北大桥跑去。大庆哪知道这是个圈套啊。

如果沿着北街走，过了公社大门，过了邮局和粮管所就到了北大桥。我们走回十字街，拐到东街上，沿着往北的一个小胡同，我们来到了柳枫河边。

北大桥架设在柳枫河上，是青石板铺成的。过了北大桥是一条礓石土路，往北直通二十公里外的县城。桥面很低，几乎就伏在水面上，每逢下暴雨，上涨的河水就会把桥面淹没了。

盛夏时节，北大桥的东边是我们镇上男人的乐园。人们在河水里游泳洗澡，打闹嬉戏，比赛踩水的高度和扎猛子的长度。柳枫河两岸是茂密的杂树林，槐树、柳树、楝树、榆树、构树、桑树到处都是。水边丛生着芦苇和杂草，成了天然的屏障。春天到来时，槐花盛开，柳枫河两岸好像落了厚厚的雪，迷人的花香，引来成群的蜜蜂，嗡嗡的响声很远都能听到。异乡的养蜂人把蜂箱排列在河岸上。我们能从他们的窝棚里买到最新鲜的槐花蜜。

我们镇上人没有见过真实的游泳裤。无论大人小孩，我们都脱光了下水。无论大人小孩，时不时地就成了恶作剧的受害者。稍不留意，等他们上岸时，就会发现衣服找不到了，被人藏起来了。他们弯腰捂着下身，到处乱找。找不到，下到河里，过一会儿上岸再找，迟迟回不了家，引来一河的笑声。

北大桥的西边则属于女人的地盘。她们白天在岸边洗衣服，晚上也会结了伴下河洗澡。个别半大的坏孩子，有时会偷偷地一个猛子从桥东扎到桥西，胡乱在女人的身体上摸一把，再游回去。他们的水性真是好，整个过程头都不露出水面。引来女人的尖叫和笑骂。不走运的被老女人抓住了，可够倒霉的，不呛个半死，喝饱半肚子的河水，她们绝不会松手。

没到岸边，我们就听到河面喧嚣的声音。尖叫声、呼喊声、打闹声和着扑通扑通的跳水声，热闹极了。知了巨大的叫声笼罩了整个树林。我们在树林中藏好衣服，跳到了河里。

岸边有一棵歪脖柳树，它的树冠倾斜在水面上方，留下一片浓密的阴影。主干的分杈处，有一粗壮的横枝，那里是跳水的好地方。现在几个男孩正在争先恐后地往上爬，接连不断地跳下来。他们溅起巨大的浪花，消失在水面上，然后突然蹿出来，头发紧密光滑地贴在脑袋上，在阳光下闪闪发光，噗噗吐着嘴里的水，边扒拉着眼睛，边仰头冲上喊，跳啊跳啊。

我不是上树高手，我甚至称不上会上树。高手们手脚并用，猫着腰，蹭蹭就上去了，像猴子一样麻利。我需要紧紧抱着树干，一下一下地蹭，蹭得大腿生疼。这种笨拙的上树方式惹人耻笑，效率又低。我宁可偷偷练习上树，也不愿在众人面前丢丑。但我自忖这个歪脖柳树我也可以爬上去。只是我有点怵那往下的一跃。我的水性也很差。我不会踩水。他们能站在水里，仅靠脚的踩踏，露出肚脐眼。我稍一站直，无论怎么手脚并用，只有下沉的份。我也不敢扎猛子。我只会闭着眼闭着气慢慢蹲下去，在水里藏一会儿，很快钻出来。我躲他们远远的，但内心又很羡慕他们。我多想像他们那样爬上去，跳下来，溅起飞天的水花。我就是这么羞涩和懦弱。

郭林从水里爬到岸上,他没有急着上树。他站在岸边的阳光下,低头把小鸡鸡按下去,藏在两腿之间,他紧紧夹着两腿站在那里。鸡鸡在他的腿间消失了。

嗨,他冲我们大叫,细腰像蛇一样扭动着,说,像不像女的?

我们哈哈大笑。

郭林站到了横枝上。他先平伸双臂保持平衡,然后弯曲膝盖,摆动双臂,奋力一跃,胳膊同时前伸,空中划过一道白亮的弧线,一头扎进了水中。郭林的动作真漂亮,在场的无人能比。他们大多像鸭子一样,直接跳到水里。郭林四肢修长,皮肤雪白,像一只鹭鸶一样,直扎水底。

憨子,跳一个。郭林从很远的地方钻出了水面,奋力晃动着头上的长发,大叫道。

大庆往岸边游去。郭林一个猛子扎过来。

憨子,你不能在那里跳。郭林抹了一把他的长发,一本正经说,你不能跟我们小孩比,你是大人了。

你说在哪跳?大庆问。

你要上到高处。郭林指指更上边的树杈。

行。大庆说。

大庆开始上树。大庆是上树能手。我们镇上论上树,谁也比不了大庆。大庆自小受小孩子欺负,追得满镇跑,到处躲。后来他发现上到树上最安全。他们爬不上去。大庆爬到树上,哈哈笑,你们来啊,来啊。他在树上说。他们扔土块、瓦片砸他。大庆就往更高处爬。大庆越爬越高了。茂密的枝叶和高度阻挡了"敌人"的袭击。大庆在树上哈哈笑,你们来啊,来啊。大庆掏出小鸡鸡,往他们头上撒尿。尿液从树叶间哩哩啦啦流下来,撒得"敌人"一头一脸,抱头鼠窜。有一次,大庆躲在一棵桑葚树上。"敌人"撤退后,他在一个树杈上睡着了,像块石头一样掉了下来。我表哥从乡下收猪回来，走到树林里正好看见，急忙把猪拴在桑树上，抱起大庆就往卫生院跑。大庆嘴里吐出大团大团紫色的血，沾了我表哥一身。大庆悄无声息。表哥想这娃儿算是死透了。表哥气喘吁吁跑到卫生院，把大庆放到门诊的床上。大庆睁了下眼，嘴里还咀嚼着。大夫用棉签蘸了蘸大庆嘴边的血迹，皱着眉头，放到鼻子下闻了闻，说，不像血，有股桑葚味。大庆这才完全醒过来。他从床上下来，直接出门回家了。

大庆很容易地爬上了那个横枝。他继续往上爬。我们都站在水里，张着嘴往上看。我看到两个男孩在做鬼脸偷偷笑。郭林警告他们不准笑。我还没明白是怎么回事，只听大庆哎呀一声掉了下来，落到了离岸边不远的河水中。大庆从水里站起来，使劲甩着两只手。

臭死了，臭死了。大庆说。他的手上好像沾着黄泥，其实是大便。

洗澡的男孩们一阵尖叫，纷纷往远处游去。

不是我干的。郭林一脸无辜，说。

他没有逃跑，站在那里，装出和自己无关的样子。

就是你干的。我说。我知道是他。只能是他。

大庆很生气。他用河水洗净了双手。郭林往岸边走。他想离开。大庆站在水边，他先上了岸。他等着。郭林想从另一个地方上。但大庆上去抓住了他。大庆伸手从后边卡住了他的脖子。

你不能打我。郭林说。

我真的想让大庆打他。大庆比郭林还高半头，长得也壮实。但他只是卡着他的脖子。

你不敢打我。郭林说，我嘴唇乌。

我都听糊涂了。嘴唇乌怎么了，就要打他个乌嘴头儿。

男孩们这会儿都围了过来。

郭林，用扫堂腿。一个说。

就是，用扫堂腿。另一个附和说。

用扫堂腿把憨子扫到。第三个说。

我们还没见过你的扫堂腿呢。有人说。

我不会轻易出腿的，郭林艰难地扭头冲他们说，伤人太厉害。

你不敢打我。郭林看着大庆的脸，说，我嘴唇乌。嘴唇乌的人心脏不好。你一动手，我心脏病就犯了。我一死，你得偿命。

大庆就那么卡着郭林的脖子站在那里。他肚子下三角形的毛很旺盛，黑乎乎的一大片。郭林的毛很稀疏，只有不多的几根可怜地贴附在他苍白的皮肤上。他的鸡鸡小小的，无精打采地缩在两腿间，就像一颗蚕豆。我们围观的，也都缩着各自小小的蚕豆，两腿间一片光滑。

大庆不知道接下来该干啥。上岸风一吹，这会儿郭林的嘴唇更乌了。

你松开手。郭林挣脱了一下，没有成功。你放了我，我告诉你个好事。郭林讨好说。

啥好事？大庆问。

你要搬亲接老婆了。

就会骗我。大庆说，我没有老婆。

马蓝蓝好看不好看？

蓝蓝好看。

蓝蓝就是你老婆。

你骗我。

我不骗你。媒婆王大妞给我妈说，钉鞋的老马没钱治他的噎食病，你爹要是出五百块钱给老马看病，她就去给老马说，把蓝蓝嫁给你当老婆。

我的心里咯噔一声。我似乎又看到蓝蓝那双红红的眼睛在我眼前一闪而过。我一点儿也不想洗澡了。我上岸穿上衣服独自离开了。我沿着北街往南走。我想去见见蓝蓝。但走到十字街的磨角楼，我犹豫了。我害怕老马。老马就像一只阴沉的老狗卧在他们家的门口。我决定到供销社去看画画。

那段时间，县文化馆的两个画家住在我们镇上，为我们新建的百货商店磨角楼画布景。磨角楼从西街弯到南街上，其实并不是楼，是只有一层的平房，不能和县城大十字的百货大楼比。但和我们镇上老旧的铺面相比，已经是非常雄伟了。从底到顶，抹着灰色的水泥，宽大的暗红色钢窗上镶嵌着大块的玻璃。我们都盼着它快快开业。乡下来赶集的人，总是用手遮着额头，趴在窗户上向里窥探。内墙的白灰粉刷好了。水泥的地板抹好了。货架摆上了。就等画家们把布景画好，固定在货架的顶部了。

郭林净胡扯。我心里愤愤想，乌嘴头儿郭林的乌嘴里从来吐不出好话。马蓝蓝怎能和大庆连在一起。马蓝蓝怎么能嫁给大庆当老婆。马蓝蓝比我高一级，明年就该考高中了，高中读完要上大学。

马蓝蓝是我们镇上最美丽的女孩儿。我表姐有一次对着走过去的马蓝蓝的背影自言自语说，为啥成分不好的女孩儿都长得美？我表姐长着一张翘嘴，她上嘴唇微微外翻，像一种叫翘嘴白的鱼。我们都叫她翘嘴白。我的表姐翘嘴白提出的问题如此的独特，以至于引起了我的深思。可我并不赞成。我的同学里出身地主富农的多了去了，她们谁也没有马蓝蓝美。

老鞋匠老马是富农。多年前，每到春天，一个贩卖针头线脑的货郎会到我们镇上来，妇女们叽叽喳喳围着他买针买扣、买毛线布头。那年货郎离开的时候，马蓝蓝的妈也一起不见了。镇上人鼓动老马出去寻找，到老河口，到襄樊。老马不说话，从未离开过他的鞋摊。后来，媒婆王大妞把一个饿得奄奄一息的四川女

— 010 —

人领到了家门口，老马愣是没让进门。蓝蓝对老马很孝顺。十来岁的时候已经会给老马做饭洗衣服了。

老马得了噎食病，他的样子越来越吓人了。郭林说的会是真的吗？

我心里很难过。我不记得我有过这么难过的心情。大人们总是有很多秘密。大人们总是很难理解。大人们的世界总是很麻烦。

画家李老头儿以蓝蓝为模特画的那幅画应该完成了吧？蓝蓝手捧"毛选"坐在一棵槐树下。到时候，每一个到磨角楼图书柜台前的人，只要一抬头，就能看到蓝蓝的形象。

画画的地方是供销社的办公室，在磨角楼后。办公室中间放着一个乒乓球台。两个巨大的画架沿一边墙靠着。我走进去时，那个叫小王的画家正在画雷锋。雷锋手握钢枪，头戴棉帽，目视前方，身后是苍松翠柏。李老师在眯着眼睛端详画有蓝蓝的画面。已经画好的布景堆靠在一边的山墙上。

我喜欢看画画。我喜欢油彩味道。我喜欢那扔满桌子的颜料管和各种型号的油画笔。在这之前，我没有见过一张真正的油画，没有见过油画笔，那些精致的画笔让我着迷。我更没有见过一个真正的画家画画。我听说李老头儿曾是大学里的教授，犯错误才下放到了我们县。与他们相比，我们宣传小组的赵明老师只算是业余的。

小伙子，今天怎么不高兴啊？

李老头儿笑着和我打招呼。他五十多岁，白而瘦，高鼻梁上架着一副黑框眼镜，一双眼睛非常明亮。他的圆领白汗衫上沾了不少油彩。

我没有……

没有吗？他好玩儿地盯着我，哈哈，没有就好。快来看看我画得怎么样？

蓝蓝就在画布上。蓝蓝手里捧着"毛选"五卷，注视着远方。

她坐在一棵大槐树下的草地上,她的右腿前伸,左腿蜷在右腿的腿弯下,面前是一个池塘,身后是金黄的麦田。水面上倒映着蓝天白云。几只鸭子凫在白云上。蓝蓝穿着雪白的衬衫和蓝色的短裙,圆圆的膝盖露在裙边下。

真好看。我说。

不,他端详着画面,自言自语,这样太假了,破坏了画面的和谐。让她读一本什么书呢?《青春之歌》?不行不行。这孩子清纯脱俗,面容精致,清新如朝露,美丽如待放的花蕾。一双大眼睛那么安静,带着微微的羞涩和胆怯,有一种生命原初的脆弱和震颤。真是一双会说话的眼睛……

画家第一次见到蓝蓝就被迷住了。临放暑假前,我大着胆子邀请蓝蓝放假了一起去看画画。蓝蓝居然同意了。蓝蓝喜欢站在赵明的身边,看他画画。我想让蓝蓝见识见识真正的画家。

我觉得赵明画的就挺好的。我们走在街上,蓝蓝说。

那是你没有见过真正的画家。我说,你一看就知道了。

赵明在省里都得过奖!蓝蓝说。

姓李的画家是大学里的教授呢!我说。

我不喜欢她说赵明。

蓝蓝的个子比我高,她微笑着,扭头看了我一眼。她的眼睛弯弯的,她的眼珠黑黑的,她的眼白有鸭蛋皮那样淡淡的蓝。她穿着一件白色的的确良衬衣,胸口有两块儿尖尖的凸起。她身上有股好闻的香皂的味道。

真的是大学教授吗?蓝蓝说。

那还有假。我有点赌气,说,绝对是!

我不敢看她。我觉得有点喘不过气来。

要是考上大学我就学画画。蓝蓝憧憬说。

你要和赵明考到一个学校吗?我说。

我知道赵明也在准备考大学。

蓝蓝的脸颊突然红了。我不知道的。她低声说，我不知道我行不行。

你学画画吗？过了一会儿，蓝蓝说，咱们考到一个学校该多好啊。我们在学校等你。

我喜欢画画，我说，我想学画画。但我不想和你们一个学校。

我伤心死了。我感到我就要没出息地哭出来了。

那为啥？

我说不出话来。

那天我们一走进那间画室，李老头就盯着蓝蓝看。蓝蓝的脸红了。我喜欢看蓝蓝，但我从不敢那么盯着看。我只敢偷偷打量她。

这孩子像天使一样美丽。这孩子的眼睛会说话。李老头说。

我有一个想法，过了一会儿，他对蓝蓝说，我想以你为模特创作一幅作品，挂在你们百货商店的图书专柜上方。

蓝蓝的脸更红了。

李老师这是有创作冲动了。一旁的小王画家说。他认真打量着蓝蓝，接着说，李老师是咱省有名的人物画家，作品在北京获过奖。画你，是你的荣幸。

不，小王你不能这么说，这孩子给了我灵感和冲动，我想搞一次真正的创作，不同于我们现在的临摹。

作品完成你会舍得放在货架上？小王说。

我会，我把这幅作品送给柳枫镇，就在百货商店做永久展览。小姑娘愿意吗？他问蓝蓝。

蓝蓝点点头。

很快，他让蓝蓝摆好姿势，坐在铺着报纸的地板上，在一张空白的画布上开始了起稿。

李老头继续打量着他的画作。在我看来作品已经完成了。

为什么我在蓝蓝的眼睛里看到了淡淡的哀愁呢？李老头仍在独自言语，这双会说话的眼睛说的可不是大白话，它让我想到诗、歌谣，想到童话。她用眼睛述说着心灵的秘密。小伙子，他回头看着我说，你能告诉我她的家庭吗？

我告诉了他。他深思着点了点头。

是的，我好像理解了。他说，一个画家要画你看到的，更要画你理解的。

接着，我竟然鬼使神差地把乌嘴头郭林的话也翻了出来。

李老头深深地盯着我。我看到他的嘴唇在微微地颤动。我开始后悔自己的多嘴。

这不会是真的。他慢慢坐在了身后的藤椅里，说，怎么可能呢？怎么可以如此残忍。她让我想起拇指姑娘。

我不知道他在说什么。

她手里应该是一本童话，一本安徒生的童话。你知道安徒生吗？你读过他的童话吗？

我没吱声。我很惭愧。我不知道安徒生。除了连环画，我没有读过任何一本真正的书。

2

开学前，赵明把我们宣传小组召集到学校画漫画。赵明是大庆的弟弟，是我们的体育老师，同时负责学校的宣传。我们当面叫他老师，私下里直呼其名。教育局的领导一开学就要来我们学校检查工作。我们的宣传栏要及时更换上新的内容。

我们校园沿着中轴线马路一边四个一共竖着八个宣传栏，每一面都有两张整张报纸那么大。我们要在几天的时间内把十六面都画满。

我们趴在工字房的乒乓球台上已经画了一天了。工字房坐北朝南，前后出檐，两竖一横人字形的房顶交错在一起很好看。是我们学校最漂亮的建筑。中间是老师会议室，四个角的房间除东南角的一间赵明住着，其他三间是教研室。

画好的漫画，赵明把它们钉在四周的墙壁上。赵明画的一张最醒目，大红的底色上一名头戴鸭舌帽的工人，左手将红色封面的《毛泽东选集》置于胸前，挽着袖子的粗壮右臂伸展到画面一角，有力的手中紧紧抓着四个小人儿的后襟。画面很震撼，只有红黑两色，大块的红和果断的黑色线条，工人剑眉星目、孔武有力和"四人帮"的软弱丑陋，对比十分强烈。这幅名叫《打一场更大的胜仗》的漫画会占整整一面宣传栏。

我们宣传小组也就三个人，除了我和蓝蓝还有王星辰。王星辰是我们公社书记王北斗的儿子。王星辰继承了他爹的方头和黑皮肤，但却没他爹的威武。王星辰又黑又瘦。我们都变声了，王星辰没变声。他说话就是女孩儿的声音。他走路也是女孩儿的样子。如果你不见他人，只听他的声音，那就是一个女孩儿在说话。如果你站在背后看他走路，那就是一个女孩儿在走路。他走路一扭一扭的样子，比女孩儿还柔软。他站在那里看画的时候，把他的右手食指咬在嘴里，左手腕儿支在腰眼处。王星辰不正眼看人，他用眼角看人。他瞟你一眼，既像是蔑视又像在撒娇。王星辰从不和我们镇上的孩子一起玩儿，他不上树掏鸟蛋、摘果子，更不会和我们一起下河洗澡。他甚至不和我们一起进厕所。谁也没见过王星辰撒尿拉屎的样子。郭林说王星辰都是蹲着撒尿的，所以他不和我们一起。郭林的话我们不相信。但他的这一说法我们没法反驳。王星辰放学回家就和他的两个姐姐玩儿。有时候我们从他们的院子门前过，能见到他和他的两个姐姐玩儿跳皮筋。他的两个姐姐撑着皮筋，他在中间跳，他的腿抬得很高，嘴里背着歌谣。

王星辰用手腕支着腰眼端详着他的画。他不满意。他正在临摹一张轧路机碾压"四人帮"的画。我们画的漫画都是按照教育局发给我们的册子临摹的。我一眼就看出,他的轧路机透视不对。轮子就不在地面上。

马蓝蓝呢?他瞟了我一眼,女里女气地说。

不知道。我说。这会儿,房间里只有我们两个人。

王星辰想让蓝蓝帮助他。他老让蓝蓝帮他画。他没我画的好,也没有蓝蓝画的好。但他从不求我。他求蓝蓝。

我正在照着画一张"四人帮"拴在一条绳上弯腰上阶梯的画。标题叫《终于上台》。王洪文留着分头,长着一张狗脸。张春桥戴着眼镜,长着一张驴脸。江青捂着黑巾,长着一张老鳖脸。姚文元秃着脑袋,长着一张猪脸。

王星辰刺啦一声把他的画撕了,扔在地上,一扭身,向门外走去。他一软一软地走到门外,骑上自行车走了。王星辰有一辆二六飞鸽牌自行车。王星辰是镇上唯一有自行车的男孩儿。他的二六型的自行车在我们镇上也是独一无二的。

我的那张画画完了。我走到门外,站在前檐下。校园里很安静。几只燕子在檐下飞来飞去。太阳从西边照过来,在地上留下大团的影子。蝉声一片。工字房门前有一片水杉,它们立在夕阳下,绿色的塔雕一样,非常好看。一棵石榴树立在窗前,叶间的石榴正在变红。核桃树上挂满了青色的果子,两只喜鹊在枝上嬉戏,一只老鸹飞过来,缩着翅膀颤悠悠栖在一根细枝上。两只喜鹊飞走了。

今天的任务完成了。我想问问赵明是不是可以回家了。我刚转身走了两步,就听到了赵明压抑的声音。他的房间就在前檐尽头的左手边,房门虚掩着。

我现在明白了。赵明说。

明白啥?蓝蓝低声问。

我从小就怀疑我们家有一个秘密。

你们家有啥秘密？

我不是他们亲生的。

啊？怎么会呢？

我怀疑那个憨子得了脑膜炎后，他们抱养了我。你看我像赵玉强吗？那个憨子，他的个子，他的单眼皮、肉眼泡多像赵玉强。我是双眼皮。

可你妈不是双眼皮吗？

你不懂。他们险恶着呢！我一直怀疑，自小不和他们亲。我最近在研究血型。我是B型血。赵玉强是O型血。我不知道我妈是啥血型。如果她不是B型，我就抓住他们了。现在他们这样做，我觉得不用怀疑了。

我悄悄站着，屏住呼吸。

现在是新社会了，"四人帮"都粉碎了，还搞这一套。这是包办婚姻，不，是买卖婚姻！是把人不当人，是把人当牲口卖！媒婆王大妞就是封建余孽，就该逮捕判刑，就该杀了她！赵明说。

我的指甲掐疼了我的掌心。

蓝蓝，我无法想象没有你。我无法想象你和一个傻子在一起。我的心像针扎，像刀割。赵明的声音在颤抖。他说，那就是一个废物，一个累赘。他和你站在一起我就恶心，更别说，更别说……

赵明喘着粗气，说不下去了。

你才十六岁，还不到国家规定的结婚年龄。不登记就结婚是违法的。蓝蓝，不是说好了我们一起考大学吗？我们在一起画画吗？你明年就该考高中了。我也在找资料准备复习。我们考上大学一起离开这里，到大城市去。这里肮脏压抑，让人无法呼吸。既没有物质文明，更没有精神文明。城里的人都是自由恋爱。人家手拉着手走在大街上，一起逛公园、看电影。赵明说。

蓝蓝好像在低声抽泣。我的心咚咚地跳。

蓝蓝，过了一会儿，赵明低声说，要不，我们走吧，我们买张火车票，跑得远远的，我们去流浪，到一个谁也不认识我们的地方……

可我不能丢下我爹啊……蓝蓝说话了，她强忍着哽咽，说，我爹病得那么重。我几个月大，我妈就走了。我爹一辈子，没享过一天福。我小时候，他从西岗上干完活回来，就给我做饭，喂我，给我洗衣裳，给我补衣裳，还没吃上几口饭，又忙着给人家钉鞋。可他没让我受过一点儿委屈。我长大了，想让我爹清闲清闲，他却得了这样重的病……

蓝蓝，我要是保护不了你，你要是真嫁了傻子，我就去自杀！我不自杀也会去杀人！王大妞该杀。傻子该杀。赵玉强该杀。马富聚该杀。赵明已经在大喊大叫了。

我再也听不下去了，吓得浑身发抖，转身拼命地向校门口跑去。我似乎看到赵明瞪着两只血红的大眼，手持杀猪刀，一路狂奔，追赶着媒婆王大妞，追赶着他的哥哥大庆，追赶着他爹赵玉强，追赶着蓝蓝他爹马富聚。

赵明是大庆的弟弟。但赵明从来就没有叫过大庆一声哥。他也从不理睬大庆。其实，赵明很少理人。赵明是我们镇上最清高的人。赵明高中毕业就当了我们学校的老师。镇高中和我们学校就隔一道墙。

镇高中分成不同的班，有会计班、兽医班、农业班和体音美班。赵明就是体音美班毕业的高才生。体音美是体育、音乐和美术的简称。

赵明篮球打得好。球场上，他是不知疲倦的奔跑者和三步上篮底线进攻的好手。他的个子没有大庆高，但更灵敏，更壮实。

他的办公室兼住室的墙上挂着拉力器，床下放着哑铃。在挂满五根弹簧链的情况下，他能连拉十次。高中毕业时，他的一幅名字叫《火车开到北京去》的水彩画在县里得了奖，后来参加了省文化馆的展览，被印上了画册。画面上，一个扎着红领巾的男孩儿反坐在一把小椅子上，双手扶着椅背，身后是一溜小板凳，小板凳上放着大个儿的红薯。因为这幅作品，高中一毕业，赵明把他的书和画笔放进一个纸箱，从院墙那边来到了院墙这边，直接来我们学校当了老师。

赵明会吹笛子。他吹得好极了。我们都喜欢听他吹笛子。赵明会吹好多曲子，《扬鞭催马运粮忙》《喜看塞北换新天》《草原巡逻兵》等等。我最喜欢听他吹《扬鞭催马运粮忙》，热烈、激越、高亢，节奏越来越快，仿佛能看到那种人欢马叫、欢乐喧闹的场面，让人热血沸腾，心里非常快乐，想笑，想闹，想大叫，想栽跟头。

上学期一个周末的晚上，我们正加班画漫画，突然下起了雨。那天晚上王星辰没有来。接着停电了。我们把藤椅搬到前檐下，坐在那里看雨，等着来电。雨不大，却很密。落在树叶上唰唰的一片。校园里静极了。赵明走进他的房间，然后随着笛声走了出来。那是一首新的曲子，之前没有听到过，它舒缓柔美，如行云流水。我完全被迷住了。

太好听了。随着最后一个音符消失在黑暗中，蓝蓝低声说。整个过程蓝蓝和我一样，一动不动地看着赵明。蓝蓝坐在我身旁，我能闻到她头发上的香味。

这是我新学的《帕米尔的春天》，赵明说，我把它献给蓝蓝。

蓝蓝把手里的茶缸递给赵明。

我看不见蓝蓝的表情。蓝蓝坐在阴影里，她留着齐耳短发，穿着白衬衣。我大胆看着她的侧影。我似乎看到了她面颊上的红晕。我突然很伤心。我多希望自己会吹笛子。我多希望为蓝蓝吹上一曲。我多希望蓝蓝把她的茶缸递给我，让我喝一口她喝过的水。

我很想学笛子。有一次，赵明把笛子递给蓝蓝，让她试一试。蓝蓝没有吹出声音。赵明握着蓝蓝的手，矫正她的姿势，把蓝蓝的手指一个一个放在正确的位置上。蓝蓝面颊绯红，嘬起红润的嘴唇，吹出了一个直音，眼睛里发出异样的光芒。我也想试一试时，赵明却一把把笛子从我手中夺了过去。别把你的口水沾上边了。赵明厌恶说。狠劲甩着笛子。你不识谱，没有乐感。他说。但蓝蓝也不识谱。他说蓝蓝乐感好。我不知道他为何这样说。

赵明有时候就是这么生硬。他太傲气，太清高了。让人难以接近。我有点羡慕和崇拜他，但内心并不和他亲近。有时候，我更喜欢和大庆在一起。赵明看着天空或者独自愣神的时候，我会觉得他不像我们镇上的人，他与我们保持着距离。

他以前不是这样。他很早就是我们的孩子头儿。几年前，我还没有上学，他也就是我现在这么大时，我们跟着他去看火车。焦枝铁路从我们镇西边经过，以我们镇命名的柳枫镇站离镇有三公里。那时候还没有通车。我们一行七八个，谁也没有见过火车。我们是下午出发的。赵明带领着大家。我一路小跑紧紧跟在我三姐和表姐身边，生怕拖了大家的后腿。大家叽叽喳喳，打打闹闹，一会儿就到。很多人分散在路基两侧，很多红旗在迎风飘扬。我们看到两节黑色高大的车厢停在铁轨上。我希望车厢在铁轨上动起来，希望它发出我妈告诉我的像牛那样哞哞的叫声。可它们一动不动。没有火车头。我听到赵明说，是火车头拉着车厢跑。赵明居然说通了一个工人，同意我们爬到车厢里。于是，伙伴们纷纷跳到路基的石子上。路基很低，三姐从后边抱起我，把我放到了踏板上。车厢里很黑，堆放着各种工具，挂着劳动布的脏衣服和油漆剥落的红色头盔。靠着车厢的边沿固定着两排木板的座椅。

座椅上放着铝制的饭盒。铁锈、沥青和机油的味道充斥了整个空间。我们在里面跑来跑去,兴奋异常,激动得好像真的坐上了火车。工人们开饭时,我们每人得到一个又白又大的蒸馍。待四周一片漆黑我们才想起回家。我们无精打采地走在小路上。漫天的繁星。大片大片齐腰深的麦子静立在田野上。不断有小动物从麦田里窜出又消失。每次响动都能引起尖叫。车站和镇子的中间是一片缓慢上升的岗地,岗地最高处,是我们镇上的墓地。坟头间长满杂草和高大怪异的柏树。白天倒没引起大家的紧张。深夜经过时,却显得异常的恐怖。还没到跟前,大家就紧紧挨在一起。我本来瞌睡了,这会儿却紧紧攥着三姐的手。突然,不知谁啊的一声,几个男孩尖叫着有鬼,向前狂奔。我吓哭了。三姐也在发抖。我听到表姐翘嘴白压抑惊恐的哭声。翘嘴白整天叽叽喳喳说个不停,这会儿把自己缩成了一团。不要怕。赵明大声说,哪来的鬼!放心跟我走。他走在挨近公墓的一边,保护着我们。我听到远处村庄的狗叫声,看到了镇上的点点灯光。待狗叫声响成一片时,我们终于到了镇子外,这才轻松下来。

逐渐地,赵明不和镇上孩子玩儿了。他不和同龄人在一起,也不和其他人在一起。他把自己抽离了出去。他仰着脸走路。人们都说赵明变清高了。尤其是在他进了体音美那一年的暑假,赵明去了一趟北京。他的表哥在北京卫戍区当兵,受了伤。赵明去北京看他。他在北京住了一周。回来后三天三夜不吃饭,不出门,谁也不见。他爹赵玉强很生气。这是咋了?赵玉强说,去一趟北京也变憨了,也成憨子了。我这是上辈子作了啥孽,让我养俩憨子!赵明当然没有变成憨子,他只是更傲气,更清高了。赵明从北京卫戍区带回来一条军裤和一条军用皮带,再就是他的脸越仰越高了。

我时常看到赵明独自走在田野上。他的背影孤独而倔强。镇上人不无故走路，从来不会为了走路而走路地散步。赵明是一个孤独和有力量的散步者。有时他看着远方或者天空，一看就是很久。一望无际的田野上散落着低矮的村庄，火车的汽笛声从西边传来，伴随着车头喷出的白烟，慢慢在西岗上空飘散，辽阔的天空上白云朵朵，无声的鸟群从风中飞过。我不知道他在看什么。

后来赵明开始带着蓝蓝和我一起散步。我们向西走，一直走到铁路边。我们穿过大片的油菜地，大片的麦田或者红薯地。他和蓝蓝说话。蓝蓝不时地点着头。我默默走在一旁。我知道赵明为什么叫上我一起散步。我知道是怎么回事。但我喜欢和蓝蓝在一起，喜欢走在她身边，喜欢装作若无其事地打量她。她的鼻子那么精巧，她的额头那么圆润，她眼神那么温柔，她长长的睫毛让我想起柳枫河岸边的水草。在明亮的阳光下，我能看到她额头上的小绒毛。我觉得蓝蓝就像一只温顺迷人的小猫儿。当蓝蓝看我时，我的目光会像老鼠一样飞快地躲起来，并陷入深深的自卑。赵明那么壮实，他额头和脸上的青春痘一点儿也不影响他的英俊。我都羡慕他脸上的痘痘了。可他总是拿手挤。有一次，他挤出了血。蓝蓝赶紧掏出自己的花手绢，按在上边。赵明歪着脑袋站在那里。蓝蓝小心地擦，然后把带血的手绢又装在了口袋里。赵明想把手绢要过来。

给我，他说，我给你洗洗。

才不呢。蓝蓝看他一眼，说。

看到蓝蓝的眼神，我想到了含情脉脉这个成语。

我喜欢看火车。我们都喜欢看火车。当他们说话的时候，我就数一辆货车有多少节。火车头冒着滚滚的白烟，红色的轮子在曲臂后转动，发出震耳的声响，带动着多到数不清的车厢，用力向前。我又闻到那种铁锈、沥青、煤灰和机油混杂的气味，脚下田埂在微微颤动。我更喜欢看客车。当看到绿色的车厢慢慢靠近时，我的心跳就会不由自主地加快。我会站得更近一些。旅客的小脑袋露在车窗里。他们无声交谈着，打着手势。他们是谁？他们从哪里来？他们要到哪里去？让我充满好奇。我会不由自主地举起手和他们打招呼。有时他们会看到我，朝我挥动手臂。我会兴奋地哎哎大叫。有一次，一个扎着辫子、穿着花连衣裙的小姑娘给我扔了一块糖，让我高兴了很久。有白色钩花窗帘的是餐车。窗帘在风中飘飞。人们坐在那里吃饭。我要能在奔驰的火车上吃一顿饭该是多美啊！

赵明告诉我们，世界上的铁路都是相连的。

你只要在柳枫镇站上了火车，他凝视着远去的火车，说，你就能到世界各地。

美国也能到吗？我不假思索，说。

只要在白令海峡上架座桥就能到。赵明看我一眼，冷笑道。

只有乘上火车，你才能离开家乡。他接着说。

镇上的人都在谈论大庆的婚事。

老马这次有救了。

老马要死了，还赔上个闺女。

赵玉强不地道。蓝蓝嫁给老二倒是般配。这嫁给老大有点趁火打劫了。作践人哩。

也是憨人有憨福。

可惜了蓝蓝，那么好的模样，真是一朵鲜花插在牛粪上。

自古红颜多薄命。

说啥的都有。我表姐翘嘴白翘着嘴说，报应报应。一脸的兴奋。我不知道翘嘴说的啥意思。我不喜欢翘嘴白这样说。我不喜欢翘嘴白的表情。

我本来认为我表姐翘嘴白和蓝蓝挺要好的。她们时常在一起说话，总是结伴去北大桥洗衣服。她们扛着竹筐，或者端着脸盆，说笑着一路往北走。当然更多的时候都是翘嘴白在说，翘嘴白在哈哈大笑。蓝蓝话不多，她总是默默点头，默默地笑。我从没见过蓝蓝哈哈大笑过。有一天，翘嘴白要我和她们一起去北大桥。她要洗一堆衣服和几条被单。她让我帮她在河水里漂洗被单，回来时还可以帮助她扛筐。衣服和床单洗了会变得很重。我们来到北大桥的西边。沿河坡下去，水边有几块平放的旧石碑，坐在青石碑上洗衣投衣极其方便，是柳枫河岸边洗衣服的最佳位置。我坐在岸边的柳荫下。翘嘴白和蓝蓝走下去，蹲在了石碑上。上午的阳光从东边照过来，北大桥的影子投在她们身上。我注视着蓝蓝苗条的背影。她的红色碎花的小衬衫紧紧贴着秀气的后背。我看到她脊柱上的小圆骨节，随着手上的动作，时隐时现。她的臀部包在蓝色裤子里，就像一只圆润的苹果。我的表姐翘嘴白比蓝蓝大了一号，她的屁沟就像一只大号的笨梨。

　　蓝蓝你咋长恁好看呢？我听到翘嘴白说，越看越好看。

　　云姐也好看。蓝蓝说。

　　我表姐翘嘴白大名叫王晓云。但一般没人叫。

　　我不好看。翘嘴白说，我丑死了。我的腿太粗了。

　　腿粗了有劲。蓝蓝说，我就想胳膊腿都长粗，长粗了有劲干活。我想替我爹多干活。

　　这倒是。翘嘴白叹一声，说，我的嘴最难看了，上嘴唇太翘了。我恨我的翘嘴唇。

　　那也不影响吃喝啊。蓝蓝说。

　　蓝蓝你的睫毛真长。我表姐说，我要有你的睫毛就好了。

　　蓝蓝你的皮肤真白。翘嘴白说，我要有你的皮肤就好了。

　　你注意没？我表姐翘嘴白说，你走到街上别人都盯着你看。

　　笑啥哩？我表姐扭头冲我嚷，快下来帮我投被单。

我和蓝蓝站在水里奋力把被单向水面散开，然后，一人抓住一个角使劲摆动手臂。花被单像水浪一样在平滑如缎的河面上哗哗滚动，引得整个河面似乎都在飘动。我穿着短裤。蓝蓝把蓝裤子挽到膝盖上边。水面刚好在膝盖下边。投了一会儿，我们把被单拉过来，折在一起合力拧干。白亮的水柱如瀑布般从扭动的床单上流下，逐渐减弱，最后只剩下一串串珍珠般的水珠纷纷落入水面。然后再把床单散开投入河水。彻底干净后，再拧干放在竹筐里。

我们从水里上到青石碑上。蓝蓝的一双脚在阳光下亮得耀眼，她的脚指头像玉一般晶莹剔透，趾甲盖粉嫩粉嫩的，像小小的花瓣儿，每移动一下，就会在石板上留下一个水印儿，上边是五个倾斜排列的小圆点，然后是虚虚的弯弯的脚掌，下边是一个清晰的大圆点。我站在石板上，悄悄把我的脚踏在蓝蓝留下的脚印上。听到有人叫我，我吓了一跳。接着听到扑通扑通石块落水的声音。我抬头看到郭林站在北大桥上，嬉笑着往水里扔石块。水珠溅在我们的身上。郭林大声嘲笑我和女孩一起洗衣服。我表姐跳到岸边，一边骂着，一边捡起地上的土块，狠命往桥上扔。郭林笑着逃走了。他的长头发像马鬃一样飘在脑后。

郭林其实长得挺好看的。重新蹲到水边，我表姐对蓝蓝说，就是太坏了。

他其实是砸你的。翘嘴白又说，我自己在这儿他就不会砸。

郭林的嘲笑虽然使我有点发窘，但内心其实挺得意的。我喜欢让人看到我和蓝蓝在一起。

翘嘴白说，那天媒婆王大妞看到蓝蓝去北大桥洗衣服，就麻利溜进了老马的屋里。刚一开始，老马死活不同意。王大妞说老哥啊，你这一辈子过得多苦。蓝蓝不到一岁时，她妈走了。你一把屎一把尿把蓝蓝拉扯大。为了不让蓝蓝受气，那年我把一个水灵灵的四川黄花闺女领到你门口，你愣是门都不让进。那年年根，蓝蓝发高烧，四十多摄氏度，都抽搐了。你半夜借了自行车，一手把蓝蓝抱在胸前，一手扶着把，黑灯瞎火骑了四十里去县城看急诊。眼看蓝蓝长大了，该享福了，你又得了这个病。你这病说重也重，说轻也轻。东街的兽医老吕不是得噎食十几年了？照样劁猪看牲口，精神着呢！就是治疗及时。你这还是早期，吃硬馍有点噎不是？没事，到县城大医院住一段，管保回来吃锅盔。那赵玉强多好的人！当了几十年棉花厂的厂长，家里不说金山银山，也是一辈子花不完。说是给五百。只要蓝蓝娶进门，你花完了，他会不给你？蓝蓝十六岁？十六岁不小了。我出门时才十五岁。你娶蓝蓝妈时她多大？算了，不提她了。旧社会咋说哩，十三岁谓之试花，十四岁谓之开花，十五岁谓之摘花。好好，不说这个，我们这可是明媒正娶。那大庆也不能说憨，也就是实诚些。再说大庆可不是自小就这样，小时候多聪明，那年得脑膜炎才这样的。这能保证不会遗传后代。遗传也只会遗传赵家的聪明。大庆实诚靠得住，高高大大的，有力气干活，哪能辛苦了蓝蓝？大庆脾气还好，蓝蓝哪会受气？以大庆那个样子，蓝蓝一进门就能当住家。蓝蓝不会愿意？蓝蓝懂事孝顺，她哪能不顾你，她哪会见死不救？她一心盼着你享清福呢！别管那年轻人啥情啊爱啊，一过了门还不是过日子？情啊爱啊能吃能喝？都是瞎掰。高中那个教语文的，不是娶了你们马家的姑娘吗？高中老师给她写情书，还写啥狗屁诗。当时家里打都打不散。现在可好，两个人每天打。真不同意也没啥。一进洞房就由不得她了。这女人啊，一添娃儿就都收心了，踏实下来过日子了。也就是你老哥一句话。你咬个牙印儿，就说你是想死还是想活，是想受罪还是想享福。那赵玉强可是把票子都备好了，厚厚的一摞子十块的。啧啧，我都亲眼见了。

翘嘴白滔滔不绝,眉飞色舞。媒婆王大妞和老马说的话,好像她在跟前听着似的。

我心里难受极了。

我预感到要出大事了。

3

憨子,你老婆叫你呢!郭林在公社门口碰见大庆,一本正经地说。

我没有老婆。大庆说。

憨子,吃过你老婆奶没?郭林坏笑着,说,你老婆奶香吗?

我没有老婆。大庆说。

王北斗吃你妈小凤仙的奶呢。大庆想了想,又说。

放你妈的屁!郭林涨红了脸,骂道,王北斗吃你妈的奶!

我不骗你,大庆说,王北斗刚才吃你妈的奶了。

我×你妈。

你不信?

我×你妈那个×。

你不信我带你去看看。大庆说,在树上看得可清楚了。

那天下午,郭林从那棵高大的核桃树上跳下来,哭着跑出公社大院,惊动了很多人。

大庆你打郭林了?有人问。

我没打他。大庆说,我不打人。

那他哭啥哩?

他从核桃树上跳下来就哭了。

他摔着了?

没有,他跳下来了,哭着跑了。

那他为啥哭？

他看见王北斗……

看见王书记咋了？

他看见王北斗抱着他妈小凤仙睡在床上。

大庆你别胡说。

憨子你想挨揍啊？

快滚蛋。

我没胡说。大庆说，你们去问郭林。

郭林早不见影了。

几个围着大庆的人相互看了一眼，都走了。

老曹双手掐腰站在十字街。老曹是王北斗的老婆、王星辰他妈。老曹在我们镇上邮局工作。她是个大个子，骨架大，手脚也大，又黑又高，一张长脸上的一口板牙很醒目。老曹穿着一件灰色的短袖衫，仰脸站在那里，就像一头器宇轩昂的驴。

老曹站在那里，你从她脸上看不出她在生气，她甚至微笑着点头和认识的人打招呼。但她周围的空气分明都紧张了。

老曹站在那里，就像一块吸铁石，把周围人的目光都吸过去了。

我们都知道要出事了。

老曹喜欢把事情搞大。她有掌控大场面的魄力。有一次她从后边叫住胜利理发店的小苏姑娘。小苏刚从公社院里出来，手里拎着一个小布包儿。

嗨，你站住。老曹朗声说。

小苏站住了，胆怯地回头看着老曹。

做啥哩？来公社做啥哩？老曹厉声问。

我来给书记理发。小苏嗫嚅着。

书记理发为啥不去理发店?

书记说店里人多,让我来办公室。

这剪头毛又不是剪阴毛咋还怕人看啊?

小苏低着头耳朵都红了。

真的是理发。小苏说着,把她手中布袋的口敞开让围观的群众看。

这是道具,老曹笑笑,说,这个我懂。

还有一次老曹把场面放到了镇卫生院。

她一把抓住小叶护士就往门外拖。

我看看,老曹说,让大家也看看这双手有多巧,能治肚子疼。我们家王北斗让你一揉,肚子就不疼了。这就叫妙手回春啊,是不是?嗯?

周围的乡下病人也不知道老曹是谁,听出了点门道,又听她说得有趣,都咧着嘴,哈哈地笑。

老曹站在十字街。西斜的阳光照在她的身上,长长的阴影投在地上。老曹就像一个英雄人物。

小凤仙从南街装作若无其事地走了过来,待发现有情况,想回头,已经来不及了。

我不急。老曹对我们说,我知道能等到她。

哎呀,这不是当年汉口码头的娇美娘?花街凤楼里的花中魁?老曹说着,上前一步,堵在了小凤仙的面前。

这公社在北街,你咋从南街过来了?这一圈绕的可够大了。老曹说。

小凤仙想绕过她。老曹横跨一步,挡住了。

我要回家,小凤仙低头说,你让开。

这快活完了想回去了?这卖完了想回去了?

你别说得那么难听。

小凤仙还想从一边走。老曹又堵住了她。

听听，这刚从床上爬下来，就装良家妇女了，嫌我说得难听了？

你让开，我不跟你胡搅蛮缠。

一记响亮的耳光在我们耳边响起。老曹出手很快，力道很足。小凤仙倒在了地上。她的嘴角流出了血。血滴在她胸前的白府绸衬衣上。她凌乱的头发遮住了脸。

敢说我胡搅蛮缠！老曹的黑脸更黑了。

小凤仙慢慢抬起了脸，她脸色苍白，几乎没有一丝血色，这使她嘴角和衣服上的血更加醒目了。

站起来！老曹命令说。

小凤仙慢慢爬起来，她微微仰起头，直视着老曹暴怒的脸。她的头顶只到老曹的鼻尖处。

让我回家吧。

不行！老曹不罢休，今天你不给大家交代清楚，你走不出这十字街。

交代啥？

交代你睡了这街上多少男人！

你不要欺人太甚。小凤仙流出了眼泪。

老曹伸手揪住了小凤仙的衣襟，小凤仙雪白的肚皮露了出来。

我欺人太甚？老曹说，我今天就是要替被你欺负的女人出出气，教训教训你这个狗改不了吃屎的贱东西！

老曹又一巴掌扇过去，准确地打在了小凤仙的面颊上。与此同时，我看到小凤仙抬起双手狠狠地抓在了老曹的黑脸上。几道血印子瞬间显现出来。

老曹哎呀一声惨叫。

你敢打我？

两个女人扭打在一起。小凤仙哪是老曹的对手？她很快又倒在了地上。老曹试图用膝盖压住小凤仙的肚子，抽她的脸。小凤仙拼命挣脱。泪水、血水和汗水混合着尘土涂花了小凤仙的脸。她的头发像一团乱麻。她的白府绸衣服撕破了，缠在身上，沾满了血迹和尘土，她雪白的脊背完全暴露了出来。

打死她个卖×的。一个又黑又瘦的女人大叫一声，像一根绷紧的扁担，加入了战斗。

叫我把这个破鞋的衣服扒下来。又一个女人大叫道。她长得矮胖，像一只背笼，也跳进圈内，大声说，让大家都看看这破鞋那地方是不是镶了金边儿、长了花儿。

我认出第一个女人叫翠枝，第二个女人叫素珍。她们本是仇人，这会儿却不约而同跳了出来。

小凤仙惨叫着。她的上衣完全被撕了下来，小背心的带子缠在脖子上，她的大奶子在身上滚来滚去，沾满了污垢。

我看到素珍拼命拉扯小凤仙的裤带。小凤仙一只手紧紧拽着。

十字街挤满了人。内圈的人，随着打斗者的移动而移动，周围紧贴着的人群便跟着动，忽而前，忽而后，忽而左，忽而右，形成不断涌动的人浪，中间始终保留着圆形的斗场，犹如水中的巨大漩涡。

惨叫声、辱骂声、呼哧呼哧的喘气声，汇成吓人的声浪从旋涡中飞起来。

天爷呀！一个小个子男人从人缝中钻了进来，是郭林他爹，他伸着一个细脖子，像一只病鸡。

郭林他爹在我们学校打钟。他钻进来，扑腾跪在地上。

你们放了她吧，老郭哭着说，你们饶了她吧。

她们没有停下。

他扇自己的脸。

啪啪，你们饶了她吧。

啪啪，我这是丢了一辈子人啊。

啪啪，我这是丢了一辈子人啊。

够了！一声低吼，我看到我的大舅爷分开人群挤了进来。

几个女人停住了手。四周一下子安静了。

得饶人处且饶人。我大舅爷说。

我看到一个女人流着眼泪把小凤仙扶起来，坐在地上，把一件衬衣披在她肩上，并帮助她穿上、扣好。

小凤仙的脸歪斜着，肿得像一个面包，她的左眼睛只剩下一道缝。她浑身上下伤痕累累，五颜六色。

老曹啊，我大舅爷冷冷地说，有道是，一个巴掌拍不响啊。你们也都记着。他对着素珍和翠枝说。

我表哥从后边把老郭抱起来。

老哥，你这是干啥。我表哥说，快把嫂子扶回去吧。

大叔你说得对，老曹脸上挂着血印子，喘着气，说，一个巴掌拍不响。男人都不是好东西。

话也不能这样说。我舅爷不赞成。

我没说别人，老曹说，我说王北斗。王北斗就不是人。王北斗就是一条公狗，见母狗就发浪。他个老狗到处留种，你们都当心了。他那一张乌嘴就是记号。大家心里有数。

小凤仙小时候被人贩子拐走，卖给了汉口的妓院。新中国成立那年，她十八岁，不知何故嫁给了我们镇上的老郭。老郭比小凤仙大十岁。老郭跟城里的大户往湖北贩烟叶。回来时，带回了如花似玉的小凤仙，这让镇上的男人们很羡慕。老郭带回了小凤仙就不再出门了，准备守在家里过日子。

小凤仙独特的经历惹人遐想。小凤仙的风流韵事是男人们私下里主要的话题。在他们嘴里，似乎我们柳枫镇上所有成年的男人都想和小凤仙有上一腿，只是实现的程度不同而已。

这个我实在是说不清。

但在我眼里，小凤仙和我们镇上的女人就是不一样。小凤仙是个白净丰腴的女人。她冬天穿的棉袄都缀有毛领。夏天的时候喜欢穿府绸的裤褂。那布料看起来柔软细腻又光滑。小凤仙喜欢染指甲。她的院子里每年夏天都会种一片指甲花，红的、白的、粉的，单瓣的、多瓣的，在太阳下开得繁盛，似成群的蝴蝶栖息在绿色的枝叶间。小凤仙把花瓣捣碎了，用指甲花的叶子包裹着指甲，红线捆扎好，甜香的气味绕在指头间，一天指甲就红了，那红中带点黄。惹得小女孩儿一到夏天就喜欢往她院子里跑，争着让她包指甲，举着双手，等待着指甲变红。她还用指甲花染衣服。花瓣加明矾捣碎了，溶到水里，把白色的棉布或者府绸衣服放进去。旧衣服能染出新衣服的效果。染上的红色并不均匀，但晕染的一团团云雾状的红，反而有自然天成的感觉。让镇上的女人们很羡慕。镇上的女人和小凤仙的关系很微妙，她们总是见面夸赞她，会穿衣服会打扮，表面上亲得不得了，背地里不免提防她，说她的坏话。但说起小凤仙，人们会更加的理直气壮和肆无忌惮。

女人们提防小凤仙，更得提防自己的男人。有的男人会想入非非。有的男人就按捺不住要行动。

三年前，素枝和翠珍的男人就是这样出事的。

素枝又黑又瘦，横着竖着都像一根用旧的扁担，她的男人战杰却长得白净。战杰是我们镇上的牙医，主要是拔牙和镶牙，也会治虫牙。战杰的诊所在东街上。

翠珍又矮又胖，站着坐着都像一只背笼。她的男人郭义和她差不多，又矮又壮。郭义是个杀猪的。他的肉摊在南街。

他们都喜欢在小凤仙门口转，手中拿着礼物。战杰手里提着一个黄草纸的果包或糖包。郭义手里拎着一副猪肝或一对猪耳朵。他们有时会碰上，就装作偶然路过的样子，匆匆离去，一个往南街走，一个往东街去。

郭义胆子大，直接拍门。

嫂子嫂子，我是郭义。

郭义你干啥？

嫂子，我看看你。

郭义，你快回去吧。

嫂子，我给你带来两只猪蹄儿。

你带回去吧，上次的猪耳朵还剩一只呢。

嫂子，你开开门。我有话对你说。

你快回去吧，郭义。一会儿你哥回来了。

我哥在学校打钟呢。

叫翠珍看见又该打架了。

翠珍在看摊呢。

叫谁看见都不好。

这会儿没有人呢。

郭义啊，嫂子该咋说你，和翠珍好好过日子吧。你和你哥一个郭字掰不开啊。叫人家笑话。

嫂子，看你说的，我把猪蹄儿挂你门上了。

战杰胆子小。他在房后敲窗子。

嫂子，嫂子，战杰低声喊，我是战杰。

战杰移到侧面的院墙根儿，往院里扔土块儿。

战杰，你把我的指甲花砸落了。

嫂子，你在家呀？

战杰你干啥？

嫂子你开下门吧。我就看看你的牙。

我的牙好好的。

上次的龋齿没再疼？

不疼了，补好了。谢谢你大兄弟。再疼了我去诊所找你。

嫂子，你开下门，我就看你一眼。

战杰，你别胡说，郭林在屋里睡觉呢。

我看见郭林在北大桥洗澡呢。

你回去吧，素枝看见又该哭了。

素枝不在家，她去襄樊进材料了。

战杰，你快回去吧，诊所里离不开人，咱这镇上人还都指着你吃香喝辣呢。你这可是积德呢。

嫂子，嫂子。

…………

我把果包子放你墙头上了。

秋天的一个晚上，吃过晚饭，天已经黑透了。

郭义给他老婆翠珍说他去找小峰玩一会儿。小峰就是我表哥。郭义推开饭碗儿，从后边的厨房里穿过肉铺走出来，抬头看了看，天阴得厉害，树梢晃动着，似乎要变天了。他犹豫了一下，回到屋内，在肉案上摸了把剔骨刀，别在后腰间。他沿着街道向北走。

街上行人很少。灯光从临街住家的门缝和窗子里露出来。落叶和纸片在地面上滚动。郭义加快了脚步。

郭义走过十字街、走过公社、走过粮管所和邮局，很快来到了北大桥。周围看不到一个人影。河边的风似乎更大了。他走过北大桥，左拐，沿着柳枫河往西走。黑暗和树影彻底淹没了他。

在离镇子两三里的柳枫河的岸边，有一个废弃的砖窑。郭义很快到了那里。砖窑周围长满了荒草。他沿着砖窑转了一圈。然后找一个平整的地方坐了下来。

他的眼睛已经适应了黑暗。柳枫河在眼前，河水像墨汁一样。左前方的镇子里，有零星的灯光和狗叫声传过来。草丛在身边起伏。他沿着窑身的斜坡躺了下来。剔骨刀把他的腰硌了一下。

这时，他听到了身后的动静。他坐直了身子向后观察，心咚咚地跳，并慢慢站了起来。

一个黑影已到了身边。

嫂子？

嫂子？

郭义和黑影几乎同时低声呼叫。

他们的身体贴在了一起。两个人发出粗重的喘息。郭义的气息吹在战杰的下巴处。战杰把气吐在郭义的额头上。

两个人一惊，各自跳开。

你来干啥？

你来干啥？

两个人恼羞成怒。

郭义一拳砸在战杰的肚子上。战杰哎哟一声倒在地上。他挣扎着爬起来，顺势操起一块儿半截砖，奋力向郭义面门拍去。郭义脑袋一偏，砖块儿划过面颊，落在肩膀上。郭义呻吟一声，回手从后腰拔出剔骨刀，直直向战杰肚子捅去。

战杰捂着肚子倒在地上，至死也没有再发出一点声息。

风大了，发出呼呼的声音。草丛剧烈浮动。战杰蜷曲着身子倒在草地上。郭义手抓剔骨刀站在那里，打了个寒战，他清醒了，奋力把剔骨刀扔进眼前的柳枫河，转身向镇上跑去。

案子很好破。经验丰富的警察很快在河水里打捞上了凶器。他们从西街进去，准备沿街走访屠户。他们最先走进我表哥的肉铺，并从包中掏出剔骨刀。

这是郭义的刀。这把刀好用着呢！我表哥一眼认了出来，狐疑说，怎么在你们手里？

随后他明白了，脑袋嗡的一声，出了一身冷汗。

根据群众反映，警察走访了小凤仙。小凤仙吓得几乎昏厥过去。她语不成句，先是不承认和自己有关，在警察的一再追问下，才承认说她只不过和他们开个玩笑。

初冬时节，郭义拉到我们镇上枪毙了。那天，我们镇上人山人海，囚车从县城里开过来，穿镇而过。吉普车开道，郭义被捆绑着，站在绿色解放牌卡车的车厢前，身旁是全副武装的军人。走到十字街，郭义看着周围的人群，脸上很平静。他看到了我表哥，大声喊，小峰啊，等会儿套上拉车，去把哥拉到西岗埋了。说着他闭上眼睛，仰起了脸。我表哥后来说郭义仰脸是不让眼泪流出来。他不愿让人看到他流眼泪。郭义是条汉子。我表哥当即泪如雨下，使劲点着头。义哥，你放心走吧。表哥哽咽着说。他扭头回去套上架子车，找出铁锹和钉耙，又找了一张竹席和一条被单，一起放到了车上。等他出来时，人群已经走远了。我表哥拉着车，刚走到我们镇子边，就听到一声沉闷的枪声从南边坡地里传来。他看到了远远围观的黑压压的人群。不一会儿，行刑的车队快速从人群那边开出来，荡起了漫天的灰尘。

表哥和郭义从小一起长大，后来一起收猪卖肉。表哥说郭义脾气暴躁，内心仁义，无论收猪卖肉，秤头上从不作假。可惜身上有那个好色的毛病。但表哥不像镇上的一些人那样痛恨小凤仙。他说小凤仙不是个恶毒的人，小凤仙并不反感郭义，也不讨厌战杰。即使小凤仙真的约了他俩，那也不会是她的主意，她也预见不了有那么严重的后果。某个人，借小凤仙的一句话便灭了他不喜欢的人。这人真够阴毒。这样的结果应该超出了他最初的预期。

老郭搀扶着小凤仙回到家里，当天夜里就吊死在自家堂屋的房梁上。小凤仙凄厉的哭声把邻居家的狗惊醒了。一声狗叫，引来另一只狗叫。整个镇上的狗叫成了一片。于是，镇上的居民都从睡梦中惊醒了。

小凤仙疯了。一有人走到她身边，就直着眼，浑身哆嗦，嘴里念念有词，我杀了他们，我杀了他们……

她的儿子郭林从那棵核桃树上跳下来，哭着跑出公社大院后，镇上的人就没有再见过他。

4

大庆的婚礼在"十一"举行。赵玉强大宴宾朋，流水席从中午持续到深夜。

第二天早晨，大庆从酣睡中醒来，身边却不见了蓝蓝。

蓝蓝呢？大庆问他妈。

他妈正在做饭。昨天的酒宴还没来得及收拾，院子里凌乱地放着桌椅板凳，桌子上杯盘狼藉，苍蝇乱飞。空气中弥漫着过夜的酒肉味。

不在床上？他妈笑笑说。

不在。

看看厕所有没有。

没有。大庆跑房后的厕所看看，回来说。

到门口看看。

大庆打开院子的门，也没有。

他爹他爹，他妈叫道。

赵玉强提着裤子从堂屋走出来。

他妈这才回忆起，早晨起来打开鸡笼，放鸡子出门时，院门是虚掩着的，以为昨晚闹腾，忘锁了。

蓝蓝不见了。

一家人分头找。叫了人找。镇子上角角落落都没有。越找越急。他们甚至跑到柳枫河，跑到火车站。都没有。镇上人没有一个见到过蓝蓝。真的是生不见人，死不见尸。

大庆坐在院里的板凳上哭，边哭边说，我要蓝蓝。赵玉强扇了他一耳光。

10月3号的上午。蓝蓝骑着自行车回来了，面对镇上人惊异的目光，只是羞红了脸。她不知道她的离去引起的恐慌，只以为人们看她这个新媳妇呢。

蓝蓝只是起早到县医院看他爹老马去了。她爹住院半个月了。真是的，人们怎么就没有想到这茬呢？人们怎么就把老马给忘了呢？

后来警察证实，蓝蓝确实是在2号的早晨到的医院，在老马的病房里待了一天一夜。大庆的失踪与蓝蓝没有关系。

大庆是真的失踪了。大庆找他的媳妇把自己找丢了。赵玉强扇了大庆一个耳光，大庆就出去了。但从2号的晚上，人们就不曾见到过大庆。大庆像气体一样从我们镇上蒸发了。

第二年春天，我们镇上闹鼠患。尤其是人民会场那边，一到夜里，人们看到像小猪一样的巨型老鼠在四周奔跑，有时白天也能看到。有人看到大老鼠把猫撵得喵喵乱叫、四处逃窜。夜深人静时，有人听到人民会场内老鼠的撕咬打斗声，十分瘆人。

人民会场在我们镇子的南边，高大的建筑能容上千人。三年前，县文工团来我们这里演出《龙江颂》，漂亮的女主角江水英刚一出场，人群就开始拥挤。

　　面对这波涛翻滚的九龙江
　　岂能让旱区缺水禾苗黄

> 党决定堵江取水奇迹创
> 齐动员全力以赴救旱荒
> 在眼前有一场公私交锋仗
> 战斗中人换思想地换装

女主角儿刚唱了这几句。观众完全失控了。哭叫声、呼喊声响成一片。

我们的人民会场没有椅子，要想坐着就得自己带凳子。长板凳、小板凳、小马扎、小椅子，应有尽有。也有很多空手站着。挤到前边的可以坐着，后边的就得站着，再后边就得站在板凳上。地上的凳子，影响了人们的移动。一拥挤，很多人都被绊倒了。

那天我去得早，站在了舞台的右前方。拥挤发生时，我被一下子挤到了旁边的墙壁上。我紧紧贴着墙，几乎无法呼吸。恐惧使我大声哭泣。我胳膊撑着墙，用力挤进了人缝。我被抬了起来，双脚离开了地面。我的手突然被人抓住了。我被用力向外拉。人群中有一股巨大的力量吸附着我，往相反的方向拉，犹如一张热乎乎的大嘴要吞噬我。我感到我被拉长了，像一条橡皮筋。我的脸狠狠从门框的木楞上蹭过去，脸上火辣辣的，但我感到呼吸顺畅了。我发现自己站在了门外。大庆紧紧攥着我的手。那是舞台右前方，人民会场的一个侧门。门外是厕所。厕所的门前已经挤了不少人。人们纷纷翻墙往外跑。大庆把我推到墙头上。他熟练地爬上去，跳了下去，向我伸着手。我不敢跳，转身扒着墙头，身体出溜了下去。大庆顺势接住了我。

人群散去后，人民会场留下了成堆的鞋子和横七竖八被踩烂的凳子。这次事故造成三个像我这么大的孩子被踩死。住院的有十几个。有一段时间，我们在街上走，总能碰到眼睛像红灯笼似的孩子。他们眼中的瘀血几个月才慢慢消退。

人民会场不再使用，大门上的锁生锈了，高大的窗子上，玻璃所剩无几。

鼠患让镇上人议论纷纷，各种离奇吓人的说法，让我对人民会场充满了恐惧和好奇。无论白天和夜晚，我都尽量绕着会场走。

大庆失踪后，每到晚上，即使我远远地打量人民会场，看到它黑魆魆地耸立在那里，都会脊背发凉，两腿麻酥酥的。

1995年，镇政府准备重修人民会场。在地面上抹上水泥，并使地面倾斜，砌上一排排水泥凳子。

那时候，人民会场已经破败不堪，房顶有两处巨大的塌陷。在拆除舞台上的木板时，他们发现舞台一边也有一处塌陷，周围的木板都松动了。全部拆除木板后，透过凌乱密集的蜘蛛网，在舞台下约三米的地面上，在成堆的老鼠屎和尘土里，他们发现了一具完整的尸骨，身上的衣服烂成了碎片。

后经法医鉴定，死者为男性，身高175厘米，年龄在二十到二十五岁之间，死亡时间为二十年左右。

人们回忆那段时间从我们镇上消失的人，想起了郭林、大庆等人。郭林岁数要小，个子也没那么高，被排除了。后经省公安厅的DNA比对，确定死者为大庆。

果然是大庆。

只能是大庆。

1979年，赵明在连续两年高考失败后，和蓝蓝结了婚。

两年前，蓝蓝和大庆成亲时，并没有登记。此时，赵明和蓝蓝都到了法定的结婚年龄，在政府注册登记，一切合乎法律。这时，蓝蓝的儿子春晓已经一岁多了。

1982年，我考上大学后，离开了柳枫镇。

2005年，黄叶飘飞的深秋时节，我突然接到蓝蓝的电话。多年没有联系了，她声音很低沉，不祥的预感攫住了我的心。蓝蓝说赵明肝癌晚期，住在省人民医院，希望我抽空过去看看。我当即赶了过去。

赵明挂着吊瓶，躺在病床上。他眼窝下陷，嘴唇凸起，脸色蜡黄，躺在床上几乎没有厚度，真的是骨瘦如柴，气若游丝。疾病能把一个人折磨成这样。

我走进去。蓝蓝从病床边的凳子上站起来，眼里的绝望和悲伤无法用语言表达。听到动静，赵明睁开了眼睛。他一眼就认出了我，并努力冲我笑了一下。看来他神志依然清醒。

他示意蓝蓝出去。

我坐在了蓝蓝刚才坐着的凳子上。

我要死了。他说。

他的气息很弱，但吐字清晰。

死前我想见见你。

我点点头。

这都是报应。我愿意承担。死了我就解脱了……我痛苦了一辈子……

情绪波动使他有些喘息。

我见你是想告诉你一些事。平静了一下，他说，我想求得你的原谅。

我原谅你。我说。

他的眼睛睁大了，盯着我。

那么说……你都知道了？

我想我猜到了一些，不是全部。我说，当年你给了我那封信。

他微微点点头。

我无法原谅自己。我说，我没有多想就把它交给了大庆。

赵明闭上了眼睛。

这些年，我反复想，我其实并非无意间做了你的同谋。我说，这个，我无法原谅自己。

你把他骗到了人民会场？我问他。

我告诉他蓝蓝晚上在那里等他，不能让别人知道。他闭着眼睛，说。

…………

事情出了之后，你为啥没告诉别人？为啥没举报我？他睁开眼睛，打量着我，说。

我说不清……可能胆怯，可能担心，担心连累了蓝蓝……

他专注地看着我。

我想知道，我说，这些年每当我想起这件事，我就困惑。

你说吧，我都告诉你。

蓝蓝知道吗？整个事件，蓝蓝参与了吗？

不。他急切地说。

他从枕头上抬了一下头，又无力放下。

蓝蓝不知道。他看着天花板，说，更没有参与。我不会让她知道，更不可能让她参与。蓝蓝到现在也不知道。除了蓝蓝，在这个世界上，我什么都没有了。我不想连她也失去……

大庆和蓝蓝成亲的第二天，当人们都在满世界找蓝蓝时，赵明把我叫到了学校。

赵明已经几天没回家了。见到他，我吃了一惊。他看起来十分疲惫，头发乱蓬蓬的，似乎瘦了很多，脸上的粉刺更醒目了。他的眼睛红红的，却发出奇异的光，流露出挣扎、绝望和决绝，让我不敢直视。

这里太肮脏太野蛮了。他没有看我，眼睛盯着一个地方，自言自语，说，这里容不下爱情。爱情你不懂。那是最美丽、最珍贵的感情。没有爱情就是一群畜生，一群猪狗。

爱情，我想我能感觉一些。我心里想。

他交给我一个信封。

你把这个偷偷交给那个憨子。他说。

是啥？

蓝蓝并没有失踪。他冷笑，说，她只是到县医院看她爹去了。除了蓝蓝，谁真正关心老马的死活？老马住进医院，人们就把他忘了。老马已经滴水不进，活不了多久了。我借了王星辰的自行车。她起早进城了。

你就告诉他这？我困惑，说，那我去告诉他们不就可以了？

不要。你把这个给憨子就行了。他说，我和他说几句话。不要让别人知道。他命令道，你也不要看。

信封是用糨糊粘好的，还没有完全干透。

强烈的好奇心刺激着我。但我没敢拆开那封信。一封信会怎么样呢？我想，关键是蓝蓝没事就好。我真的悄悄地把信交给了大庆。这是一个致命的错误。

你早就计划好了？我问他。

不。他从天花板上收回目光，重新看着我，说，在蓝蓝去看她爹，他们大惊小怪地到处找她时，我突然想起来的。在这之前，我不知道该干啥。

如果大庆不去呢？如果他是和别人一起去的呢？

那就没办法了。他苦笑了一下，说。

你知道大庆喜欢去那里。

我知道。那里安静。小孩子们欺负不到他。

你事先做了手脚？

我去了那里。比我想象的要省事。我发现戏台边竟然有个洞。我只需把那洞周围的几块板弄松动，陷阱就做成了。他从厕所那边翻墙进去，必然从那一边走上戏台。

你把他推了下去？

没有。他踩上去就落下去了。不过，这没有区别。

一阵寒意滑过我的脊背，直达双腿。

我得找到那封信。他似乎急于表达，接着说，家里没有找到。我坐立不安。过了一周，我又回到了那里。我用绳子下去。那里有三米深，没有工具怎么也不可能上来。他躺在那里，不知死活。我手脚都是软的，吓得喘不过气来。我在他裤子口袋找到了，用尽全力爬了上去……

你疯了。我说。

是，我完全疯了。

他疲惫地闭上眼睛，浑浊的泪水从眼角流了出来，薄薄的胸脯在被子下起伏。

从此，我没有一天安宁……他突然满头大汗，嘴角抽搐着，呻吟了一声。

把春晓养大是我唯一的安慰。过了一会儿，他吃力地说，春晓是大庆的孩子。

春晓确实是大庆的孩子？

确实是大庆的孩子。他慢慢睁开眼睛，说，最初我以为春晓是我的孩子。蓝蓝到如今都认为春晓是我们俩的孩子。虽然，他们在一起只一个晚上。后来，蓝蓝再没怀过孕。我背着蓝蓝去医院做了检查，结果是我没有生育能力。但我没有告诉蓝蓝。我只说一个孩子就够了……这是上天对我的惩罚。我内心坦然接受。一心把春晓养大。这孩子自小不和我亲，越大越反叛，现在几乎是仇人了。他在深圳打工，很少回来。其实就是仇人啊。上天都看着呢！

…………

我走出病房。

蓝蓝站在走廊尽头楼梯的拐角处,暗自垂泪。她面色憔悴,青丝间夹杂着根根白发,眼角处有细微的皱纹。但她的前额和面颊依然光滑。算来蓝蓝才四十三岁,如果略加修饰,蓝蓝仍是一个漂亮的女人,只是眼中的悲伤让人心碎。

我们明天就回去了。蓝蓝擦擦眼泪,说,县里的救护车明早过来。医院已经放弃了治疗。走就走吧。太煎熬,太折磨人了。他太痛苦了,时不时疼得浑身湿透。他咬牙忍着不叫。你来那会儿,刚给他打了吗啡。他说走之前一定要见你一面,和你说几句话。

我默默点点头。

他一生都不如意。蓝蓝说,这些年,他的脾气越来越坏……

蓝蓝,我说,他一生都爱你。

一瞬间,蓝蓝泪如泉涌。

5

2009年7月初,学校刚刚放假,表哥邀请我回去,参加他儿子的婚礼。

婚宴被安排在临近公路的一家酒店里。从北大桥通过的旧公路早就被废弃了。20世纪80年代在镇子的西边修了一条国道。现在这条公路是条漂亮的柏油马路。沿马路开了不少酒店,显示出镇上经济的繁荣。

我被安排在一个包间里。桌上有我表哥、我表姐翘嘴白、蓝蓝等人。翘嘴白在街上开了一家服装店,生意不错,日子过得滋润,一张大脸又白又胖,一笑眼睛就眯了起来,做生意多年,翘嘴变得更加能言善辩了。蓝蓝气色极好,皮肤光滑,一点不见松弛,鼻子秀气玲珑,嘴唇红润,乌发间的银丝也消失不见了,眼睛里的迷雾一扫而光,显得很清澈。和我五年前见她时,简直判若两人。一张鸭蛋形的脸比过去也圆润了些。她穿着一件深蓝色连衣裙,显得大方端庄。她一直微笑着,亲切地看着我。我说蓝蓝你越来越年轻了,我好像又恍然见到了过去的你。蓝蓝说你就别取笑你老姐了,这都几十几的人了呀。翘嘴白说蓝蓝从小就是咱街上的大美人,现在又是人逢喜事精神爽。蓝蓝微笑着,眼睛里发出柔情的光芒。对翘嘴白说你别瞎说。

正说着,走进来一个风度翩翩的中年男人。他身材高大,皮肤白皙,一双大眼睛流露出练达和自信。他穿着白色的T恤和一条土黄色的休闲裤,脚上是一双棕色的皮凉鞋。今儿里是好日子,高朋满座高朋满座啊。他连连赞叹,微笑着盯着我。我不认识他。显然不是生活在镇上的人,但又一口地道的镇上方言。突然我看到他的乌嘴唇。

郭林。我失声叫道。

哈哈,郭林说,我想大教授不认识我了呢。

郭林很自然地扶着蓝蓝的肩膀,坐在了蓝蓝身边的椅子上。

常听小峰哥说起你。郭林说,是咱们镇上走出的大知识分子啊。听说你回来,我高兴得不得了。这一晃三十多年了。人生有几个三十年啊!

可不是,我说,算算整整三十二年了。

郭林是大老板了。翘嘴白说,郭林给咱镇上建了养老院,你来时看到了吧,就在公路的边上,六层带电梯的楼房。男的满六十五,女的满六十,都可以免费入住。

我想起刚才过来时,看到的公路边一座大理石基座的欧式大楼,很气派,以为是酒店呢。

那真了不起。我由衷说。

靠北边还建了幼儿园。翘嘴白说,咱镇上的老人和小孩儿有福气了，能享受到城里人一样的待遇了，不，比城里还好。咱这可都是免费的。都共产主义了。

想为镇里做点小事。郭林说。

这可不是小事。我表哥抽着烟，说，郭林老弟这是积德的，投入几百万了吧。

真的是小事情，小峰哥。郭林说，我这人家乡观念重，无论走多远都想着家，出去就想着有朝一日再回来。为镇上办点事，也算赎赎罪吧。

老弟你不能这样说。表哥正色说，你不欠镇上啥，我倒觉得镇上人欠你的。

不说这不说这，翘嘴白说着，转脸对我说，过些日子你还得回来喝喜酒。是不是啊郭林？

那你得问蓝蓝。郭林笑笑，说。

蓝蓝的脸红了，眼睛里闪出甜蜜的光芒。

我看到过这样一句话，教授，郭林对我说，每一场单恋都是一场跋山涉水的信仰。这话好像就是对我说的。蓝蓝就是我的信仰。

别说了，蓝蓝瞪郭林一眼，说，也不害臊。

你让我说嘛。郭林笑笑，随手拍了下蓝蓝的后背，接着说，我从十四岁起就迷恋蓝蓝，但从不敢妄想。我单恋了蓝蓝几十年，无论我跋山涉水走到哪里，我时常会在梦中见到她。教授，你有过这种感觉吗？我相信蓝蓝是咱们镇上当年男孩的共同梦想，不同的是，我的是信仰。

我突然想到我们一起画漫画。我们走在油菜花盛开的田野上。我们去看火车。我们在黑暗中听赵明吹奏笛子。我偷偷打量着蓝蓝时，那种又伤心又快乐的感觉。

宴会后，郭林带我上了他的挂着粤字牌照的陆地巡洋舰。我们去参观他的养老院。

在车上他告诉我，他不避讳我，我知道他的出身。他20世纪70年代离开镇上后，流落到湖北，因扒窃进了监狱。在狱中认识了些人。出狱后到了广东，替人跑腿，后来做建材生意，再后来进入房地产。他有过两次婚姻，都无疾而终。留下两个孩子。现在，女儿在美国读书，儿子在他的公司。

老弟啊，他对我说。郭林比我大一岁。我刚才说的都是真心话，这么多年来，我从未忘记蓝蓝。五年前，我听说赵明去世了。我决定追求蓝蓝。都说红颜薄命，蓝蓝不容易，我希望她能接受我，下半生让她幸福。

蓝蓝当然不同意。赵明秋天去世，郭林来年春天就回来向蓝蓝表白。

蓝蓝很生气。

赵明尸骨未寒呢。

我可以等。郭林对蓝蓝说，我等了几十年，不在乎再等三年五年。

你是取笑我哩。蓝蓝说。

我不敢。郭林说，老天在上。

你那么有钱，蓝蓝说，身边能少了女人。

那些都过去了。郭林说。

有多少美女巴不得要嫁你呢。蓝蓝说，我都老太婆了。

你不老，郭林说，我们都不老。我们有大把的好日子要过呢。我喜欢你、爱你这么多年了。我会让你后半生幸福。

别说爱不爱的。

还是要说的。

那我不喜欢你，更不爱你啊。

我知道。在过去，镇上人没有喜欢我的。我变了。他们开始喜欢我了。你不爱我，但你和我接触，我会努力，努力让你爱上我。

郭林告诉我他决定回来投资。他的计划是建一所养老院，一所幼儿园，还准备把北大桥那一块改造成公园，让镇民休闲。总投资在两千万左右。因为都是免费的，后续资金量也很大，但他的公司可以支付。他是为家乡做事，也是为蓝蓝做事。三十多年了，他也疲惫了。如果蓝蓝接纳他，他愿意长期住在家乡。

你记得那一年咱磨角楼开业时，城里的那个老画家画蓝蓝的那幅油画吗？郭林问我。

我当然记得。

20世纪90年代初，咱镇上的镇长，为了他儿子的工作，到广州去找过我。我问他磨角楼里那幅画。他没有印象。说是前几年，柜台都承包给了个人。货柜都重新改造了。上边的画也都不知去向了。我请他回去打探打探，也没抱什么希望。谁知，他回去后不久，给我打来了电话。说是在供销社的仓库里堆了一些旧布景。他在里面找到了。我让他把那幅画拿出来保存起来。养老院装修好后，我把那幅画进行了精心的装裱，挂在了我养老院的办公室里。后来镇长告诉我说，听人讲，在我找这幅画前，原来画这幅画的李教授，也曾来电话问过他的这幅画。说是在北京搞一个八十岁回顾展，希望能回购这幅画。自然没有人花工夫去找。

那一天，我把蓝蓝带到我的办公室。这之间，我做了这么多事，蓝蓝逐渐愿意和我说说话。进门前，我说你闭上眼睛。蓝蓝听话地闭上了眼睛。我拉着她走进门。当她睁开眼睛时，一下子呆在那里，半天说不出话。后来她哭了。我告诉她我是怎样得到这幅画的。她说郭林真难为你一片心意啊。那是她第一次动情。我跪在了地上，拉着她的手。我说蓝蓝，我们在一起吧。我们都是苦命人。我表面上风光，内心其实很孤独。我相信你也是一样孤独。

我们两个孤独的苦命人在一起吧。咱们一起干点事。我们会非常幸福。蓝蓝抱我起来，流着眼泪，狠狠地点点头。我让蓝蓝把她那个卖文具的小店让给别人。那个文具店在我们小学的旁边。我说现在一个是养老院院长，一个是幼儿园园长，你选一个吧。蓝蓝说我行吗？我说你行。她说不是说老曹想做养老院的院长吗？我就在幼儿园吧，我去教孩子画画。

老曹？就是王北斗家的老曹？

是啊。王北斗死于尿毒症。他的儿子王星辰，就是女里女气，一直没变声的那个，也死了。

王星辰怎么死的？

据说是同性恋，得了艾滋病自杀了。王北斗退休后，住到了城里。他和儿子死了后，剩下老曹自己。她的两个闺女也与她没什么交往。她身体不错，经常回到我们镇上找一些老熟人说话。知道情况后，也想住进养老院。老曹一家在咱镇上几十年，也算是镇上人了。我当然同意。老曹爱管事，七十七岁了，看着不像，身体好，就让她在这里暂且负负责，很尽心的啊。

说着话，我们开进了养老院的院子里。后院很大。沿着院墙有菜地、有果树。西红柿、茄子和黄瓜，挂满架子。枝头上的桃子有的已经变红，成串的梨子发出青色的光芒。院子中间有两块巨大的花坛。一个里面种了月季，另一个是指甲花，在下午的阳光下都开得繁盛。蝴蝶在花丛里轻盈飞翔。微微的香甜气息弥漫在空气里。

一个高大的老女人一手掐腰，站在大楼前檐的阴影里。我认出了老曹。

你俩干啥呢？老曹冲着院子里喊，声音依然洪亮。不怕老人家伤热啊？快进屋去。

我看到在一棵槐树下，一个白胖的老女人，穿着一身白色的绸缎裤褂,坐在轮椅里。两个女人分别蹲在轮椅两边。她们一个黑瘦,一个矮胖,一个在替老女人包指甲,一个在替老人剪指甲。

那是我妈。郭林说。去广州住了些年,不习惯那里的湿热。身体倒是没大毛病,就是脑子一会儿清醒,一会儿糊涂,岁数大了,和老曹同岁,不好治灵正了。

我走过去,看到她笑呵呵地举着手,反复端详着包好的指甲,见到我们也没什么反应。

我认出了蹲在地上的一个是瘦长的素枝,一个是矮胖的翠珍,她们也都六十五岁往上了。

老太太要包指甲。素枝笑着对我们说。这老太太,一辈子爱美。

我们这就推她进去。翠珍赶紧说。很体贴的样子。

我和郭林走进大楼。里面异常凉爽。装修得非常舒适。中间是大堂,柜台后坐着值班的女孩儿。郭林告诉我,她们都是护士学校毕业的。大堂两侧是长长的走廊,地上铺着地胶,墙壁上安装着扶手。两边是房间,每个标准间住着两位老人。中间有两间是打通的,作为活动室。我看到有的老人在打牌,有的在下棋。

我们上电梯来到二楼郭林的办公室。那幅画醒目地挂在背景墙上。它有三米长,两米宽,镶嵌在昂贵的金丝楠木画框内。年轻的蓝蓝坐在树下的草地上,身穿洁白的衬衣、蓝色的裙子,手捧安徒生童话,凝视着远方。她右腿前伸,左腿蜷曲在右腿下,圆圆的膝盖露在裙子边,身前是一块池塘,身后是金黄的麦浪。蔚蓝的天空上,飘浮着朵朵白云。

这孩子像天使一样美丽。这孩子的眼睛会说话。看着这幅具有列宾和列维坦风格的油画,我想起那个姓李的画家说的话。

她让我想起拇指姑娘。我听到李教授说。

英式下午茶

我早晨八点多在办公室露了一面，十一点多就站在北京的街头了。子陌在高铁上说，如果我愿意，下午下班前我还会出现在办公室。当我和同事们下班一同走进电梯，或者和他们同赶一个饭局的时候，不会有人怀疑我一天都没离开过办公楼。即使发现你有一会儿不在，也会以为你去了卫生间或者去什么地方开会了。

谁关心呢？当你八点钟在一个城市，十一点钟在另一个城市，你会产生不真实的感觉；当你八点钟呼吸一种空气，十一点钟呼吸另一种空气，你会有瞬间眩晕的感觉；当你八点钟看到的树木和花坛与你十一点看到的迥然不同时，你确实会有时光倒错的感觉。我们那里柳树的嫩芽在枝条上随风荡漾桃花也吐露芬芳，北京这里的柳树和桃花则刚刚凸苞。这些感觉都是高铁带来的，速度带来的。你看那电线杆，它们相隔五十米，却像飘飞的栅栏一样，都快密不透风了。人类的每一项发明和创造都是为了方便和快捷，都是为了生活得更优雅和轻松，说到底文明的进步都是为了人类的幸福。方便快捷倒是事实，至于说到优雅轻松，说到人类幸福，简直就是谎言和陷阱。

在我看来，人的不幸，并没有因为更多的发明创造而有所改变，我甚至认为它恰恰走向了反面，人们更疲惫和紧张了，更辛苦和辛酸了，说到底是更加不幸了。这没有什么可怀疑的，没有什么可争辩的。当然，这里不是讨论这些问题的地方，我想说说我的表哥。

我这次去北京就是受我表哥所托。其实早在五年前的秋天，我表哥就指派我去过一次。我带着表哥的重托两度北上，去说服他的儿子——我的表侄。第一次是要鼓励他报考公务员，这一次是让他尽快结婚生子。这些关乎表侄的人生大事，表哥一而再地派我前往，可见表哥对我的信任。以表哥的阅历，他怎么会这样信任我呢？以表哥刀子一样的眼光怎么就看不出在这些事情上，我根本就是一个不靠谱的人？表哥上一次专程从家乡的小城跑过来说，我是名牌大学毕业，我读了那么多的书，我在大机关工作，我见多识广，我表侄崇拜着我呢！一句话，我就是个成功人士。表哥这一次又专程跑过来说了几乎同样的话。如果说话的不是我表哥，我肯定认为是在挖苦我，但表哥绝对不是。

几天前，表哥说子陌你就拨冗再为老哥跑一趟吧。现在我依然听到他当时说，你就拨冗跑一趟吧。表哥甚至动了感情，说，你外爷去世早，你外婆二十多岁就守寡，辛辛苦苦拉扯大我爸和你妈。你外婆今年八十多快九十了。我能等得及，她老人家哪能等！我爷，我爸，我，我们三代单传。我多想让她老人家看到四世同堂啊！表哥说，这成家立业，结婚生子，天经地义，自古如此，难不成又庸俗了？这娃不听我说，你表侄从小到大只听你的。听到这最后一句，我心里想，难道表哥听到或者猜到了第一次的情况？看看又不像。表侄从来不与他父亲交流，而当时只有我们两个在一起；再者，从表哥诚恳急切的脸上也看不出丝毫的言外之意。

其实，就是在五年前，我从北京回来复命时，表哥对我的语焉不详也没有表现出不满。我只是说，孩子想留学就让他去吧，开开眼界长长见识总归是好事。我把一件事，说成另一件事。表哥就这样被我糊弄过去了。经过这几年，表哥对儿子考公务员的事已经放下了，可这一次回去见了表哥该怎么给他说呢？我再次辜负了表哥。

现在可以说说我的表哥了。在家乡的小城，我表哥可是个响当当的人物。作为一个局长，他有着广泛的人脉关系和独特的领导艺术。在家乡的小城，我表哥就是成功的典范，励志的典型。姓王的千千万，在家乡小城的社交界，提起老王，就是指我表哥。即使有其他的王局长，即使四大班子有姓王的王县长王书记王主任王主席。那一提起老王，人们都知道指的是我表哥，绝不会弄错。

表哥自小就是有想法的人。他比我大六岁，在我七八岁时，每到外婆家，我就跟在表哥的屁股后。他带我柳枫河里钓鱼，北大桥游泳。但表哥最热衷的是看杀猪。表哥看杀猪能看一整天。从捆绑，到宰杀，到吹气，到燂毛，到开肠破肚，表哥一个环节也不会落下。表哥不只是袖手旁观的看客，他会热情地参与其中。大人忙活，他不失时机地给烧水的大锅添把柴，会按住挣扎的猪后腿，会在血柱子溅出的瞬间，摆好接血的脸盆。所以大人们会撵碍事的小孩子，却从不撵表哥。那时候看杀猪，我跟着表哥跑遍了我们镇上的大街小巷。

有一次，表哥甚至骑自行车带着我到离镇子好几里远的一个村子去看杀猪。我看杀猪，一是陪表哥，再者是能得到一个猪尿脬。表哥总能说服屠夫在给猪开肠破肚时把猪尿脬留给他。表哥也不嫌脏，从地上一拾起来，用手扒拉一下沾的土，就直接放到嘴边吹，吹得又圆又大，溜光水滑，油渍麻花。用绳扎了，找一根竹竿系了交给我。尿脬吹得多了，表哥就想吹猪了。后来我想，表哥每次给我吹猪尿脬，说不定就是多加练习，把肺活量练大了，为了有朝一日能吹猪。有几个场合表哥也曾表示要试一试，但总被人推到一边——去去去，毛都没长就想干这个。终于有一次他们同意他试试了。表哥俯身在放猪的门板上，一只手按住一条猪后腿，一只手掀起切口处的皮毛。只见表哥抬起头深吸一口气，果断地把头埋了下去。表哥的脸变红了，变紫了，额头上青筋暴露，两只眼睛鼓胀得吓人，似乎马上就要眼眶迸裂，眼球弹出了。大人们喊，换气，换口气。表哥"咕咚"一声倒在了门板下，脸色惨白，好像失去了知觉。死猪躺在门板上，表哥躺在门板下。我吓得想哭，一圈大人却哈哈大笑。表哥如此痴迷于杀猪，后来就被街上有名的杨屠户收做了徒弟。

　　刚刚恢复高考那年，镇上的同龄人甚至快三十岁的都拿起课本，准备通过考试改变命运。我舅也曾希望表哥放下屠刀，拿起课本，将来奔一个好的前程，但立即遭到了表哥的拒绝。我舅说你就没点人生理想？我舅是中学教政治的。表哥说人各有志，我不是读书的料，我就喜欢杀猪。我的人生理想就是当一个杀猪匠。就在那一年，他的姐姐、我的表姐考上了省里的一所中专，也算为我舅争得了一点面子。我倒是从内心里喜欢表哥继续杀猪，毕竟从初中到高中，每到外婆家，总有猪下水吃，红烧大肠、爆炒肝尖，吃得我心满意足。表哥有力气，技术好，动作麻利，捏着刀把子，下手稳准狠，二十岁出头已经是镇上有名的杀猪匠了。

　　当我表哥套上那件长期被猪油猪血浸染、已发硬发亮看不出原来颜色的皮围裙，沉稳地穿梭在屠宰现场，你会觉得他天生就是杀猪的；当我表哥打开他包扎好的工具袋，把他的放血刀、剔骨刀、剥皮刀、分切刀一字排开在案子上，那自信的派头，你会体会到那些实现人生理想的人是个什么状态。表哥手段好，眼力更好。出栏的猪有多重，能出多少肉，表哥用他的一双大眼睛看上几眼就能说出个准数，上下不会错二斤。表哥就那么前看看，后看看，围着猪走，一圈，两圈，最多三圈，数就出来了。再肥的猪，再暴躁的猪，几个壮汉按不住，我表哥一出现，就安生了，老实了，一伸手，搭在猪背上，猪就只剩浑身打颤的分儿了。表哥有一双罕见的大眼睛，一对眼球极力外凸，眼睛一瞪，就像一对儿威力无比的探照灯。镇上有人说表哥的眼睛是吹猪吹的，尤其是他十五岁时第一次不成功的吹猪落下的病根儿。其实这只是玩笑。镇上凸眼球的人多了去了，都是那年的踩踏事故留下的。我表哥十二岁那年的冬天，县里的毛泽东思想文工团在镇上的人民会场演出，发生了踩踏事故。那次事故踩死三名儿童。表哥算是幸运的，眼睛在红了一两个月后就基本恢复了，只是凸出来的眼球，再也回不到原来的位置了。表哥眼睛大，就显得比别人更突出。

  我对这件事记忆犹新，是因为那段时间在我们镇上，总能碰到脑袋肿胀、眼睛血红的人。表哥先是大眼睛消失了，肿成了两道怪异吓人紧紧闭合的肉缝；随着肿胀的消退，眼睛慢慢露了出来，却是红得耀眼。当他的眼睛能够睁开时，就像是两只血碗，它们鲜艳至极，丰盈至极，好像眼皮抖一抖，就会顺着眼皮流下来。我有整整两个月不敢见表哥。表哥杀猪练就的眼力，后来在他当了局长后，用在了工作上，成就了独特的领导艺术。那些调皮捣蛋的，拉帮结派的，阳奉阴违的，表哥就对着他们看，前看看，后看看，一圈，两圈，最多三圈，他们的头就低下了。表哥把肥厚的手往他们背上一搭，就有啥说啥了。表哥说，你们就是一群猪。在表哥探照灯一样的大眼睛里，他们几斤几两是一目了然的；在表哥庞大的身影下，他们就是摆在案子上剔骨分类的肉，哪里藏得了秘密。

  表哥年轻时风里来雨里去，皮肤日渐黑粗，中等身材，也就一米七二七三的样子，但长期的屠宰生涯，练就了一身力量，四肢肌肉发达，从开店开始发胖，等到了县里当厨师，越发膨胀起来，当局长时体重已达一百公斤。但表哥不显得笨拙，他是一个灵活的胖子。这样的一个皮糙肉厚的胖子，再加上一双探照灯一样的眼睛，在他面前，搞点小动作确实需要掂量。所以在全县，唯独表哥的局里，班子最团结，员工最和谐。当然这和表哥的后台也极有关系。这是后话。表哥杀了十多年的猪，后来就不再走街串巷地为别人杀猪了。

在我大学毕业前后，表哥在街上最好的位置租了门面。门前一个肉架子，后边是饭店。我想表哥可能是走累了，干烦了。以前是喜欢，是玩，是满足兴趣，现在肩上有担子了。表哥那时已经成家，很快有了孩子，得考虑养家糊口了。表哥赶上了好时候，是我们镇上开饭店较早的一批人。表哥到乡下收猪，杀了，上架卖肉，猪头、猪蹄、下水在后厨加工。表哥的门面门口支着一口极大的汤锅，汤锅里一年四季几乎一刻不停地冒着诱人的热气。

表哥生意好。其他人要么卖肉，要么开饭店。表哥自产自销，一条龙。当然这不是生意好的原因，关键是表哥的卤肉做得好。表哥收猪时，认识了一个农村的厨子。这个厨子是一个国民党老兵，据说当年是黄维的厨子，跟了黄维好多年，直到双堆集黄维兵团覆灭，黄维被捕，厨子趁乱跑回了老家。说不定表哥就是在认识了这个厨子之后才有了开饭店的想法，能够肯定的是他从厨子那里得到了制作卤味的真经。表哥卤猪头、猪尾、猪蹄，卤肠子、肚子、肝子。我们镇上，谁家来了亲戚，去了朋友，大都会在表哥的王记卤味店里包上两只猪蹄，切上一段大肠。镇政府的书记镇长也不例外。

就这样，表哥的机会来了。县里的刘副县长到我们镇上视察工作，中午饭点对书记镇长说，咱中午就不吃炒菜了，我听说你们这里有个卤味做得好的，咱尝尝。于是表哥所有的卤味摆了一大桌。刘副县长当天中午没有喝醉，却吃醉了。刘副县长举着一块猪蹄，赞叹说，高手在民间啊！这二十三个乡镇我吃遍了，哪个也不如你们这里的王记好。刘副县长后来隔三岔五在饭点总是要来一下。

我们镇离县城只有二十公里，从县里大院到镇上大院也就是半个小时的车程。刘副县长第二次来时就要求见表哥。表哥哪见过这么大的领导，诚惶诚恐跑过来，激动地握了领导的手，屁股坐在椅子角儿。当他磕磕巴巴说自己的师傅是当年黄维的厨师长时，几乎惊住了刘副县长，啥啥啥？一迭声地问。当刘副县长终于搞清楚真的就是被解放军全歼的黄维兵团的黄维后，脸上的表情豁然开朗。刘副县长再次抓住表哥的手，说，老弟，愿意到大院里去吗？大院就是指县委县政府。表哥只当是开玩笑，我一乡野村夫哪敢造次啊。刘副县长不松手，严肃了，我说的是真的。你有个思想准备，瞅机会你过去。我不亏待兄弟，他们二位知道。书记镇长立即点头作证。当时我想，表哥和县长的关系是因为一个胃。

机会很快来了。说时是秋天，来年惊蛰那天，表哥就进城做了大院小食堂的主厨。春节前，刘副县长提拔为我们县的县长。表哥在县里当厨子那些年，逢年过节我回去，他总是安排我住宾馆、在大院的小食堂吃饭。每次离开时，表哥都会把他的好酒名烟给我塞上一纸箱。要多给领导表示，表哥总是反复叮嘱。

随着时间的流逝，表哥脸上越来越有感觉。一个厨子能办到的事，表哥能够办到；一个厨子办不到的事，表哥同样能办到。如果你不认识一个像我表哥那样的厨子就不可能知道一个厨子能办什么事。在酒店、在洗浴中心、在足疗馆，我亲眼见到那些乡镇的书记乡长、县里的局长副局长、大小包工头如何和表哥称兄道弟咬耳朵开玩笑拍肩膀。

我注意到，表哥从没忘乎所以，他不拍人家的肩膀，他放低自己，巧妙透露县长的意思，不动声色接下别人所托，对这些各级领导，只是一味地夸赞。这个有水平，那个有魄力，这个思路清，那个腕子硬，这个有文化，那个见识广，表哥以诚恳的态度把他们捧到天上。和表哥在一起，一个个都是兴高采烈的、飘飘然的，似乎马上就要提拔了，就要前途无量了。

表哥的口才真的是越来越好了。我敢说，表哥是厨子里面口才最好的；在口才最好的人里，表哥的卤味肯定也是无人可比的。我当时想，表哥吹人成为他领导艺术的一个重要方面，他的早年功夫，真的是一点也没有浪费啊。镇上的王记卤味依然红火，甚至更红火了。

表哥进城了，表嫂一人哪能忙得过来，就把她的弟弟叫过来帮忙。原来的门面已经显得太小了，于是，左右两家的门面也被租下来了。不再一味卖卤味了，南北大菜一应俱全。

让表哥唯一不放心的是他的儿子、我的表侄。这孩子瘦弱，麻秆一样，胃口差，家里的卤味他从来不吃，也不爱说话，不爱动，安静得像一个姑娘。有一段时间，表哥担心得不得了。我那时刚刚参加工作。春节回去，表哥说，这娃难不成有病，你带他去省里大医院检查检查。这么一说，我也怀疑他是不是肝有问题。一检查，肝胆肾一切正常，只是有点营养不良。既然这样，大家也就放心了。

表哥进城后，想让表侄跟他进城读初中，说城里的教学水平高。表侄坚决不去，还拿出我当挡箭牌，我表叔不是也在镇上考上的名牌大学？城里的教学水平高，有几个考上我表叔的学校？你那猪脑子能跟你表叔比？我猪脑子？我再猪脑子也不会去杀猪。我的事你不用管。细脖子一别，走了。表哥一张黑脸变紫了，作势要动手，被我一把拉住了。

表侄后来考上了北京的一所大学，虽不是什么有名的大学，自己却很满意，他的满意似乎来自能尽快离开家。自此，他就很少回来。表哥在大院干得风生水起，不想，县长的身体却出了状况，也不是要命的问题，体检时发现了三高，外加重度脂肪肝，得注意了，加强锻炼，戒烟戒酒戒脂肪，猪蹄和大肠是不能再吃了。

表哥心里陡然像压上了千斤巨石，人都有点蒙了。县长在医院调养了一段时间后，很快就回来上班了。

有天晚上，县长把表哥叫到了他的办公室。表哥拿不准县长要说啥，心里七上八下的，一进门就想作检讨，好像县长的病都是他一手造成的。县长哈哈一笑，说，不瞒你老弟，我这贪吃的病是小时候落下的。一九六〇年我五岁，饿得抬不起脖子。我十一二岁时，有一天中午，我去同学家叫他一起上学，发现他们家在吃鸡，扔一地骨头，同学正在啃一个鸡腿。看到这一幕，我扭头就跑啊，边跑边哭，那个伤心啊，那个气愤啊，一直跑到村头的打麦场。我躲在麦秸垛里整整一下午，学都没去上。那时候就想，长大了，我要天天吃肉。俱往矣，俱往矣，县长话锋一转，老弟也跟着我这几年了，有啥想法没？

表哥一时无话可说。表哥还真的没啥想法。表哥说，县长要是不需要我了，那我就回去吧。回去杀猪当厨子？表哥说杀猪当厨子。县长说，这么多年了，你老弟的为人我是看透了，总为别人着想，从不考虑自己。这么多年了，无论酷暑严冬，无论天有多晚，只要我在加班，你就不离开厨房，只要我说一声饿，你不出十分钟就能把可口的饭菜端上来。这么多年了，你不提要求，不捞好处，不说别人坏话，办事严，口风紧。像你这样忠诚可靠的兄弟是越来越少了啊！我已经离不开兄弟了，难不成兄弟却想离开我？表哥都快哭了，急忙否认，不不不，我就一个厨子，县长你这么高看我，你要是不嫌弃，我一辈子跟着你。我现在正在研究健康食谱，以后你不要过度劳累，饮食这一块，你就放心吧。县长说你就准备一辈子当厨子？我要退了呢？我要调走了呢？表哥说，我、我一个厨子……县长说，一般的人都是高估自己，眼大肚小，吃着碗里看着锅里，自己的工作都做不好，老想着提拔，像你这样低估自己的人还真是少见啊。那年去你们镇上我咋说，我说我不亏待兄弟，记得吧？以你的办事能力，做个政府办公室主任也是绰绰有余的啊。表哥说，县长我一个厨子我……县长说，厨子怎么了？刘备还卖草鞋呢，朱元璋还当和尚娃呢。你也别谦虚，我也不卖关子，你去下边一个局先当办公室主任吧，相关手续我让他们办着。别说我身体出了点小事故，就是没这档子事，我也早替你考虑了。你还年轻，得看远一点啊！县长说，你高中毕业，再想进步学历就低了啊！你也别发怵。你学学小李，小李高中都没毕业，现在本科毕业证都拿到手了。

县长说的小李是表哥的好兄弟，更是县长的小兄弟。小李跟着县长可是有些年头了，在县长是局长的时候小李就跟着县长干。小李比表哥当局长早了好几年。在县长安排表哥未来的那段时间，小李还是那个局的办公室主任，正准备提拔当副局长。小李这人我也熟，每次我回老家，见到表哥也总是能见到小李。其实我多次住的宾馆都是小李安排的。小李长得帅，个子高，一米八〇的样子，浓眉大眼，很威猛，又注意穿着，就很吸引人了，更是招女人喜欢。

小李读高中二年级时，和女生谈恋爱，把其中一个肚子谈大了，被学校给开除了，从此走向社会。小李母亲死得早，父亲再娶之后，小李就有隔阂了，与父亲的家更是疏离。小李其实是跟着外婆长大的。小李自小喜欢养狗，一条土狗养了快十年，老死了，小李伤心得不得了，哭了一场。正好又赶上被开除，心里更是没着没落的。听说郊外有斗狗的，他就去看。这一看，看上瘾了。这一场看完，紧接着赶往下一场；本县看了，到邻近的其他县看，甚至跑到湖北的老河口襄樊去看。他也压钱，有赢有输。赢输倒是其次，关键是小李喜欢狗，每看到名狗，长相俊朗的、威猛的，小李就羡慕不已。

有一次看到一只棕色美国比特犬，线条优美，肌肉发达，毛皮瓷实光滑，一声令下，纵身从主人手中挣脱，如闪电一般扑向对方，奔跑过程中，尾巴逐渐扬起，一口下去咬在对手背上，对手呻吟着极力挣脱；再一口下去，雪白的一口剪刀状的牙齿狠狠掐住对方的脖颈，再不松口。就是这只比特犬让小李萌生了养狗的想法。我对斗狗一窍不通。

那些年回去，和表哥小李一起吃饭、洗脚，小李有时回忆过去。小李为养狗到过内蒙古到过东北到过甘肃，有一年的冬天他买了三条小藏獒。腊月买的，进入正月，都不吃食了，二十四小时看着、抱着，还是一个一个地死了，小李哭了一年下。小李在城郊租了一个废弃的农家院子，在里面养狗，训练狗。

训练狗主要是练它的体能，爆发力、耐力、咬合力，身上绑上重物让它跑，买咬胶给它咬；再就是练打斗技巧，练斗志勇气，从墙上、从摞起来的桌子上往下跳，找陪练，找体型大的斗。小李说在他看来比特犬最美最猛。比特犬每平方厘米的咬合力达八十公斤。比特犬的骨头最硬，是其他狗的三倍。比特犬不怕疼，你们知道为啥？比特犬打斗时，睾丸激素分泌比其他狗快，高浓度的睾丸激素使它不怕疼痛。这个专业了。我和表哥听得连连点头。小李在甘肃买过一只比特犬，后来卖给湖北一个老板，赚了十二万元。这可是上世纪九十年代初啊，是小李最成功的一次生意。

可以看出，表哥最佩服小李这个小老弟，当然不只是养狗了，小李有胆略。养狗辛苦，风险大，再说总不能一辈子养狗啊。小李才二十出头，要面子得很。以小李的精明和勤奋，几年下来积攒了一点钱财，决定见好就收了。小李还是想有一份体面稳定的工作。

政府要招人了，几个局都有名额，小李选了一个管钱的局报了名。弹了弹身上的狗毛他就走进了考场，奋笔疾书，藏獒牛头梗比特中亚非勤波尔多罗得西亚都是斗狗的名字，一边写，一边观察前后左右，写满了考卷。已经有人把卷子写完，翻过来，扣在桌子上离开了；也有人直接把卷子交到讲台上。时间马上就要到了,更多的人站起来。小李也站了起来,他伸手拿过前面刚离开的考生的卷子,重新坐了下来。小李个子高,胳膊长,动作敏捷。他掏出涂改笔,迅速地把一个陌生的名字抹掉,在原来的位置,认真地写上了自己的名字,然后把试卷翻过来,扣在桌子上,起身离去。回到已经空荡荡的狗舍,小李掏出他写满狗名的考卷,打火机点了,燃起一支烟,深深地吸了一口,看着考卷烧成灰烬,在心中告别了自己的养狗生涯。

　　鉴于和表哥的关系,小李说话从不避讳我这个外人。每当小李讲完一些事,表哥总是说,看看,看看你这个老弟。小李比我小两岁。表哥那是真佩服、真赞赏。小李以优异的考试成绩和俊朗的容貌如愿以偿地进入了局办公室。在进入办公室工作了一年半后,也就是第二年的春节前,小李在一个晚上走进了刘局长的办公室。刘局长当天在整一份材料,走的晚。小李进门后,回手把门反锁上,二话不说,直接把装着十万元现金的手提包放在局长面前的老板桌上。刘局长惊得睁大了眼,小李,你这是干啥?新年快到了,略表寸心吧。刘局长说,有事说事你这是干啥?小李说我没事。没事搞这干啥?刘局长说,我告诉你,有事没事搞这都是不行的。工作有纪律,做人有底线。年轻人要踏实工作,不要走邪门歪道,否则是要栽跟头的。念你年轻,我不计较你,你马上拿走。抓起提包就往小李手上塞。你不走是吧?局长说,好,我现在就给纪委打电话。说着,就放下提包,抓起了电话。小李一个箭步跨过去,伸手按住了电话。滚出去!局长低吼道。小李的反应是惊人的,他隔着板台,抬手就是一记响亮的耳光。

　　小李多高大多年轻啊,刘局长瘦小的身躯扑通一声摔倒在了高背椅里,脸色刷白。一瞬间的愣怔后,刘局长咆哮道,你他妈的疯了!刘局长弹跳起来,似乎又要去抓电话。小李伸手死死抓住他的两只手腕。两人就这么隔着桌子,倾斜着身子,面对面站着。

小李说，刘局长，你让我把心里的话说完。刘局长，你是我最尊敬的人，最崇拜的人。你的为人，你的能力，你的水平，全县无人不知，无人不晓。最近都知道要提拔一个副县了，多少人都在活动。我听农行行长说，为这事他都喝过三场了，交通局的局长说他都收到五双名牌皮鞋了，都够他穿一辈子了。他们请客就是为了考察时投他们一票。刘局长啊，他们谁能跟你比？谁能比过你？你提拔了，是咱们局二十几号人的福气，是咱们县一百万人民的福气。你咋就不动呢？我笨，我急，我就想出点力，不想让别人笑话咱没实力，把咱踩在脚下。

随着小李恳切低声的表述，刘局长绷紧的身体逐渐松弛了。小李长出一口气，松开了刘局长的手腕。刘局长虎着一张脸，坐回到椅子里。小李绕过桌子，来到刘局长身旁，双膝一弯，跪在了椅子旁。小李说，刘局长，你比我大十二岁，听老人讲，旧社会，十二岁开锁子带搬亲，我想认你当干爹，你要嫌折你的寿，我认你当亲哥。你说吧，无论如何今生今世我鞍前马后肝脑涂地追随着你。刘局长吐出一口气，把身子松松地埋在椅子里，轻轻闭上了眼睛。老弟啊，刘局做出了选择，教哥咋说你啊！接下来，自然是刘局长做了刘副县长。后来，刘副县长给小李说，提拔谁，组织部早就定过了。他们活动是瞎活动，是非组织行为。果然后来一个镇长和一个局长受到了纪律处分。在刘副县长上任前，小李做了他们局的办公室主任。当时我想，小李是在狗的身上得到了启发和智慧。

这么多年来，刘县长都把一些私密的事情交给小李办，比方说海南和北京的别墅，都是小李出面实地反复考察比对才定下来的，当然，小李也会同时购下自己的房产，只是位置和面积都不能好于大于刘县长的；比方说与大小开发商、大小包工头的一些交往，在某些环节上也都是小李出面的；比方说在县长心情特别好或者特别不好时，工作压力特别大或者特别轻松时，或者心情说不上好坏，压力说不上大小时，小李都会安排县长排泄和疏通身体里的积郁。

在表哥做了办公室主任不久，刘县长调到外地去了。刘县长调离三年后，小李已经当局长两年了。当年县长操心表哥的学历问题，在小李那里得到了圆满的解决。小李牵线，表哥只花了七千块钱就拿到了一个自考文秘专业的大专毕业证。既然所要求的学历问题解决了，表哥的进步也是顺理成章的。小李当局长三年后，表哥也当上了局长。我这紧赶慢赶的，总算赶上了你老弟，表哥对小李说。

表哥说"我这紧赶慢赶总算赶上了你老弟"，这是指级别、指职位。表哥起步晚，底子薄，财力上不能和小李比。虽说在海南也有一套小小的海景房，但北京三环以内的住宅倒是货真价实的。这个重要了，儿子毕业就有房子住了。以表哥的设计，儿子要在北京做公务员，要是在哪个部委工作，那就齐整了，风光了，得劲了。表哥对我说，我不需要他挣钱，我要他给我挣面子。

五年前，我带着表哥的重托去北京。表侄依然住在学校宿舍里，并没有住在表哥为他准备的装修舒适的住宅里。那时是八月，毕业生早已离校，表侄的宿舍里就住着他自己。我没打算考公务员，表侄说，我不想成为我爹那样的人，我甚至没做好工作的准备。我不想随便找个地方朝九晚五，结婚生子，养家糊口，了此一生。我想到国外看看。我报了一个班，在准备雅思考试。我一边考雅思，一边在了解英国的学校。我想到英国去。我琢磨表叔你会支持我的想法。

这孩子念四年大学，个子长高了不少，只是依然瘦弱，又高又瘦，站在面前，像一根竹竿，一双大眼睛有着深情迷茫的底色，要不是一股倔强和执拗之气附着在上面，都接近女孩子的美丽了。我支持，表叔当然支持。我说，你有这样的想法我很高兴。你自小就是一个有主见的孩子。我从心眼里不希望你遵从你爹的要求。

你这么年轻，不要过早限定自己的生活。我希望你能做一种充满想象和创造的工作，这是通往幸福的大门。至少你要有自己的特长或技艺，它使你能够不依附他人，就能自食其力，能够被他人所需要。你记住了，即使如打烧饼烤红薯这样的手艺，也可以使你生活得自由有尊严。

这年秋天，表侄如愿以偿地飞往英国，他以雅思六点五分的成绩被安格利亚鲁斯金大学国际贸易学院录取。安格利亚鲁斯金大学坐落在剑桥镇，剑桥镇因著名的剑桥大学而声名远播。我也从随后与表侄的QQ联系中，从图片上，多少了解了一点这所伟大的学府。我看到了三一学院门前牛顿的苹果树，我也看到了由牛顿设计的纯木数学桥，我在基督学院后花园里看到了弥尔顿在其巨大的树荫下构思《失乐园》的桑树，我在国王学院后院的剑河边看到了中国诗人徐志摩的著名诗句被刻在一块石头上。安格利亚鲁斯金大学被剑桥大学巨大的阴影所覆盖。说到剑桥，人们只会想到剑桥大学而不会想到安格利亚鲁斯金大学，即使你知道剑桥镇上有另一所大学，也很难记住安格利亚鲁斯金这个拗口的名字。在我们镇甚至我们县，自古至今到剑桥读书的只有我表侄。而剑桥大学在我们县我们镇对于稍微上过点学的人也都是如雷贯耳的。

表哥接受了他儿子去剑桥读书而不是他设计的考公务员，我认为极大程度上是与剑桥有关。那段时间，表哥言必称剑桥，弄得整个县城都以为我表侄考取了剑桥大学的研究生。我始终没太明白是表哥有意忽略了剑桥和剑桥大学的区别，还是真的搞不清楚，但在剑桥读书的表侄可是给表哥挣足了面子。五年前，我躺在北京返回的卧铺上想，表侄说他不想成为他爹那样的人，是给我留了面子，他其实也不想成为他表叔这样的人，且不想成为他表叔和他爹身边这样那样的人。

五年前，我躺在卧铺上想，我没有把话说透，我在一个初出茅庐的年轻人面前，我不可能把话说透。我不希望他丧失个性，浪费才华和青春，进而浪费生命。我希望他内心充满热情和光亮，活得有价值有尊严。

我现在坐在高铁上想，我的周围总是些精神干瘪、萎靡倦怠的人。你很难找到一个可以深入对话的人，找到一个可以进行精神交流的人。他们多是舌苔厚腻，有个浑圆的小肚子，大便难以成形。如果他们承认，他们每天早晨起来都浑身乏力，头昏脑涨，这一状况直到傍晚赶赴宴请时，才会有所改善。在饭店或会所，鸡鸭鱼鳖、推杯换盏使他们彻底活泛过来，一张张蜡人一般僵硬的脸也终于随着第一个通关生动起来，小道消息、黄色笑话、高层秘闻、同事升迁是他们永恒的话题。一个晚上一个饭局的赴宴者不是成功的赴宴者，成功的赴宴者一个晚上会赶两个、三个甚至五个场子。一个晚上只赶饭局的赴宴者是单调的赴宴者，丰富的赴宴者会在宴会后进入牌局、洗浴中心或者夜总会。如果他们承认，他们都有着隐秘的疾病，他们心律不齐，甘油三酯不正常，血压和血糖有点高，中度或重度脂肪肝。五年前，我提醒表侄，就是不让他进入这样的人群，不要成为这样的人。

现在我想，就是一些所谓的校友会、同乡会，就是各种冠之以文化、冠之以研究的协会也不要参加，它们如果是纯粹的精神交流、纯粹的学术研究、纯粹的友谊、纯粹的娱乐，当然可以加入。可惜它们不是。当你知道，它们的存在只是为了拉关系、找机会，你就会厌倦；当你知道，它们的存在就是为了满足私欲、捞取好处，你只会感到厌恶。

我是今天下午见到表侄的。上午到北京后，我处理了一点事情，中午和几个老同学小聚了一下。午饭后，表侄到位于望京的一家饭店去接我。我走出饭店，看到表侄站在马路边，身旁是一辆枣红色的捷豹汽车。表侄穿着带肩襻儿的黑色短大衣，黑色的裤子，脚上是擦得锃亮的黑皮鞋。

表侄站在那里，显得很高级，很帅气，像个精英。五年不见，表侄壮实了很多，看到我，他快步走过来，接过我手上的双肩包，动作很优雅，样子很绅士。然后，我们一同上了汽车。表侄回北京一年多了，知道他在一家企业工作，具体做什么我并不清楚。我们沿着宽阔的西四环向前行驶。下午两点多，马路上车不多，走起来很顺畅。没多久，我们就下了西四环。

表侄载着我来到了位于霄云路上的一家西餐厅。餐厅是一座只有一层的白色建筑，建筑的一角有一个圆顶的塔楼。我们走进去。表侄显得对这里的一切熟门熟路。餐厅装饰极其讲究，既现代又古典，很是优雅。已过了用餐高峰，餐厅里只有几桌客人在安静地用餐。表侄找一个偏僻的座位，桌上铺着洁白的桌布，桌子的一边是固定着的长条形棕色真皮座椅，一把扶手椅放在对面。表侄脱掉短大衣搭在椅背上，我坐进了对面的长条座椅里。

这是一家法式西餐店。对面的墙壁上有现代艺术风格的壁画，描述的是上世纪初巴黎火车站的场景，时髦的贵妇绅士挽着手臂走在站台上。贵妇举花阳伞戴白手套，绅士们则是高礼帽燕尾服。玻璃窗的周边，装饰着精美的玻璃彩绘。我的左手不远处有一座纯铜的美女裸体雕塑，塑像旁边一个台子上的水晶花瓶里插满了盛开的百合。百合花发出阵阵幽香和着背景音乐在空中弥漫。表侄在椅子上坐下。他两肘支在台面，雪白的衬衣绷紧了宽阔的肩膀。

这小子完全是个成熟自信的男子汉了。表侄说五年前表叔交代他的他都谨记在心，他要学会一门手艺，可以自食其力，可以被别人所需要。打烧饼烤红薯太简单了，表侄笑着说，我想被更多的人更多的地方所需要，所以我学习了西餐。这家餐厅就是我目前工作的地方。

表侄解释说，他在安格利亚鲁斯金大学的国际贸易学院只读了一年就离开了，他觉得那里教不会他真正立身的本领。然后，他毅然离开剑桥，去了伦敦，进入伦敦的法国蓝带烹饪艺术学院学习。这所伦敦的法国烹饪学院是法国人于一九三三年创立的，而法国本土的烹饪学校则是一八五三年创办的，是世界上第一所西餐厨师学校，目前它的烹饪学校开到了世界三十个国家。

表侄在伦敦学习了九个月，取得了蓝带西餐和西点文凭，实习三个月，然后他进入伦敦著名的河畔咖啡馆，工作了一年多后，他决定回到北京。表侄说，我想把我的所学带回中国，我想把英国的休闲文化带到北京。正确使用休闲是我们生活的基础，这是亚里士多德说的。我觉得一个民族的文明不能只从它的工作状态看，还应该从它的休闲状态看。我请表叔喝一次英式下午茶吧。我到这个餐厅后提议增加了这个项目。

下午茶很快送上来了，我想是表侄事先安排好的。茶壶、带托盘的茶碗、茶匙、果酱、奶油、奶壶、刀叉和一个分成三层摆放的点心架，器皿和餐具精致华美。英国下午茶起源于一八四〇年的英格兰，据说是一个叫安娜的公爵夫人发明的。贵族小姐太太们常为晚餐前无聊漫长的下午而发愁，这下她们有事了，仪式变得越来越讲究。不久，上流社会的所有人都会在下午三点到五点喝下午茶了。表侄介绍说，后来普通大众也喝下午茶了，是作为一天的劳累后补充体力的餐前小吃。普通大众是在餐桌上享用，而贵族则是在专门的桌子上，这个专门的桌子要比正餐的桌子低一些。点心架的最下边一层是三明治；第二层是传统英式点心，中文叫司康饼；第三层是蛋糕和水果塔。我们先从下边一层吃，先吃三明治，再吃司康饼，然后是蛋糕和水果，顺序从咸到甜。表侄给我倒上茶。这是锡兰红茶，喝奶茶时，要先倒茶，再加奶，用茶匙在杯子的一边搅，不能在中间搅出漩涡了。表侄边说边示范，司康饼要用刀子从中间切开，先抹上果酱，再抹上奶油，这个得用手拿着吃。吃一口，抹一口。表侄说他在安格利亚鲁斯金大学时曾喝过剑桥大学的下午茶。

剑桥的下午茶有着悠久的传统，已经成为剑桥的一道风景。每到下午三点左右，剑桥的大多数学院都会供应下午茶，只听铃声一响，侍者推着餐车就会出现在大厅里，有红茶、咖啡、热巧克力、点心和松饼。教师学生就会三三两两聚在一起，边喝边吃边聊天。剑桥大学校长布罗厄斯曾自豪地说，喝下午茶我们就喝出来六十多位诺贝尔奖获得者。英国从未出产一片茶叶，他们十七世纪起就从中国进口茶叶，他们用中国的茶叶，成就了自己形式优雅、内涵丰富的茶文化。英式下午茶成为英式典雅形象的象征。表侄说。

表侄送我去西客站。表侄说，其实表叔是对他影响最大的人，小时候以表叔为榜样，认真学习，却没有表叔的智力考一个好大学。五年前，表叔的一席话，真正改变了他。表侄说，他处了一个女朋友，在艺术研究院读戏剧学博士。休息日他们会一起去爬爬山。今年春节，他们是在休斯敦度过的。一个蓝带的好友在那里工作。他蓝带的同学遍布世界各地，最要好的还有两个，一个在蒙特利尔，另一个在东京。一周有三个上午他会去健身或者游泳。

他还没有结婚的打算，更别说做一个父亲了。他喜欢他的工作，也对目前的状态满意。表侄说，可惜你走得太急了，要不可以尝尝我做的鹅肝和生蚝。你侄子可是拥有蓝带颁发的高级西餐师证书的人。分别时，表侄说，最终我想拥有一家自己的餐厅。

我现在想，即使真的像表侄说的那样，我对他有所帮助，但他家庭对他的影响也是不能排除的。表哥年轻时做卤味，做猪蹄和大肠，表侄做西餐，做鹅肝和生蚝，从这个意义上说，表侄也算是子承父业了。子陌在高铁上最后说。

槐叶如琴

往　事

都老了。楼外楼老了。杏树老了。我也老了。你看我一身老皮像不像这杏树的皮？杏树真是老了，老得一个杏也结不出了；我是老得连豆腐都快吃不动了，气儿也喘不匀了。哪有力气说话？可你缠着我说这说那，陈谷子烂芝麻，说都没人听，你真想听？听那做啥？我只想靠这杏树上喝点酒、打打瞌睡。如今，也只有这棵杏树能让我静一会儿。你知道它是你九爷亲手栽下的。

你问杨子亮？杨子亮是让黑枪打死的。那是民国二十五年的事。可惜你九爷没跟他去，去了肯定不会出那事。后来外边传谣说是你九爷设的圈套，想霸占杨子亮的田产和商号。真是胡说八道，你九爷生来不爱财。咱柳枫镇没人信。谁不知道你九爷跟杨子亮的关系？换帖弟兄！知道啥叫换帖？换了庚帖，结拜了。现在不兴了，现在的人已经不讲情义了，亲兄弟还相互仇杀哩，都成畜牲了。杨子亮就是富，富得流油，你想都想不到。镇子周围的好地大半是人家杨家的，十字街往南的门面也都是杨家的，城里还有京货铺、盐号和药铺。咱这地方中医发达，张仲景知道吗？

医圣，就是咱城北人。杨子亮最初就是靠贩草药发的财。民国二十五年夏天，杨子亮到城里去查看他的生意，在春风阁酒楼刚吃过饭就被打死了。杨子亮是吃了饭到后边的厕所去撒尿，一枪打进了他的后心，没来得及叫一声，一头栽进了粪池里。杨子亮膀大腰圆，一脸大胡子。你想那么人高马大的，一头栽进粪池子里，吭都没吭就没命了，真是想不到啊。据说溅起的脏水柱子有房顶那样高，成堆的蛆被击到半空，又雪粒儿样落到房顶上，鸡子都扑棱棱飞到房顶上去咕咕啄蛆吃。哎，谁也想不到杨子亮到头会死得这样惨。往常他出门都要和你九爷一起，可那次不知道为啥你九爷就没去。你九爷听说后，脸都白了，白得像张纸，一下就把一个酒碗给捏碎了，一连几天不吃饭。

你九爷武功好、力气大。有一年春上，一头牤牛疯了一样到处顶人，伤了好几个，满街的人到处跑，不知道该咋办。杨子亮正好在十字街看到了，说还不去叫老九。你九爷正在咱楼上喝酒，放下酒碗就去了。十字街靠墙围满了人，牤牛孤零零地站在街头打着转儿，一会儿头朝东，一会儿头朝西。看热闹的看到牛头冲了自己这边，就嗷嗷叫着往后退，见牛头又转了过去，又慢慢往前拥。你九爷轻手轻脚走过去，牤牛陡见前头立了个人，知道不是善茬，木了一会儿，甩甩尾巴，开始往后退，像是认输了。看热闹的嘘了口气，笑说牤牛也怕老九。话没落音只听牤牛一声闷叫，低头夹尾，绷紧一身油亮的腱子肉，直冲你九爷撞过去。人们都"噫"地叫出了声，胆小的都捂住了眼，道是你九爷完了。谁知你九爷横里轻轻一跳，牤牛扑了个空。那牛真是疯了，见没顶着，转过身，放开四蹄，又冲过去。这回犄角放得更低，跑得更快，头像一张犁，直铲过去。眼见抵住了，你九爷又是轻轻一跳。就这样斗了十来回，那疯牛呼呼喘气，汗也流出来了，等它再次顶过去，你九爷不再跳开，闪身到它的后边，就这么一把抓住尾巴，双手合并，嘿的一声，只见黄光一闪，咕咚，那疯牛四蹄叉开，叫甩出两丈多远。你九爷飞身过去，扭住牛头，有人扔过绳子，你九爷三下五除二把四蹄给捆了。嗨，你九爷那一身好力气。

你九爷一马三枪的功夫没人不佩服。知道啥叫一马三枪？就是在飞身上马的同时，"叭叭叭"呈扇子面连发三枪，这叫封死门户，这时，人和马已经融为一体，飞出老远。威震四方啊，你九爷。那时候咱这里土匪多，半后响就得关寨门，家里有大姑娘小媳妇的，一到晚上就往脸上抹锅烟，一个个像鬼。为啥？怕土匪抢。你九爷不服。杨子亮家业大，更不服。两个人一商量，说这样下去不行，跟他们拼，得硬起来。杨子亮出钱，到汉口一下子买了十几条枪，在镇上招了几十个精壮小伙子，由你九爷训练，到夜里在寨墙上轮流打更，一有动静，也就一袋烟工夫，人马就齐了。土匪都是些吃软不吃硬的孬种。咱柳枫镇几十年来都是阴历逢双集。那时一到逢集，外乡人来咱柳枫镇不是先在街上占位置、买东西，而是先拥到北寨门。知道为啥？看人头。看看寨墙上挂的有没有装在牛笼嘴里的土匪的头。有时候，一次能挂出十来个。也就几年下来，咱柳枫镇就出名了，集也更大了；你九爷更是无人不知。咱楼外楼那几年生意也做得最红火。东到新野，西到河口，南到凡城，北到南阳，都来拉咱的清酒。逢集，楼上楼下没有一个空位置。热闹得树上都落不下鸟。为啥？刚一落下，划拳声一喊，就扑棱棱惊飞了。那时候，咱楼外楼一个是清酒下去得快，另一个是啥，知道吗？草！咱后院是草料房。外地的酒贩一来，就把牲口牵到后院，自个爬到楼上喝。驴们马们吃饱了、饮足了，主人还在楼上喝，喝醉了，伙计们就把他们抬到装满酒坛的车子上，吆喝一声，牲口自个就上路了。牲口到家了，主人也该酒醒了。那时候，方圆百里谁不知道咱楼外楼的清酒？谁不知道你九爷？咱洪家人走到哪都受人敬重。哪像现在，哪像现在呀！你看这楼外楼上的缝，都能放下一个拳头了。你看这山墙歪成啥样了？一九五八年前还看不出。一九五八年拆了楼板炼钢铁，它就越来越歪了。哎，总有一天它会倒下来。倒吧，塌吧，最好在我睡着时，把我压里头。我早就活够了。你伯活到如今，连街也不敢上了。你伯活到七十岁，老脸也活没有了，老脸被自己的儿女撕烂了，脸皮撕掉了。常言道，树活皮，人活脸。没脸了我还活啥哩。唛？

饥饿爱情的飘零

梅是在饥饿中成长起来的。饥饿使她瘦若麻秆却滋养了她仇恨之树的日益茂盛。彻骨的仇恨使她想吃掉整个世界，尤其想吃掉她的亲生母亲。

母亲总是偷吃。在梅饥肠辘辘的时候，她不止一次地发现母亲的卑劣行径。

梅为母亲的进食技巧惊奇不已。母亲紧闭着嘴，若无其事地扭身面对墙角。她蠕动的两腮幅度极小，从侧面看去，梅还以为她在自言自语。梅侧耳细听，却什么也听不见。梅看到母亲飞快地把手伸进袖筒，然后，她那粗黑的手掌以同样的速度在嘴上摸了一把，接着，母亲的两腮就又开始蠕动。梅突然看到母亲伸了伸脖子，随后，一种极轻的响声却像闪电一样划过梅的脑际。那是食物随了唾液滑进食管的细响。

那一瞬间，梅忘记了饥饿，也忘记了仇恨。梅认为母亲的进食技巧，简直是大家闺秀和小偷小摸的最完美结合。梅直想笑，简直要笑出声来。

在这以后，无数个午后或深夜，每当母亲在极其谨慎地无声咀嚼时，梅总会突然出现在她的面前。梅说，你嘴在动。梅轻松地笑着。母亲便迅速用双手捂了嘴,伸伸脖子,平静地说,自己的嘴,想咋动咋动。梅还笑。梅说,我知道你在干啥。母亲就伤心地红着眼圈,从袖筒里拧下一块锅盔递给梅。母亲烙的死面锅盔又筋又硬,极耐嚼。娘俩便坐在高大、空荡的房间里吧唧吧唧地吃。吃完一块,梅就把手伸过去,母亲就痛苦地再撕一块。最后,母亲会甩甩宽大的袖筒,说,没有了,一点儿也没有了,我啥也没吃住。母亲很伤心地说着,眼睛却警惕地盯着女儿。梅就笑着站起来,很天真很满意的样子。母亲会长出一口气。可梅往往会在这个时候,闪电一样扑过去,脱下母亲的布鞋或解开她的腰带,像掏鞋垫儿或捉虱子那样,弄出更大的一块锅盔。那个时候,母亲的表情绝不像刚刚美餐过一顿锅盔,更像刚刚嚼过大把的楝果。

那简直是场旷日持久的智力游戏。年老的母亲无论怎么挖空心思地像老鼠那样东躲西藏,却总也躲不开女儿猫一样的利爪。在母亲的诡计不断被识破的过程中,梅的聪明才智得到了淋漓尽致的发挥。

梅二十岁那年,随一个外乡放蜂人私奔了。

柳枫镇是个多槐的镇子,没有枫树,柳树也不多,只分布在柳枫河的两岸。槐树却是满镇都是。每到槐花盛开季节,琼英缀雪,白了一镇;春风习习,枝叶扶疏,瑟瑟叶片,如绿色琴键,弹出花香数里。就有异乡放蜂人,花开而来,花落而去。镇边排了蜂箱,搭篷居住。金色蜂群,早出晚归,飞来飞去,嘤嗡花间。

柳枫镇人爱食槐花。小孩做铁钩踮脚钩下一枝,争相摘食,清香、蜜甜、爽口,每有花瓣挂于唇边;大人将满竹筐、竹筛,不洗,拌面蒸了,浇上小磨香油,饭菜合一,顶饥耐饿,满嘴生香,极具风味;也常铺席晒干,装袋密存,冬至春节,冰雪之日,包饺蒸包,老少争食,抗寒生津,吃出一屋春色。堪称柳枫镇一绝。

那年,梅的作为,轰动了整个镇子。使洪家在那个春天,成为柳枫镇人窃窃私语的话题。伯羞愧欲绝，自此，腰身日甚一日地弯曲。

那天早晨，南街一个嫂子想找放蜂人买些蜂蜜。她走到放蜂人居住的地方时，却没有发现帐篷。她以为自己记错了方位，四处看时，就看到放蜂人拉着车子，时隐时现地走在镇边的槐树林里。放蜂人本是向后梳拢着的长发，在晨风里被吹得很乱。车辕上坐着一个女子。她觉得那女子的背影有些熟悉，但没有深想。她不知道放蜂人为什么要走。槐花正开，即使低处的已被捋完，树梢处还开得繁盛；田野里的油菜花也一簇一簇连成金黄的一片。往年他们走得很晚呢。她只好到另一处去买了。

几天之后，当她听到梅失踪的消息时，才想起那天早晨那个很熟悉的背影原来是梅。她飞一样地跑进了楼外楼。

梅在私奔之前没有任何征兆。实际上连她自己也不会想到她不久之后的举动。

午后，梅挽着竹筐去捋槐花。她爬上了一棵不高的树杈。梅捋花的动作熟练至极。梅捋着捋着就轻叫了一声。她感到右手中指像被针刺了一下，接着她看到一只蜜蜂嗡嗡飞走。半筐槐花翻扣下去，撒了一地。梅生气地跳下树杈，却突然看到一个人站在面前。梅吃了一惊。那人长长的头发向后梳着。梅认出是放蜂人。梅笑了一下，说，你的蜂蜇了我。梅翘着中指。放蜂人也笑了下，露出一颗金牙。梅挺认真地问，你那金牙是真的吗？从放蜂人的表情看，他没有想到梅竟会问这个问题。放蜂人随即又笑了笑。梅就又看到那颗金牙闪了一下。还没有反应过来，放蜂人已把梅的右手抓在了他的手中，并低下头，把那根翘着的手指含在了嘴里。梅下意识地拉了一下，说你要干啥？但无济于事。放蜂人抓得很紧，他吸她的指肚儿，吸得唧唧有声。他含混不清地说要把毒液吸出来。梅感到手指被他吸得又痒又舒服。梅就说，你弄痒我了。你像在吃奶哩。梅说完就忍不住笑了。她甚至下意识地用另一只手摸了一下放蜂人的长发。她闻到一股强烈的脑油和蜂蜜混合的怪味。梅想说，你的头真脏。可她没有说出来。她也没法说出来了。那时，放蜂人已经不再吸她的手指，开始更卖力地吸她的嘴唇了。梅呜呜咽咽扭动几下，就软在了放蜂人的怀里。撒在地上的一层槐花被他们踩成一摊花泥……

梅一丝不挂地躺在放蜂人的帆布行军床上。她显得有些疲惫，脸上的红晕还没有褪净，头发凌乱地散在一只竹编的枕头上，但她已经相当平静。梅冷静地说，你是只野马蜂。你蜇痛了我。那时，放蜂人正坐在一只小马扎上抽烟。他已经穿戴整齐。放蜂人听闻，愣了一下，突然就笑了，越笑越响，烟灰抖得满身，肮脏的长发随着陡然暴出的笑声像一团野草一样在头顶乱抖。放蜂人抹了把笑出的眼泪，站起来，拿起一个茶缸，在一只铝皮桶里舀了半缸蜂蜜。喝吧，放蜂人说，喝了会长胖。梅面无表情地接过茶缸，"咚咚"喝了几口。放蜂人怪怪地笑了笑。外面的光线穿过帐篷的门照着他的左脸，正好是镶金牙的那边。金牙强烈地反射着光线，挺刺眼。放蜂人说，蜇你的蜜蜂该倒霉，它活不了了。野马蜂还怪幸运。梅看了他一眼，又斜着身子灌了几口。放蜂人又怪笑着说，怎么样，跟野蜂蜜比哪个甜？放蜂人偏着头，眼光在梅的身体上瞟来瞟去。他似乎在期待着梅能再说些什么他意想不到的话。梅的几句随口而出的话使他兴味盎然。

你个狗×的大金牙！梅凌厉地骂道。

梅本打算从行军床上跳起来，可她没能成功。实际上，不久之前刚刚干完的那件事，使她当时坐起来都相当困难。她就那么斜着身子，把茶缸连同剩余的蜂蜜一块砍在大金牙的头上。

放蜂人不笑了。他愣在那儿，却没有生气。他显然再次被梅的出其不意深深打动。这个四处漂泊的江湖浪人走过去，弯腰把他的知音揽在怀里。他说，我喜欢你。眼圈就红了。头上的蜂蜜不断滴落在梅扁平的胸脯上。在浓重的蜂蜜甜味里，梅流出了眼泪。

梅说，你带我走。

第二年秋天一个有风的日子，有人看到一个衣衫不整的陌生中年妇女，缓慢地走下柳枫河岸，穿过半条街，径直走进了楼外楼。

实际上，这是二十一岁的梅。

梅显得憔悴而疲惫。她的被秋风掠起的头发，像麻披一样毫无光泽。乱发遮面的样子，俨然已是人到中年。看来放蜂人没能用他的蜂蜜把梅灌胖，反倒使她更加瘦削。只是她的腰腹却明显胖出几圈。这使梅看起来像个硕大而丑陋的蜘蛛。

那个充满着雨腥味的阴霾的下午，梅站在阴暗、静寂的楼外楼里，隔着门槛看院子里吸烟的老人。穿堂而过的秋风，把梅宽大的衣裤吹得猎猎作响，梅为父亲的骤然苍老感到震惊。剧烈的颤抖，使她看起来像一片干枯的叶子。她感到整个楼外楼都在晃动。梅听到自己牙齿急速磕碰的声音。她站在阴暗里，一动不动。她的细腿微屈着，眼泪不知不觉地模糊了双眼。她叫了一声：

爹——

伯缓缓抬起头，直直看着眼前的女人。他看了足有一袋烟的工夫。他的喉结动了一下，对着他的女儿，低吟道：

九叔哇——

那时候，密密的细雨开始铺天盖地地罩下来。

五天之后，当梅再次走出楼外楼时，她已是朱相公名正言顺的妻子了。梅被嫁到镇北十八里外的朱村。这桩仓促的婚事，由于梅的不光彩经历而没有进行任何形式的仪式。一切与婚礼有关的礼节均被删去。一切都在窃窃私语中敲定和无声无息中完成。柳枫镇人像没有注意到梅的突然归来一样也没有注意到梅的再次离去。

那个秋雨绵绵的傍晚,一辆牛车停在了楼外楼前。牛车上用苇席弓起一个遮雨的篷子。一个瘦削的中年妇女笨拙地从后面钻了进去;一个同样瘦削的中年男人,拖着一条腿在泥地上踱来踱去。他是一个瘸子。他的头发和肩膀很快就被雨水打湿了,可他似乎没有察觉。他显得相当兴奋,看样子他很想找一个人说话。人一兴奋总是这样。可周围空无一人。于是,他看天,他对细雨密布的天说,天爷有眼。随即轻松地跳坐在车辕上,很响地叫了声,驾——

曾经看到过这辆牛车的柳枫镇人,谁都会以为它是洪家的一个什么远房亲戚。

梅就这样被瘸腿朱相公带走了。自此便很少回来。偶尔也会在深夜走进楼外楼,在昏暗的灯光下,她的生硬的脸,像挂着一张面具。没有人问及她曾经有过的经历,而她的沉默寡言也使人无从猜度。毋庸置疑的是,梅所经历的短暂漂泊生涯,将足够她用整整一生的时间来细加咀嚼。

往　事

你说啥?你九爷冷峻?我不知道冷峻是啥意思。你是问你九爷的脾气?那看对谁,平时真随和,人缘好。镇上人没有不喜欢他的,大人小娃都喜欢跟他玩。狗啊猫啊也特别喜欢他,见了他没有不摇尾撒欢儿的,你九爷就搂住它们,捋捋毛,弹弹湿漉漉的黑鼻子。你九爷就是喜欢小动物,平时随身总带着活物,鹌鹑啊麻雀啊,装进一个小布袋,挂在指头上,一晃一晃,逗得娃们跟着讨乖地喊九叔九叔。你九爷对他们做个鬼脸,却把小鸟藏在胸前,抓住一个说叫叔栽树,抱住了,翻转过来,就这么头朝下脚朝上，双手撑地，看谁倒立的时间长，活物就归谁。

你九爷诙谐得很哩。那年咱家的棉花长得特别好，一入秋就爆开了，像一堆堆的雪堆在花枝上，摘都摘不及。咱自己摘不及，有人替咱摘，夜里丢了不少。你九爷听你几个奶奶说有人偷花，那夜三更里，揭了条床单夹在胳肢窝里，就蹲地里去了。到四更里，听到动静了，拿出床单，挽成一个包袱挂在胸前，弯着腰，开始摘花。摘着摘着那贼看见了，呀一声就想站起来跑。你九爷低声骂，×你妈叫啥哩，快蹲下。又小声说你也来了。那人赶紧蹲下，长出口气，笑着说原来是同道。你九爷说这花真好，可惜早不知道。贼说老子来好几回了。你九爷问知道是谁家的花？贼说不知道，管它哩。你九爷说楼外楼的。贼吓了一愣，缓了缓，说，顾不了恁多了。人为财死。贩到凡城价高得很。你九爷说那是。两人谁也不再说话，生怕吃亏了，看谁摘得快。五更里，两个人的花包都鼓胀起来，腆着肚子就上路了。你九爷说给你说个笑话听听，有个人掰人家苞谷，正掰哩碰到一个同行，等塞满背笼正要回去，同行拉住他说帮忙把车子掰满，那人心说真是贪心，竟拉了车子来。等把车子塞满，同行又拉住他说帮我送家去。那人刚想生气，同行笑说我是主家。看看，白出一夜苦力。贼听了笑话嘿嘿乱笑，呸呸乱吐。你九爷也笑笑，把花包取下来挂到贼的脖子上，说你也帮我送家去。你九爷说完就先走了。那贼软在地上起不来。你九爷前脚迈进楼外楼，那贼后脚就呼哧呼哧背着两包花跟了进来。

唉，可惜你九爷没留下一男半女。你九爷为啥没结婚？不知道，这事我琢磨了几十年，我给你说说那天夜里的事，兴许跟这有点关系，你也替我想想看，想清想不清都不准给我往外说，这是你九爷交代给我的，我从没跟别人吐露一个字。那天夜里，记得就是杨子亮死前一年的夏天，杨家捎信儿来让咱送坛酒去。你爷让我去了。离十五还差几天哩，天上的月亮有半个酒碗大。杨家深宅大院我去过，可并不熟。平常要酒都是杨家的伙计来取，那天不知道为啥叫送去。我朦朦胧胧记得杨子亮是住在后院的。去时，我不是穿过楼外楼从前门街上走，是从咱后院角门出去的，这要近一些。走了一会儿就走到杨家后院的院墙外了，看到一个偏门，推推没锁就进去了，是一个小天井，静得很，没一点儿人声，没一丝灯亮，只有些蝙蝠唧唧叫着，一会儿剪来扑去，一会儿展了软翅挂在房檐，阴森森的。我害怕了，想往外跑。那会儿我才十几岁。可看看怀里的酒坛，也不敢再抱回去。定了定神，我看见旁边还有一个门，慌慌张张推门进去了，又是一个小院，没有人，更暗更黑。吹过来一阵风，树叶哗哗啦啦响，我才看清是院子里的一棵大槐树挡住了月亮。槐树的枝叶几乎把个院子给遮严了。从树缝露下来的月影像花毛子，一团一团地乱动，我吓得出了一身汗。不知道该往哪走，也不敢张嘴喊。就那会儿，我看到树根处放着把躺椅，躺椅上白绒绒一团，像卧着一只大白猫。我闻到一股香味，先我以为是槐花的香味，后来想，夏天哪来的槐花。我抱着坛酒迷迷瞪瞪走过去，说不清是想看看那大白猫的模样，还是想闻那香味，要知道，那么大的猫我没见过，那么好闻的香味我也从来没闻过。心里咚咚跳，脑子里恍惚得就像在做梦。我慢慢往前凑，等凑到跟前，我看清了，也吓酥了，哪里是大白猫，是个一丝不挂的人，是杏娘，杏娘赤身裸体地蜷在躺椅里。我吓得手里的酒坛差点掉到地上。杏娘的身子真像雪地一样白，照得我睁不开眼。我也不知道跑，怔在那里，死死抱着胸前的酒坛，头晕得厉害，汗水顺着脊梁往下流。就在那个时候，杏娘说话了，她葫芦籽儿样的白牙露了一下对我说，来，来呀，来吃杏娘的奶。我当即就吓哭了，嘴唇抖得话都说不囫囵。我说我当是只大白猫了。杏娘扑哧一声笑了，接着抬了抬身子，叹了口气，说是只猫就好了。我还站在那儿，打摆子一样地抖，勾着头不知道该干啥。

过了一会儿，杏娘又叹一声，说叫你九叔别吹了。我听清了，可我不知道她说的啥。她又说叫你九叔别吹了。我问九叔吹啥？杏娘说你听不到吗？你听不到你九叔的箫声吗？我侧棱起耳朵，听到了，声音很小，像从北寨门外柳枫河岸上飘来的，断断续续，像哭，柳絮子一样，撩得人难受。杏娘伸直两腿，哼哼着说我受不了了，我受不了了。两手捂住脸，头不停地摇，眼泪从她的手指缝里往外泅，她的葱根一样白的手指，像冰一样闪着光。我心里激灵一下，打个冷战，放下酒坛，转身逃跑了。

你说怪不怪？我知道你九爷爱吹箫，平时不喝酒没事的时候，好在咱后院吹，可夜里我从来没听到过，兴许我年轻瞌睡大。可从那夜起，一连三天我都听到了，都是从寨外柳枫河岸上传来的。那声音竟能飘半个镇子那么远。谁是杏娘？我没跟你说？杏娘是杨子亮的小老婆。在杨子亮死前三年，从南阳重金买回的，来时才二十岁，说是苏州人，说话鸟叫一样好听，生得小巧，长一对杏核儿眼，花骨朵儿一样。那样一个女娃，偏偏喜欢骑马、放枪。杨子亮给她买了匹枣红马驹。有一段时间，杨子亮总是喊上你九爷，三个人出北寨门到地里骑马打兔子。有一次，马驹惊了，往前飞跑，把个杏娘弹了出去，幸好你九爷功夫好，眼快，夹马过去，硬是把杏娘给接住了，毫毛没伤。杨子亮却是再也不让杏娘骑马了。

那夜我从杨家宅子里跑回来，擦了把汗就在院子里睡下了。平时，我是沾床就着，早晨总是你爷拧着耳朵才能醒。可那夜我咋也睡不着，不怕你娃子笑话我，闭上眼就看见杏娘白花花的身子在眼前晃。你九爷的箫声一阵阵飘过来。听那箫声我就琢磨你九爷心里装着啥伤心事。我猜不透是不是因为那杏娘。我喜欢你九爷胜过你爷，你爷叫我跟他学酿酒，对我特别严。你九爷宠我，俺俩的缘分深。第二天我就想去跟你九爷说，白天人多我不敢说，到天黑了，我又不知道咋跟他说。一连几天我都在找机会，也给自己找胆量。到第四天夜里，我一个人偷偷摸摸出了寨门，爬到柳枫河岸上。我说九叔，杏娘让你别吹了。你九爷看着我就怔住了。我说杏娘说她受不了。你九爷眼睛直直的，看着啥，又像啥也没看。我很害怕，我想我惹你九爷不高兴了。随后，你九爷笑笑对我说回家睡觉。我们一起往回走。走到寨门下，你九爷小声对我说，别跟别人说，就咱爷俩知道。回到院子里，他让我先睡，自己到屋里拎出一坛酒，坐在杏树旁，也就是咱俩现在坐的这地方。那时杏树还小，是你九爷那年春上才栽下的。

你想清楚了？我给你说，想清想不清都不准给我往外说。你九爷恋得苦？是苦啊，不苦能深更半夜地吹箫？你九爷是苦在心里，一辈子跟谁也没提一个字。咱洪家祖祖辈辈没干过一件叫人耻笑的事。咱洪家的门风就跟咱的清酒一样谁不夸赞？没想到也想不到啊，楼外楼七十年树起的好门风好名声，会败到我手里。我想死，老天却不收我。我活怕了。我心口疼，疼得厉害，揪着疼。我的心已经叫儿女们给揪烂了。

另一种爱情在路上

到了这一年，菊已经出落成一个相当好看的姑娘。如果把梅比作一粒干瘪细瘦的老鼠屎的话，菊则好比是一颗饱满的米粒。她有着这种成熟庄稼的肤色、光泽和诱人的气息。这预示着菊的故事应该开始了，也注定菊的故事会更加生动。

菊的故事与梅的故事如出一辙。打个比方说，梅在匆忙中画了张草图，菊在细加斟酌修改后，为其涂上了一层耀眼的色彩。

这年秋天，一个手艺人来到了柳枫镇。他斯文、白净又年轻，应该还是一个大孩子。嘴唇上只有薄薄一层绒毛。他梳着分头，白衬衫扎在裤子里的样子,像一个体面人家的学生。从手艺人的角度看,他更像是一个耐心的裁缝,而不像一个弹棉花的,可他就弹棉花。他在一间废弃的牛屋里,支起摊子,熟练地敲打他那个像弓一样的东西,弄出一串又一串声音。

喔——喔——咚咚——

喔——喔——咚咚——

那个秋天,几乎所有柳枫镇的女人,都被这种声音弄得激动不安,纷纷拆了自家的被子。这使年轻人的生意出奇地好。

起初,菊还不知道那是一种什么声音,从早到晚,持续不断。后来菊看见嫂子从楼前的街上走过,怀里抱着一床崭新的被套,上面网着细密整齐的红线。嫂子本来与文哥住在楼外楼后院的西屋里,因与婆子生气,便把门封了,在后墙上开了门,再不踏进楼外楼一步。菊说,嫂子,新买的?嫂子说,哪来钱?旧的,拆了重弹的。菊这才知道那声音是弹被套的。菊感到新奇,烂牛肉一样的被套,竟能弄得虚泡泡,一副新棉花的模样。冬天盖在身上,一定又软又暖和。

菊回到后院天井,对伯说,布衾多年冷似铁。伯说,死铁?菊是家里的知识分子,伯时常听不清她的话。菊说,我要把被套弹了,得两块钱。菊说的声音挺大。母亲不高兴地咕哝一声。菊拿把剪刀,三下两下已把被套剥了出来。母亲一边嚅动着嘴,一边愁眉苦脸地从腰里掏出一团脏乎乎的手绢,慢腾腾展了半天。母亲总是愁眉苦脸,她的嘴永远都在咀嚼。虽已不再饥饿难耐,却从不放弃她长期练就的那种大家闺秀式的咀嚼风度。作为一个知识分子,菊挺蔑视。

菊上过初中,可没有毕业。初二那年夏天菊退学了。其实,菊很喜欢上学,又想考大学。可菊上着上着却没了兴趣。她眼睛盯着黑板,却想着别的事,看起来异常专注。再没有学生能像她那样把精力集中表现得入木三分了。菊几乎欺骗了所有的老师。老师对她的好感却与她越来越糟的成绩极不相称。这使老师们疑惑不解。菊本是一个挺聪明的女孩。数学老师说，菊，不要把问题想得太深。菊说，我什么也没想。数学老师就说，谦虚是一种美德。不过还要注意劳逸结合。数学老师认为菊是用脑过度，累着了。

这天下午，先上了节物理课。物理老师出了道题，说是两辆车，一辆先走，什么速度，走出多远后，另一辆以另一种速度走，问多长时间后一辆可追上前一辆。同学们开始演算。菊却以手支颐，作深思状。过了一会儿，老师说，菊，你心算出来了，是多少时间？菊不理。老师又问，菊，多少时间？菊如梦方醒，菊说，啥时间？又说，我又没有戴表。菊逗笑了所有的人。自己也跟着笑。老师忍住笑说菊你坐下。又把题给她重复了一遍。这使菊困惑不解，菊说，为什么它们不一起走？老师愣了愣，紧接着，蓬勃大笑冲口而出，越笑越烈。老师捂着肚子，抹着眼泪说，菊呀菊，想不到你、你有这种超常思维，你有这种幽默天才。

第二节是体育课。体育老师上过县里的体校，个子又高长得又帅，喜欢盯着菊看，还喜欢让菊出列做示范动作。菊心里很舒服，常盼着上体育课。

这天学双杠，体育老师先做了一套简单的动作，然后说，菊，出列。菊就大方地走出来，按着老师的样子做。菊两手抓住双杠，一窜，一晃，就把两条长腿分开架在了双杠上。这时候，老师说，停。菊就停着不动。菊就那么斜着身子，叉着两腿。老师说，腿伸直，脚尖绷紧。严肃地把一双大手轻轻环住了菊的大腿，逐渐下滑。他说，就这样，对，就这样。一直滑到菊的脚尖。然后，又从双杠下钻过去纠正另一条腿。然后，再钻过来纠正这条。体育老师就这么在菊的身子下钻来钻去。菊说，我腿都酸了。菊垂眼看着她两腿下面的体育老师。他正试图再次钻过双杠,弯着腰,眼神怪怪的,却一本正经地说,体育正是为了增强体质,磨炼意志。

晚上睡觉时,菊发现她的裤子绽线了,挺长的一个口子。她想起体育老师怪模怪样地在她腿下钻来钻去的样子。菊想,他可真不要脸。菊感到浑身都不自在。菊说,流氓。

菊在第二天早晨起得很晚。伯说,星期了?菊说,不上了。伯问,咋?菊说,没意思,老师让追车。伯说,追车?菊说,追车。伯说,撑住了。发疯了。又说,轧死你。后来,菊就跟着伯去西岗上掰苞谷了。这年菊十六岁。

菊抱着被套走到牛屋门口时,弹棉花的正专注地制造那种好听的声音。屋子里雾气沉沉,极轻的花毛到处乱飞,像下着一场淡淡的雪。地面上已薄薄地沾着一层。那人戴着口罩,脑门上满是汗珠,头发和眉毛上落了一层白绒绒的棉毛,看起来有点像老人花白的头发。菊就那么站着,背着光线。菊觉得眼前的景象非常好玩。她很有点想试试,弄出那种声音的冲动。

菊正在胡想着,声音却停了。她听见那人说,嫂子进来呀。隔着口罩,虽有些含糊,可菊听清了。菊突然就很生气。菊红着脸,说,是你姑奶奶哩。那人显然看出菊的恼怒,赶紧取下一边耳朵上的细带,口罩松软地翻下来,大半个脸就露了出来。菊吃了一惊,她的眼睛睁得很大。菊没有想到他那么年轻。他肯定还没自己大呢。菊想。本来她还以为是个半大老头想占自己的便宜。菊的脸又红了。这时菊已走进了牛屋。她的脸整个暴露在亮光里。这使对面站着的年轻人同样地吃惊,睁大了那双南方人常有的眼窝深陷的眼。他的眼睛里飘过一丝无辜的惊慌。他说,姐,对不起。怯怯的。其实,菊已不再生气。菊看着他,心里"咚"地跳了一下,笑着说,你嘴真甜。他也笑了,露出一嘴洁白的牙齿。这段时间,菊的脸始终红着,这使她显得既羞涩温柔又生机勃勃。

接下来，两人似乎一下子都僵在了那里，一时无话可说。过了一会儿，菊轻声说，我放这儿了。弯腰把被套放在一张桌子上。年轻人说，姐你明天来取吧。菊直起腰瞋他一眼。菊说，我叫菊。说完，便走进了秋日的阳光里。

两个人再见面已像是一对老朋友了。菊说，阿钦，你应该戴个眼镜。弹棉花的叫阿钦。阿钦说，我不近视，戴眼镜干什么。菊说，你看着像个大学生，比东街的驴子还像，驴子在武汉上大学，放假回来就把"啥"叫作"么斯"，把"知道"叫作"晓得"，驴子说，我晓得你搞么斯去？难听死了，还以为洋气。可笑死了。菊又说，驴子不近视，还要戴个眼镜，放假回来是搭拉煤的货车回来的，走到镇边，才在河边洗他那脏脸。菊的语气挺轻蔑。她最后说，你比他像，不戴眼镜也像个大学生，戴上眼镜就更像了。阿钦不吭气，一直认真地听着。阿钦喜欢听菊的声音。阿钦听完，说，你看见人家扒煤车回来的？又笑着说，你知道人家不近视？菊不服，像赌气的样子，说，反正我知道。

那会儿，阿钦还没有开始干活，他站着。菊坐在以前拴牛的一个横梁上，腿在空中一晃一晃的。菊说，你们浙江有江吗？阿钦说，有的。过了一会儿，菊说，你跟他们不一样。阿钦说，谁呀？菊说，安徽人，他们钉锅，左手提着一大摞锅，右手拿一个长铁棍，打狗用的，穿得又脏又烂，臭烘烘的，挨家挨户串人家的灶火，伸着黑脖子看人家的锅。可恶心了。他们喊，补——锅——补——锅——再就是叽里咕噜一大串，啥也听不懂。他们好说，鬼阿子。菊把嘴张得大大的发"阿"音。鬼阿子？阿钦也学了一句，挺艰难的样子。菊说，知道啥意思？骂人哩，他们是说龟儿子。菊笑起来。笑完，菊说，你说话也蛮儿蛮儿的，却好听，也能听懂。阿钦的脸红了，说，你说话跟别人也不一样。菊说，我不觉得不一样，哪儿不一样？菊坐在横梁上，歪着头，微笑着看他。阿钦好像下了决心,说,声音好听。菊仍然笑着,脸又红了,腿也不再晃荡了。她鼓励说,还有哪不一样?阿钦就大着胆子说,你长得白,跟我们那儿的姑娘一样。菊的脸就绯红了,却装作不高兴,说,你们那儿的姑娘都怎好?阿钦赶紧说,她们瘦,跟林黛玉那样。菊说,我胖?阿钦更慌了。他说,不是,你、你丰满。

两个人一时又无话说了,各自想着心思,心里跳跳的。过了一会儿,菊嗔怪说,阿钦,说你嘴甜,你倒嘴上真抹了蜜了,见姑娘就这样说话,好讨人家欢心。声音却是柔柔的,眼里也溢出波光。阿钦羞出一脑门的汗。他分辩说,我从没跟别人说过这话,真、真的。

这年秋天,有一段时间,总有一种轻飘飘的茸毛在楼外楼里外飘来飘去,呛得伯不停地大声咳嗽。伯持续不断的咳嗽,就像一辆破旧的牛车行走在泥泞坎坷的土路上。伯说,哪儿这么多树毛子。武说,是棉花。武是菊的弟弟。武十三岁。武左手拿着一个小瓶子,右手不时在空中抓一下。他在捕捉飘飞的花毛。他抓住一点儿,就把它们塞进瓶子里。他已装满了半瓶。有时,他双脚并着,跳一下,以便抓住飘在高处的,有时又很小心地摊开手掌,让它们自己落上去。武玩得非常专注。武对伯说,是从菊的头上飘下来的。

这时候,菊正坐在东屋的镜子前,摘头上、身上的花毛。

菊每天都去牛屋。她帮阿钦网被套。她管不住自己。菊闭上眼睛就能听到那种很悠远的震颤声。那声音就在她的体内,心就跟着颤。菊一睡着就梦见白脸的阿钦,他就用那种蛮儿蛮儿的声音跟菊说话。他的深陷的眼睛很温柔,整齐的牙齿很洁白。菊总是醒得很早。一大早,菊的脸就红扑扑的,眼睛亮得像秋夜的星星。菊对着镜子梳妆,梳着梳着动作就慢下来,停住了,目光散散地想心事。武突然跑过来说,菊把你头上的花毛摘给我,我想把瓶子装满。武晃了晃手中的瓶子。菊吓了一跳。她不知道武在说什么。菊恼怒地说，去去去。武嘟囔说，小气鬼。就又跑到院里去了。菊想，我要走梅的路了。菊不觉激灵了一下。但随即她想，我比梅强。我会比她干得漂亮。我得试一试。

这一天就这样来了。菊跪在苇席上网着红线。菊还不熟练。她弄得又慢又不直，把自己折腾出一身的汗，就把外套脱了，搭在她上次坐过的横梁上，只穿着件白衬衣。阿钦敲打着，好听的颤音不断从他手下飞出。两个人都戴着口罩。阿钦突然停下手，说，菊，我戴错口罩了。菊说，错就错。又说，你咋知道错了。其实，菊早就知道他们相互戴错了。两个人隔着口罩说话，声音都有点嗡。阿钦说，我戴的是你的，有你身上的味。菊的心跳加快了，眼睑泛出粉红。菊说，啥味？阿钦说，香。好闻。菊说，阿钦你又贫嘴。我身上哪有香味，又不抹珍珠霜。阿钦说，不是化妆品的香味。

菊把线弄得越来越乱，后来两条线干脆缠在了一起。菊爬过去，想把它们分开。却又把网好的也弄乱了。菊说，阿钦，我弄乱了。阿钦就把弓靠在墙上，走过来，跪在另一边。他们都探出身子，整理那团乱糟糟的红线，头离得很近，头发偶尔就碰在一起。他们的样子就像两只顶架的羊。他们同时把手伸到一个地方，手指头碰了一下，又各自缩了回去。谁也没看对方。牛屋静悄悄的。他们感觉到自己的心跳和对方呼吸的急促。菊的手抖得厉害，把那团线抖得越来越乱。阿钦的手却支在那儿，一动不动。菊闻到阿钦身上的汗味，她偷偷看了他一眼，阿钦却像傻了一样，他正顺着菊的领口往里看。她知道他看到了什么。菊下意识地跪直了身子，用手压着自己的领口。菊气喘吁吁。她慌乱的眼神与阿钦更加慌乱的眼神碰在了一起。阿钦突然用双手捂着脸，哭了，哽咽不止。他的手随着身子剧烈抖动。阿钦说，菊，你走吧……你帮了我，可我……我不好……我不是有意的，可我、我管、管不住自己……我不知道这是怎……怎么了……阿钦说得断断续续，怪异的浙江口音越来越浓。他感到菊移到了他的身后，两只手搭在了他的肩上。菊说，我没有生气，你是个好人，你为啥要哭？阿钦还在抽泣。过了一会儿，菊说，阿钦，你转过身来。阿钦顺从地把身子慢慢转过来。骤然的一片雪光，晃得他几乎晕过去。菊把她衬衣的扣子全部解开了，丰满的胸脯一览无余。菊把阿钦的头紧紧揽在胸前。阿钦说，菊菊菊……他把脸深深地埋在那片温暖、柔软的雪白里，两手紧紧地搂着菊的腰，两个人抖在了一处。他感到菊激烈的心跳就在他的嘴唇上。汗水和泪水把菊的胸脯弄成湿漉漉的一片。菊说，你喜欢，这都是你的，让你看个够。菊本想笑一笑，可泪水却大滴大滴地流了出来，滴落在阿钦的头发里。

牛屋后面的几个小孩一哄而散。牛屋的后墙上有几个洞，他们刚才就埋伏在那里，闭着一只眼睛向里窥探。这里面就有武。每人都拿着一个小瓶子。他们本来在牛屋门前抓空中的棉花毛儿，比赛看谁先把瓶子装满，可他们谁也无法赢了对方，就决定进屋去偷一些棉花，把瓶塞满。他们得先看看里面的情况，就看到了菊和阿钦。他们说，武，那是你姐。又说，武，我看见你姐的奶了。又说，武，你姐喂奶哩。他们七嘴八舌，又惊奇又兴奋。武不理他们。武突然就不想跟他们玩儿了，他捏着小瓶子，想，明天准能赢你们。武说，我回家了。就快快地走了。

那天下午剩余的时间，菊和阿钦在街上走。他们离得很近，胳膊几乎挨在了一起。他们从西街走到东街，再折回来，从北街走到南街，再折回来。然后又在柳枫河岸上走。那群小孩远远地跟在他们后面，挤眉弄眼。

一个小孩喊：

喔——喔——咚咚——

一群小孩叫：

叫你看个够。

他们怪模怪样地大笑，小脸红扑扑的，激动不已。人们被眼前的景象弄得莫名其妙，面面相觑。一时谁也不知道发生了什么。

阿钦低着头，羞红着脸，不说话。菊就用力捏他的指尖。菊瞋他一眼，说，低着头，干丢人事了？又说，阿钦你听我的话，把头抬起来，低着头才丢人呢！阿钦把头抬起来，笑笑。菊就跟他说笑，轻声慢语或哈哈大笑。菊说，给咱做免费广告哩。菊一脸的满不在乎。

那群小孩还在嚷：

喔——喔——咚咚——

叫你看个够。

太阳半隐在镇西浓密的槐叶里时，菊已完成了她的精神示威。她往家走。走到十字街口拐角处，突然闪出了武。他显然已经等她很久了。武一脸威严，小胸脯一鼓一鼓。他把自己弄得挺激动，好像要干出点什么大事的样子。你站住。武发号施令了。菊吓了一跳，她正想心事，待看清是武，菊继续往前走。菊没工夫理他。武又恶声恶气地重复了一遍，说你站住。菊不看他，还往前走。武的语气好像稍微缓和了一下，他说，把你头上的花毛摘给我，我要把瓶子装满。武站在菊的前面，由于菊一直往前走，他便不得不边说边往后退。武冷冷地晃了晃手里的瓶子。菊疑惑地看看武，又看看瓶子，菊弄不清武在搞些什么名堂。菊说，滚。又说，无聊。继续往前走。武显然下定了决心，收起瓶子，一字一顿地说，你到底给不给。菊仍不理。武恼了。武说，我要说了，是你逼着我说的。又说，这可不怨我。说罢，武转身飞奔进了楼外楼。菊也随即跨过了门槛。

伯和婶都在院子里。武瞄着菊往墙根挪了挪，他离菊远了点。武响亮地说，爹，菊叫人家看她。又说，菊解开衣裳叫弹棉花的蛮子看她。又说，菊叫人家吃她的奶。武恶狠狠的，说一句，瞄一眼菊，说一句又瞄一眼伯。伯被他们弄糊涂了，他看看菊，然后又看看武。婶的脖子好像突然被什么卡住了，嘴巴难看地张大了。她刚弄碎一嘴黄豆，没来得及咽下，这会儿不停地滚出来，掉在地上。一只鸡飞快地跑过来，不停地啄食。菊轻蔑地看着武把话说完，然后，平静地说，就这？又说，还有哩。你这个不要脸的小克格勃。接着，菊以同样的语调宣布了她的计划。不要脸的小克格勃也把嘴巴张大了。

菊说，我要走了。我决定离开这个家。

菊说，我光明正大。

几天以后的一个早晨，人们看到在通往镇外的马路上，一对衣衫整洁的青年男女，挽手向东。男的肩膀上扛着一个弓一样的东西，容易使人联想起一个骑士，带着他心爱的公主走出城堡，开始他们浪漫的旅程。那时候，微风细吹，槐叶窸窣，路边繁茂的青草上，露珠滚动。太阳欲升未升，却已把东天染红。是灿烂的一天的开始。

往　事

你九爷长啥样？像你爷，白净脸，高个，大眼。你没见过你爷？你当然没见过，一九六〇年你爷和你叔饿死那会儿，你还没出世哩，咋会见过？我、你爸、你叔，我们弟兄仨，你爸最像你爷，不像我和你叔，胡子重，一脸毛。你说你像你爸？你笑啥哩？你是想说你像你九爷吧？当我不知道？叫我说不像，一点儿也不像。听你媳妇说你在城里的机关老受欺负？该自己得的都得不住？在外边受了气就回家对老婆娃子使？可是真的？就凭这，像你九爷？你给你九爷舔屁股！咱洪家的后人为啥不干丢人事就软得像面团儿？裤裆里装着个玩意儿办事却像娘儿们。没一点儿血性！知道你九爷是咋死哩？知道你九爷的英名是咋传下来哩？哎，咱洪家怕是再也出不了一个你九爷那样的人了。好，我给你说。

　　那是杨子亮死后的第二年，才过完年，有风声传来，说土匪要来血洗柳枫镇。四月的一天夜里，几股土匪合并起来打上了门。那一仗打得苦。整整一夜啊，先是对射，后又肉搏。五更时候，土匪才被打散，硬是一个土匪也没进得寨门。县里团队赶来时，仗已经打完了。寨外麦地里丢了十几具双方的尸体。东边的天变白又变红。死伤的都陆续抬走了，余下的都坐在或躺在麦地里歇息。那时节，槐花正开着，血腥味、槐花味搅在一起四处飘，分不清谁是谁。麦地里静得很。就那会儿，一个人看见你九爷受伤了。他嘴唇抖着说九叔你伤着了。声音不大，可听起来瘆人得很。早晨有雾湿气大，声音在麦地里一下子能传多远。麦地里坐着躺着的人都愣住了，愣了一会儿就站起来围住了你九爷。那会儿，你九爷还光着脊梁坐在马背上，身子葱笔一样笔直，肚子已是血糊糊的一片，宽宽的棉布腰带都叫血给浸透了。你九爷一声不吭，骗腿下马。有俩人飞步抬过一扇门板，叫你九爷躺上去。你九爷一掌把他们推开，对他们说，躺着算啥？滚回去备轿。说完，稳步走到地头一棵槐树下，靠树坐下了。野外露水重，风也大，落了一地的槐花。你九爷低头拾起一把塞到嘴里，边嚼边说槐花真香，又对傻了一样站着的人群说，愣着做啥，都给我吃，又塞一把到嘴里，鬓角处青筋鼓起老高，汗珠像豆子一样朝下滚。围着你九爷的人也都蹲下去，捡了槐花往嘴里填。在场的都哭了，可不敢出声。轿子抬来的时候，你九爷已把身边的槐花吃个精光。你九爷扶树站起，仄歪了一下，又稳住自己，看看天，看看地，对众人抱抱拳，笑一下说，老九先走一步了。不让人扶，自己走进了轿门。两条裤腿早叫血给打湿了贴在腿上。地头的蚂蚁草上留下两行黑血印子。那时候太阳已升起来了，雾也散了，镇子里的槐花远看血红血红一片，又甜又腥的怪味熏得人头晕。轿子抬起，人们再也忍不住了，放声痛哭。多少人在麦地里滚，滚着哭，哭着喊，九叔九叔你不能这就走啊！轿子颠呀，轿子颠到咱楼外楼，你九爷的血已经流干了，泉眼一样的伤口只会咕咕嘟嘟地冒气泡了。你九爷自始至终都睁着眼，脸上安详得很。可惜呀，你九爷那年才三十一岁。哎，一晃都几十年了，多快，想想就像眼前的事。两年后，小日本来了，整天慌着"跑老日"，咱柳枫镇的集镇已经不成集镇了，咱楼外楼也开始冷清了。

　　咱楼外楼是啥时候建的？民国八年。我就是在新楼里出生的。咱洪家是宣统退位那一年从鄂豫交界的洪冲迁来的，起先咱酿酒规模小，挑上挑子出门，挨村挨户叫卖，换点粮食、柴草糊糊口。听你爷说每天早晨，他们弟兄九个都是叫辘辘饥肠弄醒的，醒来后，趴在门槛上，眼巴巴地看门前的土路，看得眼酸，等你老爷回来。要是看见酒挑子换成了柴挑子，你九个爷就会高兴得燕儿一样叽叽喳喳，咋？他们知道在你老爷柴挑子后的酒坛里，藏有他们想死了的锅盔。高兴一阵儿又都不吭了，咋？都该琢磨自己能分多大一块儿。等你老爷把锅盔分到手，又都开始笑，笑笑就又不吭声了，咋？只顾吃哩。你九个爷一溜蹲在房檐下，啥也不看，只看手里的锅盔，吃得吧唧吧唧响，老远都听得见。可惜他们不是每天都有锅盔吃。自打迁到这柳枫镇，咱就不再挑担叫卖了，租了门面，由你爷掌管。你爷年轻，有力气，会经营，善理财，人缘又好，咱的清酒越来越有名气了。几年的积攒，建起这楼外楼，还置了不少地。哎，败家容易置家难呐。现在说这有啥用？来，跟伯喝一盅，不喝？噢，我忘了，你不会喝。你看看，楼外楼的后人连酒也不会喝了。也好,少惹事。咱洪家没有清酒了,没有名声了,有的是酒疯子,六十度的红薯干酒成瓶往肚里灌。到街上去看看,直眉瞪眼的,嘴脸乌青的,不用问,都是咱洪家人。咋?酒精烧的。谁说咱楼外楼后人没血性?只要叫喝酒就敢醉,只要醉就敢睡到十字街,大冬天就敢往柳枫河里跳,还敢上房溜自己兄弟的瓦,敢拿棍子教训自己亲爹。酒烧坏了肠胃也烧坏了心肝,都成黑心烂肝了,没人味了。现在兴承包。别人承包厂子,承包饭店,承包果园;咱洪家人承包法庭。镇上的法庭,咱洪家人三天两头进,为宅基地,为分家不均,为不养活亲爹亲妈。针头线脑、鸡毛蒜皮,打呀,打得瘸胳膊断腿,骂呀,骂遍五服不重样。样儿鲜着哩。有人靠偷奸耍滑、坑蒙拐骗发了点财,就不知道姓啥名谁了,见长辈理也不理了,楼外楼的宅子也不住了,搬走了。哎,叫人耻笑啊,丢尽了祖辈的脸。还好,还好,再打再闹再没人味,还都不缺胳膊不缺腿,还有个人形。再往下看,是连个人样也没有了。天爷,这都是咋回事?谁造的孽?楼外楼早晚还要出事,出大事。我累了,说累了也活累了。你走吧,我要睡了。我想死阎王不收我。不叫我死总算还叫我睡。眼不见心不烦,睡着如小死啊。

日常生活场景

　　自菊正大光明地走出楼外楼那个灿烂的早晨起,伯度过了他一生中最暗无天日的一段时光。整整四十五天,伯卧床不起。一个半月后,伯才颤颤巍巍地走出昏暗的楼外楼,扶着叶已落尽的干枯杏树,虚汗淋漓,气喘不止。伯像一个体力不支的拳击手,被击倒,爬起来,不待清醒,又被击倒,再晃晃悠悠地爬起来。伯被一记记神出鬼没的重拳砸得困惑、恐惧又绝望。

在伯苟延残喘的最后几年里，瘸腿朱相公是唯一陪伴他的人。伯无论如何也不会想到，梅的仓促婚姻，竟给他凄凉的晚年带来了唯一的安慰。

那个雨天的傍晚，朱相公用牛车把梅拉到了他的破床上，三十五岁的朱相公自尊心和自信心同时得到了满足。他娶了镇上的姑娘，娶了楼外楼的姑娘，他可以经常到镇上走走了。村里人眼热，他们说，这瘸人还真有瘸福哩。五个月后，桃花还没有落尽，朱相公便得了一个白胖儿子。瘸子欣喜若狂，给儿子取名：天意。

朱相公有了体面的亲戚，便三天两头往街上跑，坐坐茶馆，听听书，风光得很。晌午了，到丈人家吃顿便饭，再喝上二两，把脸弄红了，才起身往朱村走。到村边，老远就与人打招呼，还不收工？该喝汤了。人问，又上街了。瘸子说，上街了，不上街弄啥？又问，又喝了？瘸子说，喝，老丈人不叫走，没瞅，脸还红着。其实，朱相公的脸早就不红了。又问，街上又有啥鲜事？瘸子说，鲜，×他，你咋猜恁准。却不往下说。瘸子喜欢他们追着问。问完，村人说，我×，啧啧。

一天下午，朱相公再次红着脸从楼外楼出来。那是菊出走那年的冬天。丈人在久卧病床之后，一天天硬朗起来。朱相公高兴，便多喝了几盅，有点头重脚轻。刚下了场雪，还没有化净，天寒地冻，路面很滑。朱相公踩在硬邦邦的路面上，走得很艰难。朱相公就那么一歪一歪地走出镇子，上了公路。他只要往北走上十里，下公路向西再走六里，便到他的朱村了。可朱相公没回成家。他出事了。刚来得及走完三里路，就被后面跟上来的一辆卡车碾翻在地。说也怪，朱相公感觉到后面有车来，便自觉地往边靠了靠，可他仍感觉那车就在身后，便又靠了靠。他滑了一下，差点掉进路旁的沟里。可他还感觉车在他的屁股后，他甚至感觉到了车头上的热气。朱相公想，它怎么像偷嘴狗一样跟着我。他还没来得及扭头看个究竟，就已倒在冰冷的地上，身下血糊糊的。朱相公当时并没觉得痛。他躺在地上，一眼就认出跑过来的司机是镇上的新农。新农给金开车。他甚至对着脸色蜡白的新农笑了笑，说，新农你撵着我轧。又说，新农你轧住我腿了……朱相公还想说点什么，却突然叫起来，毛骨悚然地叫，叫着叫着就昏过去了，闭着眼睛，像睡着了。那只脚，烂柿子一样贴在地上，脏乎乎的，有几根白白的东西，像冰碴子一样支棱在上面。血在路边的冰雪地上浸得很快。

朱相公幸运，被轧烂的正好是他患过小儿麻痹症的左脚。车主金又是镇上的首富。金大方，不但包了全部医疗费，几个月后，还给朱相公安了只假脚。朱相公拖着假脚，行走如初，并不显得比以前更拐，只是每走一步，假脚就会咯吱一声。最令朱相公意想不到的是，金竟一次给了他三千块钱。朱相公接过钱，激动得眼泪乱流。朱相公说，好人哪，好人。又说，想不到啊，真想不到。捏着那沓钱，在手掌上啪啪地甩，甩着甩着朱相公就不哭了，笑了。

自此，朱相公上街上得更勤了，逢集必来，背集也来。几乎每天都能看到朱相公一瘸一拐的身影，咯吱，咯吱，在街上响来响去。

在伯寂寥难耐的晚年时光，朱相公成为他唯一的安慰。时常蜷缩在杏树根昏睡不醒的伯，只有那由远而近的咯吱声，才能使他抬起核桃一样多皱的老脸。

他们是一对酒友。朱相公来从不空手，总是先在街上打一斤散装白酒。爷俩就在杏树下喝，用黑瓦碗，不要菜，最多拌根黄瓜，腌盘辣子。两个人不说话，不劝，各喝各的，吱，吱。朱相公偶尔会抹一下嘴，感慨一句，还有啥求哩，这份儿上。很满足幸福的样子。伯不吭。伯喝酒。朱相公自从安了假脚就不喜欢坐着，他踱步，仰着红脸，踱来踱去。咯吱咯吱，咯吱咯吱，自信得很，像一只刚刚出笼的瘸腿公鸡。

有时也叫文哥来喝酒。文哥是伯的大儿子。自从嫂子把西屋门封了,后墙上开了门,文哥再过来就得绕到街上。朱相公叫文哥文哥,伸长脖子,好使声音从房脊上传过去。文哥一会儿就穿过楼外楼走进来了。吭吭,文哥说,来了?他跟朱相公打招呼。文哥干活累伤过,总是不停地吭吭。朱相公说,早来了,喝一碗吧,你也够难的。文哥眼圈便红了,不说话。文哥喝着喝着就忍不住要抽泣。吭吭,文哥哽咽着说,真……难呐。朱相公的眼圈也红了。文哥说,他朱大哥,你的命咋就恁好?瘸子就把眼泪流出来。他说,都是先难。咯吱踱了一步,看着天,又说,我也不知道咋就时来运转了。咯吱再踱一步,又说,自接了梅就一直顺。文哥就呜呜地哭,说,我、我这是没……头啊。朱相公说,自己兄弟,用钱言一声。吭吭,文哥说,无底洞啊……哭得更痛。伯空洞着双眼,目光散散的,只把慢慢聚积起来的混浊泪珠,不停地滴落在颤巍巍的酒碗里。无声。

在路上及另一种生活场景

文哥有三个瘫孩子。在结婚的最初几年间,嫂子一口气生下两女一男,可惜都没有站起来过。

在众多弟兄中,没有一个人的婚礼像文哥的婚礼那样礼数周全,像模像样,充斥着繁文缛节。在临近结婚的那段日子里,内向的文哥像木偶一样,被人操纵着在镇上跑来跑去,脸上始终挂着腼腆又任劳任怨的微笑。伯和一大群叔叔,把一切都安排得停停当当。文哥知道,他只需照办就可以了。因此,文哥对各种陌生的程序和同样陌生的新娘,均抱着逆来顺受、心满意足的态度。经常可以看到文哥垂手站立在长辈面前,一副洗耳恭听的样子。

听完吩咐，文哥便会毕恭毕敬地点点头，一路小跑而去。

那些日子，文哥如同一个电影明星，不断准确地实现着导演的意图，又被人高高地捧着。长辈们似乎突然发现这娃儿的可靠，而在这之前，这个少言寡语的侄子几乎被人忽略。他们都说，这娃儿行。又说，这娃儿心里还真有数。又感慨地说，咱咋能不老，文都成亲了。

嫂子是本镇东街李铁匠的大女儿。李铁匠是柳枫镇的名人，手上功夫极佳，镰刀尤其打得好，轻，刃薄，耐用，安上弯把，拿着手感极好。割麦、寻草，得心应手，用钝了，只需在缸沿或磨刀石上淋些水，来回几下，便锋利如初。柳枫镇一带，远乡近村，谁家的房檐、墙洞不插着几把打有"十八子"字样的镰刀？

我小时候常去铁匠铺看打铁。李铁匠打铁，似乎永远不穿上衣，脖子上挂着一个皮制火裙，长及地面，盔甲一样护着前身。他一手不断翻动着夹在火钳上红得透亮的铁块，一手不停地敲打着，火星四溅。烧红的铁块，在他手里会像面团儿一样，被他随心所欲地敲出各种样子：镰刀、门鼻、耙丁、犁铧……胳膊和背部的肌肉，会随着锤子起落，一鼓一鼓的。汗淋淋的面颊和双臂在炉火的照耀下，闪着黄铜一样的光泽。最后一道工序便是在铁器上砸一下刻有"十八子"字样的阳文戳子，接着，左手一抬，吱的一声，一股浓重的白烟腾空而起，铁器已投入身旁的水盆，失了鲜红。

李铁匠还给驴马钉掌。搬了驴马的腿，弯在一只矮凳上，一手扶着马腿，一手拿着一把雪亮的铲子，铲柄是T形的，弯着身子，用右肩顶住铲柄，"刺刺"就是几下，驴蹄马蹄厚厚的死皮，就会成圈齐刷刷地切开，滚到地上。然后就是麻利的一阵叮当，驴掌马掌便钉好了。小时候经常看得入迷，觉得又神奇又好玩儿。

要不是李铁匠的突然出走，我无疑会在他的铁匠铺消磨掉更长一段时光。实际上，我那时已是一个十一二岁的少年了。李铁匠在一个风雪之夜忽然就在柳枫镇上销声匿迹了。当时不明事理，只为以后再不能看打铁、钉掌而感到惋惜。

　　李铁匠的大女儿生得浓眉大眼，体态丰满，皮肤也白，在镇上算是不错的人才。文哥则除了老实和善外，相貌不值一提。结婚当天晚上闹房，就有嫂子玩笑说，文啊，一块肥地，勤快点，保准开春就结果。又咋呼说，啧啧，瞅瞅，白蒸馍一样，衣裳都快撑破了，这下文有吃的了。她们怪声笑着，诡秘的目光在新娘的胸脯上飘来飘去。

　　果然，第二年春天，娣便出世了。

　　娣长得可爱，胖乎乎的，两只眼睛黑玻璃珠一样滚来滚去，东张西望。娣说话早，嘴又甜，不及周岁，便会叫爹妈叔婶。可娣的两条腿却总是蜷着，以为是懒。待长到一岁半时，仍不能站立，也未见长粗，面条一样细软，才想到是病。

　　在接下来的一年时间里，文哥无数次背着娣，走街串镇，遍访名医。多年以后，每当我想起文哥，眼前总会出现一幅清晰的双面画，一边是一个愁眉紧锁、一脸尘土的青年农民，背上背着一个笑逐颜开、有着一双苍白细腿的小女孩；另一边则是一位少妇，手捧香烛、长跪不起、满脸虔诚、口中念念有词的情景。

　　就在那些栖惶日子里，嫂子的肚子，日甚一日地再次膨胀起来，这使她的动作笨拙而艰难，跪着时，必须吃力地后仰着身子，才不至于扑在地上。

　　马不停蹄的异乡奔波，使文哥迅速苍老、瘦削下去。但他的眼睛却永远盯着另一个新的地方。

　　那个深秋的傍晚，当文哥背着一脸新奇的娣走进郑州火车站，踏上离去的列车时，文哥绝望了。第二天早晨，疲惫的文哥背着沉睡的女儿走进了楼外楼；一阵嘹亮的婴儿啼哭，在西屋空荡的四壁，不断回响。文哥失神的双眼，顿时注入了新的希望。

文哥的儿子力出世了。

那个丑陋的男孩，似乎生来就力大无穷，他整整提前二十天，就急不可耐地冲破羊水，一头扎到这个明亮的世界。他的哭声像小号一样，彻夜不停。不足半岁，便在大人腿上不住蹦跳，口中打打打叫个不停。所有人都注意到他与姐姐的不同，这使他的父母、爷奶欣喜若狂。

三九天，奶奶偎坐在被窝里，解开她宽大的裤腰，把孙子放入她暖烘烘的裤裆，贴着多皱的肚皮，袋鼠一样，只露出一颗小脑袋。力猴子一样不安分地扭来扭去，蹭得奶奶咯咯大笑。奶奶不停地把口中嚼碎的食物，吐在指肚上，抹进力的口中；力上蹿下跳，弄得满脸都是。

可是，力蹦着蹦着就不蹦了。力的力气越来越小，他的力气似乎突然就被用完了。力显得虚弱不堪，两眼失神。蜷缩着曾经力大无穷的腿，再不肯动，渐渐又变得面条一样细软。毫无疑问，力重复了姐姐的路子。

当文哥背着他的儿子，再次踏上出镇的土路时，文哥已不再满怀信心地看着远处。二十五岁的文哥佝偻着身子，像一个年过花甲的农夫。他看着脚下坎坷不平的路面。他软绵绵的儿子的小头在他背上滚来滚去。文哥的无望奔波，似乎已不是为了看病，他好像要完成一个仪式。他不能坐在家里，他就不停地走，走。

就是在这个时候，李铁匠悄无声息地离开了柳枫镇。现在回想起来，李铁匠的远走他乡，肯定是因为他出嫁的两个闺女。十八子李铁匠没有儿子，老伴生下三个姑娘后便一命呜呼。当他嫁给洪家的大闺女生下力，而力的力气又逐渐消失的时候，他的二闺女却为南街的另一户人家，生下一个长着一男一女两套生殖器的怪胎。李铁匠显然已无颜待在柳枫镇。一个下雪的深夜，李铁匠驾着一辆驴车，装上他的铁砧铁锤，带着他未成年的女儿，离开了镇子。漫卷的雪花，很快就把驴车的车辙填平了。

李铁匠消失两年之后的那个春天，他的大女儿又令人惊奇地生下了第三个瘫子。可惜李铁匠漂泊异乡，已无从知道他的第四个外孙的性别和名字了。这是个女孩，叫丫。

正是在这个春天，梅随那个外乡放蜂人私奔了。这个槐花繁闹的春天，当嫂子苍白虚弱地躺在她肮脏黑暗的产床上，无望地企盼着她的第三个孩子能站起来时，在另一个地方，在柳枫河岸边的槐树林里，梅一丝不挂地躺在软软的行军床上，盘算着如何能使放蜂人将她带走。

短短几年间，文哥家徒四壁，负债累累，新婚时的热闹景象，恍若隔世。整个楼外楼都显得死气沉沉，西屋更是腥臭无比。

刚及而立的文哥，弯腰驼背，两鬓染霜。文哥站着，却感觉双腿软弱无力。他担心在某一天早晨醒来，会再也站不起来，像他的孩子那样，整日蜷缩在椅子里。

岁月如水。

三个孩子日渐长大的头颅，与他们细弱的身躯形成一种奇特的对比。六条短腿，像一群细软的尾巴，难看地耷拉在椅子的下边。久坐不起，使他们面色蜡黄，肚圆如鼓，弯曲的脊椎，如担了重物的扁担。他们坐着的样子，极像三棵奇形怪状的黄豆芽。

就这样，他们的父母站在旁边，凄苦不堪；稍远处，那棵粗黑的杏树下，是他们的爷爷。爷爷坐着，枯目混沌、茫然，或伏在他树根一样的双腿上，昏睡不醒。这一场景，在楼外楼后院反复出现，持续了十几年之久。

长期囚居似的生活，并没有使三个大头娃娃显得闷闷不乐，相反，他们有时相当快乐。这尤其表现在一对姐妹身上。腿不能动，她们就嘴动，黑乎乎的墙壁挡住了她们的视线，却挡不住姐妹俩

的尖声细叫。她们不叫别的,她们骂,对骂,快如滚豆,娣从小显露出来的伶俐,在她的舌尖上表现得非常出色。娣骂:

你是狗你是狗你是狗……

娣吸一口气,吐出来,说,丫,该你说了。她把骂叫作"说"。丫说:

你是猪你是猪你是猪……

她们不恼,很认真。她们确实不是在骂。他们在比赛,看谁说得快,说得清,谁一口气说得长。她们却总为比赛的结果争吵不休。她们都认为自己赢了,都不服,就找一旁坐着的力。让力说。她们异口同声地说。力不理她们。力扭着脸透过门槛看外面的小鸟,不说话。没有小鸟的时候,力就低着头剪指甲。力总在剪指甲,他有一把崭新的剪刀,总不离手。力能把十片指甲剪出十个样子:半圆形、尖形、齿形、梯形等。有时力能把指头剪出血来,可他不哭。这会儿,他正看麻雀,麻雀在树枝上飞来跳去,他看得入迷。

见力不理,姐妹俩就决定再来一次。娣说,灰灰菜,再来一遍。这回丫你先说,谁也不能耍赖皮。

你是猪你是猪你是猪……

你是狗你是狗你是狗……

仍无结果。娣恼了,她骂,你个不要脸的小瘦狗。弯着手指在丫的天灵盖上"嘣"敲了一下。丫又瘦又小,噘着嘴的样子就像只狗。可丫不服,要还手。她胳膊短,挥过去的巴掌只来得及在娣的眼前晃一下。娣只感觉到一阵微风。丫吃亏了,就哭。丫说,你个丑八怪,等我长大非杀了你不可。娣快活地张着嘴笑。

娣在几年前就成了名副其实的丑八怪。娣的一边脸被烧坏了,皮肤脏乎乎地皱在一起。那年冬天,奶奶看他们。那天正看着,奶奶就来了食欲。奶奶先是在他们面前的锯末火盆里,埋入一粒一粒苞谷,过一会儿,"嘣"就飞出来一颗苞谷花,"嘣"又飞出一颗，可总供不上四个人吃。奶奶就起身到灶火里用锅炒。娣聪明，她好像记得火盆里还有一颗苞谷没炸起来，就低着头看，可她没坐稳，她的大头就把身子压翻了，一头扎进了面前的火盆。娣撕心裂肺地哭着，却无法把身体支起来。丫拍着手咯咯地笑。力无动于衷地扭头看着门外。等奶奶来时，娣的脸已被烧得不成样子了。也就在这不久，嫂子另开了门户。现在占了便宜的娣，就是仰着这么一张丑脸，嘻嘻地笑。

过了一会儿，丫不哭了，她说，来，勾勾大，不说话。娣就伸出拇指与丫的拇指勾了一下。

又过了一会儿，丫又讨好地说，娣，咱俩翻绞吧，你先。娣就从口袋掏出一个细绳圈圈。套在两手的拇指和食指上，翻出一个花样。丫举着两只手等着破。

娣说，花被单。

丫说，面条菜。

…………

翻着翻着丫就不会了。丫扭头看门外。娣轻蔑地说，不会了吧，知道你不会了。丫说，我不想翻了。又说，我想吃糖。她一直往门外看。你猜金叔今天会不会来？她跟娣说。

金叔一来，她们就有糖吃了。

梦想中的飞行

金是文哥少年时的伙伴，后来成了个体户。金拥有一个威风的车队，由几辆带挂斗的卡车组成。金像个将军一样，指挥着他的铁甲部队在鄂豫陕的公路上荡起一阵又一阵烟尘，财源滚滚而来。

早先，文哥向金他爹借钱，他爹以前是队长。后来又跟金借。

金比他爹更有钱。金不忘旧情，只需写个钱数，就会把钱送来，闲时也来坐坐，给娃们带来外地才有的糖块。

这天，金刚到门外，丫就尖叫一声，说，我要吃糖。金笑着走进来，掏出口袋里的糖。嫂子赶紧从里屋走出来，红着脸，一脸的愧疚。来了，嫂子说，这是一群猪。

金开始发糖。这是你的。他给丫几块。这是你的。他又给娣几块。这是你的。他又把手伸到力面前。力不接，说，我不要。金用另一只手摸摸力的头。你要啥？金笑着问。力说，我要飞。力不喜欢金摸他的头，他扭了下头，看门外。飞？金问。飞。大力肯定地说。娣和丫突然暴出笑声。娣说，他说他要飞。她嘴里含着糖块儿，不能张开嘴笑。丫说，真是个二百五，想飞。丫一张长嘴张得很大。姐俩越笑越不加节制。丫嘴里的糖块儿趁机掉在了地上。娣赶紧用双手捂住自己的嘴巴，却笑得更凶了，薄薄的肩膀抖得厉害。

嫂子也陪着笑了笑。她说，这娃念头怪。金就把几块糖硬塞到力的手里。力一挥手把它们扔到了墙角。力说，我说过我不要。嫂子扑过来，在力的头上重重敲了一下，窘迫地看着金。你看看，嫂子说，不知好歹的东西，喂不熟的狗。力无动于衷，开始修他怪模怪样的指甲。

看金尴尬，嫂子更慌了，忙说，坐，他叔。金就坐在门后的床上。

金说，文哥呢？嫂子说，下地了，翻红薯秧子。金看着嫂子。她站在床的另一头，低头在针线篮里乱翻。她不敢看他。金的眼神有点复杂，她捉摸不透。金说，我包了磷肥厂。嫂子的心突然就跳得厉害。她想金是来要钱的。待再抬起头来，嫂子那明显的不知所措的眼神，使金吃惊而困惑。金说，嫂子，咋了，出啥事了？嫂子的十个手指头用力地绞在一起，嘴唇颤抖着，有些僵硬地说，他叔，借你那钱……金长出一口气，笑了笑，说，我当啥大事，吓我一跳，缺你这几个？仨核桃俩枣的，再说，谁跟谁？金欠了下屁股，离嫂子近了些，需要钱，嫂子你言一声。金说着，就捏住了嫂子放在床沿上的手。嫂子咋就不见老，掐下还能流股水哩。金嬉笑着。

嫂子见不是要钱，也就轻松了，红着脸赔笑说，你逗嫂子哩，都成核桃疙瘩了。金就把嫂子的整个右手，握在掌心，说，那是你弟妹，再打扮也是麻秆一根。

谁是麻秆？丫突然扭头问。姐妹俩一直在数糖，这会儿，她们都看着这边。

嫂子哆嗦了一下，抽出了被金攥着的手。她看见，力正斜眼死盯着她的那只手。嫂子心里咯噔了一下，脸上很不自在。

金干咳了一声，说，我正在招人，磷肥厂以前的人都叫我给开销了。我得忙去。说完，站起来，看了眼嫂子，走到门口，又回头看了一眼。

傍晚，文哥从地里回来。嫂子说，金承包了磷肥厂。吭吭，文哥说，咋了？嫂子说，他厂里正要人。文哥说，咋了？嫂子停了一下，说，我想叫你去。文哥说，胡说哩。嫂子说，地里活我干，娃们自己在家就行。文哥说，胡说哩。嫂子说，咋胡说？吭吭，文哥说，借人家恁多钱，还去赚人家钱？嫂子说，咱是给他干活，他赚钱，咱不要工钱，干上三年五年，兴许能把债抵了。文哥说，净想美事。我能干啥？人家要懂技术的。嫂子说，总有出力气的活，你去说说看。文哥说，我张不开嘴。吭吭。嫂子说，那我去。

吃过晚饭，嫂子真去了。那天，嫂子回来得很晚。如果文哥不是睡着了，他会看到那个没有风的深夜，嫂子走进屋门时，头发蓬乱的样子，以及有些发红的双眼。可文哥睡着了，睡得很沉。两个女儿在外间的床上也睡着了。唯一醒着的是力。力和父亲睡在一头。他侧着身子，看着窗外的黑夜。

文哥去磷肥厂上班了。不是技术活,也不出力气。文哥看厂房,每月一百五十元工钱。金说,不能抵账,工资照发。文哥坚决不要。金说,那我给你存着,年底一块儿给。看厂不累,晚上却不能回家。文哥就住在一个棚子里,夜里拿上手电,吭吭,巡视几遍。

有一天晚上,文哥回来了,脱衣上床,坐在枕头上,对嫂子说,金的恩情,吭吭,咱一辈子也报不完。另一头,嫂子睡在被窝里。她听着深秋的风裹着落叶,在街上滚来滚去,一动不动。文哥说,金想叫你去他家帮忙。嫂子说,我不去。地里的活谁干?文哥说,也就是晚上给他家做顿饭,洗洗衣裳,他女人生气回娘家了。嫂子说,仨娃咋吃饭?我就会做粗茶淡饭,人家咽得下?文哥说,不会慢慢学,吭吭,吭吭,人家不嫌咱,是咱的福分。嫂子不吱声。文哥又说,我答应了。人家啥时候跟咱张过嘴?咱啥忙人家没帮过?没人家,吭吭,咱还不得砸锅卖铁、扒房卖瓦?吭吭,还说一月给你五十块钱,钱咱不要,咱只报答人家的恩情……嫂子说,你别说了,我去,明儿就去。嫂子说着就无声地流出了眼泪。落叶还在风里飞,狗汪汪地叫。嫂子咬着被角,脸上凉森森的一片。她感觉冷得发抖,拉拉被子,把整个头都埋在了被筒里。

金又来了。丫说,我要吃糖,金却不理她。他对嫂子说,嫂子,我给你送工钱了,你看,你也会挣钱了。从口袋里掏出一张伍拾块的纸币。嫂子没有看他。她说,说过不要钱的。金说,你嫌钱扎手?说着就去拉嫂子的手。嫂子躲了一下,说,你把钱收好。我是抵债哩。金嬉笑着说,你能抵债?嫂子说,他爹也给你干,我算了算,三年就能还清。金又笑说,我要一月给他五十块得几年,给他三十块得几年?嫂子发呆了。她木木地看着金。金又笑说,说笑话哩。嫂子,我可是真心待你好,我就喜欢你这带点愁容的软性子,还喜欢你这软身子,更离不开你的软……金越说越轻狂,上去就捏住了嫂子的胳膊,还待动手动脚,嫂子红着眼圈一甩手,走进了里屋。

金并不觉尴尬，他正兴奋。金对着里屋说，嫂子，啥时候也给我生几个这样的宝贝？说着就把他肥厚的手掌罩在了力的头上，左右扭，力的小脸也跟着左右摆。力正在把他的一个指甲剪成三角形。力说，你放开。金又扭一下，说，放在屋里也挺解闷。力说，你放开。金再扭一下，说，文哥就是有福气。力说，你放开。金又扭一下，说，我怎么就没有捞到你们李家……金还没有把话说完，就随着力的一句高喊，我——说——让——你——放——开——狼嚎一声，双手捂住了右腿的根部。谁也没看清，力是怎么把他心爱的剪刀戳过去的。嫂子狂呼奔出，扑过去夺下力的剪刀。十二岁的大力愤怒而平静，眼里飘过一股阴森森的凉意。力说，我戳烂他的××。

力没能实现他的想法，他戳偏了，戳在了金大腿内侧肉最肥厚的地方。力也没有多少力气。他戳得并不深。十天之后，金已行走如初，到湖北跑买卖去了。

力却不能再玩剪刀了。嫂子把那把闯祸的剪刀扔进了粪坑里。

力开始玩火柴。他抽出一根火柴，竖直在磷面上，用左手食指压着，再用右手食指一弹，火柴划着，飞出一道弧线，像虹。力认为它们是鸟，拖着金色的翅膀，飞。他就让他的鸟不断从手里飞出一只，再飞出一只。这就是那个干燥的冬季，力在阴暗寒冷的西屋里如醉如痴的游戏。

金从湖北回来了，他做成了一笔大生意。金出门，嫂子便不去他家干活了。

当天晚上，金就来了。金进门时，带进一股干冷的凉气。站在一旁的嫂子，不觉打了个冷战。嫂子刚想说点什么，金便把她搂在怀里，顺手从背后掩上了门。寒冷和金粗重的呼吸同时袭击着嫂子。十五"支光"的灯泡昏暗地照着金疯狂的脸。金说，我急疯了。嫂子惊恐地说，娃……都没睡……金冰冷的手已插进了嫂子的衣襟。嫂子轻吟一声，起了一身的鸡皮疙瘩。她感到一条蛇在她的胸前瘆人地盘来绕去，然后，又向她的小腹爬去。嫂子睁着死鱼一样的眼睛，浑身剧烈颤抖。她喃喃地说，咋能这样，咋能这样，啥时候才、才是个……头啊。她绝望地闭上了眼睛，眼睑颤了颤，成串的泪水不停地涌了出来。金低头抱起瘫软了的嫂子，几步走进了黑洞洞的里屋。

力平静地坐着，一动不动；娣和丫则对眼前的一切，困惑不解。她们侧身倾听着里屋的动静。丫说，他们在搬床。过了一会儿，丫又说，金叔碰伤了。

不久，金就匆匆忙忙走了。嫂子也慢慢走了出来。她得安排几个瘫子睡到床上。突然，她感到胸闷难忍，拉开门，走进了灰白的夜色。

下雪了。地上已铺了薄薄的一层。是入冬的第一场雪。她仰起脸，无数的雪粒纷纷撒在她发烧的面颊上，温热的眼泪无声地滚落下来。

就在这时，她看到门前不远处的麦秸垛后站起一个人。他的肩膀和头发已被雪染白。他慢慢向这边走来。

嫂子突然像一头疯狂的母狮，披头散发地扑了过去，抡起巴掌在文哥的脸上猛抽。窝囊废、王八蛋！声音充满了屈辱和愤怒，别人在你的床上干你老婆，你、你却躲起来，你不是人！你是个鳖！你、你为啥不进去？你不是一个男人！你为啥不拿把刀，剁、剁了他？！他得挨枪子儿！他得遭报应……

清脆的耳光和着语无伦次、含混不清的疯狂叫骂，在那个寒冷的雪夜持续了很久。

文哥木然站着。他的脸颊在激烈的撞击下，慢慢肿胀起来，黑血从嘴角儿上不断涌出，像小河一样流过下巴，汇聚成滴，掉落在越来越白的地面上。文哥说,我不该回来。我回来拿被子。嫂子剧烈地抽泣着,她说,不去了,明天就扒房子,还、还他。文哥不理,他转身走了,步履蹒跚,慢慢消失在纷飞的灰色雪雾里。

嫂子木桩似的站在那里。她哭了很久,想了很久,可她想不明白。

雪粒已变成大朵的雪花。她走进西屋,浑身麻木,挂满雪花的头发和僵硬的举止,使她看起来像个行将就木的老人。两个女儿已经睡着了。她慢慢想起,文哥是该换被子了,他拿走的还是秋天的薄被,自从那年弹了弹被套,多年没有拆洗了。她走进里屋,轻轻将力抱起,抽出铺在下面的褥子。然后,把力又重新放在床上,替他掖好被子,夹起褥子,锁上门,走进了寂静的雪夜。

力没有睡着。他无法睡着。黑暗里,他慢慢睁开了眼睛。

力吃力地挪动着身体坐了起来。他光着身子,可他不觉得冷。力就是这么个怪孩子。他又摸出火柴,他想看看他的小鸟在夜里飞,他还从没见过小鸟在夜里飞行的样子。他不愿让它们躺在小盒子里。

噗——

飞出一只。

噗——

又飞出一只。

金灿灿的翅膀扇起的风声,使力激动不已。力想,翅膀再大一些,不就可以飞得更远?力又放飞一只,这回飞得远了一些,小鸟扇动着翅膀落在墙角的一个纸箱上。力更激动了,小鸟的翅膀真的就越扇越大了。他的手不再停止。小鸟朝着四面八方"噗噗"飞翔。不久,他的小鸟就停在不同的地方扇动翅膀了。力想,这些翅膀还不够大,它们要连在一起,变成一个大翅膀,就能把我也带飞起来。

力平静地说，我要飞。

大火是婶首先发现的。她被一阵怪响惊醒，就看到窗外通红一片，开门一看，立即无声地瘫软在地上，再也爬不起来。她叫伯，叫文，叫武，叫我的先人。她叫得直眉瞪眼，可没有得到一点儿回声。她恐惧而怪异的声音似乎被空荡的院子吞没了。

婶胡乱抓住一个手边的搪瓷脸盆，艰难地爬出院子，爬到被大火映红的大街上。她拖在地上的双腿，在平坦的雪地上留下一道凌乱的痕迹，灰白的头发和着夜风与雪花飘在一起。

救火了救火了……

她不停地悲号，直到她的嗓子喑哑如同耳语，她的嘴却仍在不停地张合、张合……

与此同时，她用一块砖头，拼命地敲打着那只早已坑坑洼洼的搪瓷脸盆。蹦跳的瓷片，纷纷飞溅在她扭曲的老脸上。

当人们踏着积雪飞奔过来时，整个西屋已经坍塌。熊熊飞起的火舌，燃着了干燥的杏树。高大的杏树像一只巨型火炬，照亮了柳枫镇暗蓝色的夜空。

雪花飞舞无声。浓烟升入空中，幻化出一团团黑紫。柳枫镇上空，如同流淌着一条黑色的河流。

人们砸冰取水，扑下大火时，楼外楼也已塌下一角，西屋却只剩下四堵黑黝黝的残垣断壁，在雪光映照下，它像一个丑陋的大嘴，不断喘息，吐出一阵阵皮毛烧焦的强烈臭味，令人窒息作呕。杏树只剩下秃秃的树干，夜风里，它的顶部仍一红一红。

那个时候，伯仍在酣睡。他傍晚时与朱相公多喝了几杯，把自己灌醉了。他要到第二天中午才能醒来；在五里之外的磷肥厂，那对夫妻眼角挂着泪珠，刚刚相拥而睡。

武呢？

那个曾被菊称作不要脸的小克格勃，已经十八岁的英俊少年，那天晚上跑哪儿去了？

实际上，当嘈杂的人群在积雪覆盖的大街上跑动的时候，武也正忙于扑灭另一场大火。在街南头一个发廊的小屋里，武与一个来自外地的漂亮姑娘整整鬼混了一夜。

武甜蜜入睡时，嘟囔说，真过瘾。

再到柳枫镇已经看不到楼外楼了。1992年春天，楼外楼连同其他沿街的古老建筑被政府统一拆除，建起了整齐划一的两层小楼。柳枫镇发生了翻天覆地的变化。后来的人已不知道楼外楼是个什么样子了。只是镇上槐树还多，每到春天，繁花似锦，芬芳数里，仍有异乡养蜂人花开而来，花落而去，蜜蜂嘤嗡其间，微风袭来，槐叶窸窣，如琴如瑟。

像狼叼一样孝顺

狼叼两岁的时候被狼叼走过。

狼叼的家住在柳枫镇西紧挨寨墙的地方。爬上低矮的土寨，再跨过干涸的寨河，就是一块很大的麦田。麦田是镇西大户郭大贵家的。麦田过去便是一片绵延的岗地。岗地的最高处是一片乱坟场。

那些日子，麦子已经收割入仓，棉花刚刚长出一拃长。狼叼的母亲到地里锄花去了，把狼叼放进了猪圈。狼叼家的母猪刚刚生下了一窝猪娃。狼叼就坐在椅子上很高兴地看。狼叼看到小猪们哼哼唧唧争抢着拱奶吃，高兴地拍着小手嚷，吃奶了吃奶了。后来，狼叼就在猪圈睡着了，耷拉着小脑袋，歪歪斜斜地靠在椅背上。

要不是几个提前收工的长工，狼叼就完了。

几个长工扛着锄头正从西岗上下来，一个突然说，谁家的大狗！于是，都朝他手指的方向看去。他们对镇子很熟悉。佃户是养不起大狗的，只有大户才会有这样膘肥体壮的狗，而镇西的大户只有郭大贵，他们既然是郭家的长工，便也知道那畜生不是东家的。

众人正看着,另一个"妈呀"一声说是条狼,你们看那尾巴。

果然是一条狼!拖着扫帚一样的黄尾巴,鬼鬼祟祟,刚爬上寨河的岸,尖长的嘴里噙着团软软的东西。

长工们一声呐喊操起锄头撵了过去。实际上,他们并不知道狼嘴里的一团是什么,他们还以为偷嘴的狼叼了谁家的小猪呢。

追了整整一块麦茬地,狼终于扔下嘴里的东西,很不情愿地回头看一眼,悲鸣一声,血红着一张尖嘴逃进了岗地。

那个时候,狼叼已经快没气了。一颗小脑袋已经分不清鼻子和眼睛,血糊糊的一摊像团烂泥。一双细细的小腿也被拖得血淋淋的像脱了层皮。

那狼也怪,不是掐着狼叼的脖子而是咬住了他的脸。要不然狼叼早就死定了。

狼叼的伤治好了,可狼叼成了个吓人的丑八怪。狼叼只剩下半边脸。从一边看上去那张小脸还是张脸,从另一边看上去就不知道是什么了。狼叼的脸看起来就像一个被咬了一口的包子。

过了些日子,柳枫镇最负盛名的瓜把式老袁,在卧床一年之后死去了。

老袁是狼叼的父亲。狼叼在被狼叼走的那个下午,他的父亲老袁正躺在紧挨猪圈的草房里。人们简直不敢相信,狼叼在被狼叼走时,老袁竟毫无觉察。老袁躺着的地方透过窗子正好能把猪圈看得一清二楚。可老袁睡着了。老袁对发生在眼皮底下的血案一无所知。可老袁即是醒着又有什么办法呢?

老袁长期卧床,身上长满褥疮,没有褥疮的地方,皮肤黄亮透明,本来高大的身躯已瘦弱不堪,躺在床上几乎显不出厚度。老袁就像一张草纸一样贴在肮脏的芦席上。

老袁已经没有力气做点什么了。老袁的力气仅够转动他那双黄眼珠。就这点力气到了秋天也用完了。

老袁的死令人扼腕。人们同时哀叹，柳枫镇再也出不了像老袁这样的瓜把式了，再也吃不上老袁的西瓜了。老袁用西瓜为柳枫镇争得的名声，如同老袁皮薄瓤沙蜜甜爽口的西瓜一样，随老袁一起消失了。

谁会想到柳枫镇的西瓜会再次声名鹊起？记忆好的老年人在心中默默算来，十八年了，他们说，十八年没有吃上这样好的西瓜了。

瓜把式不是别人，是老袁的儿子、狼口余生的狼叼。

人们颇感惊奇，他们在浓密的树荫下吃着西瓜，突然就抹一下沾着红瓤的湿漉漉的嘴巴，他们说，老袁死的时候，狼叼刚刚两岁。

两岁的狼叼显然不可能在种瓜方面从老袁那里得到什么真传，狼叼怎么就突然种得一手漂亮的西瓜呢？

人们推测、判断，议论纷纷，又莫衷一是。这期间，狼叼母亲刘氏的名字被不断提起，但几乎没有人会认为是刘氏教会了狼叼种瓜。这种看法基于一种根深蒂固的传统观念。他们说，妇道人家……提起刘氏，人们主要是回味这娘儿们嗜吃西瓜的天性。

有人说那娘儿们一到西瓜成熟季节便不再吃饭，一日三餐以西瓜代餐。类似的说法得到不止一人的点头赞同。由此又想到那娘们充满水分的皮肤。蜜桃一样啊！他们感叹，似乎又看到多年前刘氏蹲在老袁的瓜庵里津津有味地享用西瓜的场景。刘氏细腻的肌肤和她蹲着的样子，有如老袁昏暗的瓜庵里放着一个景德镇的细瓷花瓶。

关于刘氏与老袁的婚姻，更有一种奇特的说法，说是当年刘氏与父亲要饭经过老袁的地头儿，好心的老袁摘了个瓜送给可怜的父女。刘氏在吃完西瓜之后，就突然决定嫁给老袁，不走了。

刘氏与老袁的婚姻，曾被镇人称为真正的天作之合。

人们实在找不出狼叼与父亲在手艺上的承继关系，只好相信某些可以想象的玄秘说法。

老袁不负责任地撒手西去，留下了一对孤儿寡母。那时候，刘氏刚刚三十八岁。谁也猜不透以刘氏的身材，为什么直到三十六岁才得了狼叼。人们宁可将这种罕见的现象归咎于已故的老袁。

老袁的死，不知道给柳枫镇多少单身男人带来了不安和躁动。他们在肮脏孤寂的高粱箔上辗转反侧、彻夜不眠，更深夜静，像贼一样起身溜到镇西，焦急而耐心地敲打刘氏的后窗。好事的媒婆也一次次眉开眼笑地拉开刘氏歪斜的柴门。他们得到的永远是刘氏石头一样的沉默和坚定的拒绝。

刘氏说，狼叼可怜。

刘氏说，他爹就这一根独苗。

刘氏说，我不会再嫁。

刘氏的作为深得镇上妇道的赞许。刘氏的人缘极好。寡妇刘氏的门前没有是非。

狼叼长大了。狼叼的个子蹿得很快。狼叼的成长得益于老袁的遗传和刘氏的迅速衰老。不知从哪一年起，刘氏的皮肤再也没有一点儿光泽了。

狼叼是个沉默寡言的孩子。狼叼八岁那年去镇南的学堂上学。孩子们不停地追打和先生的厌恶，使狼叼只能远远地看着学堂发呆。

刘氏看着狼叼，暗自垂泪。狼叼奋力把母亲用碎布块缝成的书包甩进土寨下的寨河里。

不上了。狼叼说，我帮妈干活。

狼叼就这样结束了自己的学子生涯。狼叼的全部学绩就是满身的泥块、头上的紫色血包和吓得一个留齐耳短发的女先生尖叫着跑出教室。

从此，狼叨随母亲在田间劳作。狼叨更加沉默寡言了。即使和母亲刘氏也很少说话。狼叨没有朋友，空闲的时候，狼叨就独自爬上寨墙，面西而坐，一脸煞气。狼叨的怀里藏着一把刀，那是老袁当年切瓜用的。

刘氏知道了，惊恐地跌坐在地上。

你想干啥呀？我的儿，刘氏坐在地上，拉着狼叨边哭边说，要是有个三长两短我咋去见你死去的爹……

狼叨平静地说，我谁也不惹。

刘氏说，那你带刀干啥哩？

狼叨笑笑，笑得很凉、很硬，像个残忍的四十岁的人。

狼叨说，我等狼。

狼叨说，我要杀了它个狗×的。

那些日子，狼叨独坐土寨，成为镇西不变的景致。从岗上下来的镇民，老远就对着寨墙指指点点。妇道们禁不住泪眼婆婆，撩起衣襟沾一下眼角的泪水，轻叹一声，狼叨可怜。

镇子里，狼叨的同龄人陆续成了亲，喜庆的唢呐、鞭炮往往使刘氏坐卧不安。刘氏无数次暗暗企盼着媒婆们能像二十年前那样接踵而来，然而，薄薄的柴门却像紧邻的土寨一样静寂而沉重。

刘氏深夜压抑的饮泣像利箭一样穿墙而过。狼叨遍体鳞伤。直到某一天，痛苦的狼叨意识到再也不能哑巴一样固执缄默。

那个夜晚，狼叨轻声下床来到母亲刘氏的房间。狼叨慢慢跪在母亲的床前。

狼叨说，娘，我不愿你这样。

刘氏说，儿呀，你不知道娘的心……

狼叼说，娘，我知道。

刘氏再次泪流满面。刘氏说，儿呀，我对不住你，对不住你爹。我死了也没脸去见你爹……

狼叼说，娘，是你一把屎一把尿把我拉扯大的。这世上，你没有对不住谁。

狼叼说，是爹对不住你。爹自己到阴间去清闲，把咱留在阳世受煎熬……

刘氏突然泣不成声。刘氏说，儿呀……

狼叼说，娘，你别哭了，这辈子就咱娘俩过。我有力气。我给你养老送终。你啥也别再想了。娘，算儿求你了。

狼叼说着把头重重磕在地上。狼叼把头杵在地上说，娘，你答应儿。

狼叼木然躺在自己噼啪作响的苇席上，恍惚间，一个高大的影子竖在自己的床前。

你是谁？

我是老袁，你爹。

你来干啥。狼叼冷酷地说，你走吧。要不我会对你不客气。狼叼说着就往枕下摸。枕下压着老袁的那把刀。

老袁突然就哭了。老袁高大的身躯佝偻着，一把鼻涕一把泪。

娃呀，你说得对，爹对不起你娘俩。

狼叼冷漠地说，说这些有啥用。

你娘受了一辈子苦，老袁抹了一把眼泪，说，娃呀，爹知道你心里更苦。这些都是爹的错。爹对不住你。可爹心里的苦谁知道……

狼叼感到自己的脸上热热的一大片。狼叼哭了。狼叼不想让自己哭，可没忍住。狼叼一哭就再也忍不住了。

狼叼说，爹……

狼叼又说，爹……

狼叼最后说，爹，你把我带走吧……

老袁轻轻抚摸着狼叼凹陷的脸，叹息一声，说，娃呀，你得答应爹，千万不能这样想。你娘老了谁照顾，再这样说爹会更伤心，你得替爹好好照料你娘，替爹赎赎罪。你娘刚才答应了你，你现在也得答应爹……

老袁说着身体就往下矮。狼叼急急地喊爹、爹……

狼叼呼地坐起，揉了揉湿漉漉的眼睛，却看见母亲刘氏站在床前。

刘氏问，娃，你在跟谁说话？

狼叼用被头沾了沾满脸泪水，说，娘，我做了个梦。

夏末秋初，母子俩从地里回来，刘氏突然病倒了。

刘氏高烧不止。狼叼日夜守候在母亲的病榻前，一遍遍地煎药，三天三夜一眼没眨。直到第四天夜里，刘氏的高烧才慢慢退去，嘴上落下一圈的水疱。

狼叼长出一口气，说，娘，你想吃点啥，我去给你做。

刘氏虚弱地说，人越老嘴越馋。你猜我想吃啥？

狼叼说，油馍？我去给你烙。

刘氏摇摇头，笑笑，说，真想吃个西瓜爽爽嘴。

狼叼说，娘，你等着。

刘氏说，憨娃，深更半夜，去哪买，你也睡会儿，明儿吧……

狼叼已经带上门，消失在黑暗中。

那一天，镇上喜欢早起的老人，不止一个目睹了瘦长的狼叼怀抱西瓜，跑步穿过街道的情景。他们目送着狼叼迅速淡化的背影，无一例外地认为刘氏是处在弥留之际了。

狼叼气喘吁吁地推门进屋的时候，刘氏在灰白的晨光下，还是看见了儿子那樱桃一样鲜红的双眼和被汗水冲刷得发亮的面颊。

刘氏叫一声儿呀,嘴角轻轻牵动一下,禁不住潸然泪下。

狼叼就用老袁的那把刀切开了西瓜。

这是西瓜吗?刘氏吃了两嘴说,咋跟寨河的螺壳肉一样?当年你爹种的瓜……真是谁也比不上……

我能。狼叼说。

狼叼果然出手不凡。

狼叼无可挑剔的种瓜技术和那与老袁极像的背影,使柳枫镇的老人们恍然重回旧日时光。

可是,狼叼离群索居、沉默寡言的习性却与老袁背道而驰。

老袁是个诙谐快乐的人物。老袁的说笑和老袁的西瓜一样充满惑人的魅力。老袁不识字,但老袁的记性好,他能在瓜庵前连续不断地讲述"水浒""三国"里的故事。每讲到高兴处,老袁会起身慷慨地摘下几个西瓜,切开,分送老少听众。更深夜静,听众如醉如痴,正讲到妙处,老袁会突然停下来,像一个真正的说书人那样,说一句欲知后事如何,且听下回分解。

狼叼的人缘远不如老袁。狼叼闲下来时,总是独自蹲在瓜地的地头。狼叼的目光冷峻而飘忽,再加上那张怪异的脸,令人望而生畏,叫人敬而远之。

也有不敬的,他们是些半大的孩子,对狼叼害怕又好奇,怀着隐秘的复仇心理,一次次袭击狼叼的瓜地。他们几乎是被狼叼吓大的。狼叼作为一种震慑,不知吓大了几茬人。在他们不听话不睡觉不吃饭时,大人们只需说一声狼叼来了,便立即噤若寒蝉。

在他们认为自己的胆量长得足够大时,就结伙骚扰狼叼。他们随身带着小刀,趁夜色潜入瓜地,叽叽咕咕地在未成熟的瓜上刻下三角或方形的楔子,对里面撒上一泡尿或拉上一条屎。然后,削去楔子上的瓜瓤，再把瓜皮慢慢盖上。冒险的刺激弄得他们兴奋不已。小手吓得不停地哆嗦，脑袋不住地东张西望。

有时候，狼叼会突然出现在他们的背后，他们会像见到真正的狼那样，"妈呀"一声四处逃窜。倒霉的就被揪住了耳朵。狼叼的眼睛镶嵌在窄窄的脸上，就像狼一样闪着骇人的光。

狼叼的惩罚是货真价实的。狼叼的惩罚近乎残酷。狼叼扬起他那小蒲扇一样多筋的手掌，毫不犹豫地接连拍打在那些尖瘦的屁股上。干瘪的屁股有时会立即肿胀肥胖起来。极度的恐惧与疼痛，使他们不断地发出绝望的哭叫。狼叼则继续一丝不苟地拍打，不发一言，以至于最初的几次，野地里突然暴起的哭嚎，使镇上的人误以为狼又叼了小孩。

惩罚过后，狼叼并不罢休，揪着耳朵直接送到各位母亲的面前。狼叼不解释，一言不发地转身离去。

镇上，上了年纪的人诙谐说，打了之后还要送官。他们模仿当年老袁讲故事时的语调，玩味着事情的整个过程。

狼叼也并不总是打。狼叼不打的时候，就喝令捣蛋的娃们把糟蹋的西瓜吃掉，半生不熟和了屎尿的西瓜，吃起来一点儿也不比狼叼的巴掌来得轻松。

狼叼近乎残暴的行为和怪诞的性格，并没有引起普遍的公愤。这显示了柳枫镇人善良宽容的一面。他们甚至默许了狼叼身上那种常被镇上嘲弄的小气习性和并不是一个卖瓜的应该拥有的无理盘问的权利。

沉默寡言的狼叼，在卖瓜时却显得多嘴。卖瓜时，狼叼忘不了问一句给谁买？买瓜的说，给自己买，还能亏了自己的嘴？说着，拿过狼叼的片刀，胡乱切开，或干脆以拳代刀，砸开，吧唧吧唧，吃得满嘴满脸。狼叼不再看他，蹲在地头，目光冷峻而飘忽。

狼叼的秤称得很平，狼叼的账算得很细，谁也别指望狼叼的秤会高一点，账会宽一点。有人就有点恼，说，这个球狼叼，抠抠屁股舔舔指头，买他个瓜也满脸的不愿意，看他那球样还以为自己在白吃呢！都别去买他的瓜，叫它烂在地里。

这样的煽动显得毫无力度，人们照样去买瓜。狼叼照样问。

狼叼问，给谁买瓜？

买瓜的说，给老婆给娃儿们给丈人给亲戚给给给……

狼叼说，噢，给老婆给娃儿们给丈人给亲戚给给给……

狼叼询问时认真的样子，就好像问到某种人他会拒绝卖，再问到某种人他会白送你似的。实际上，狼叼从没拒绝过，倒是有人证明狼叼确实分文不取白送过。人们先是不相信，后来又想那是谁呢？是亲戚？老袁是外来户，在柳枫镇没有亲戚，是朋友？孤僻的狼叼甚至没有一个朋友，是干部？人们都笑了，这更不可能，人们都想起了公社王书记吃瓜的事。

那年，王书记骑着自行车察看棉铃虫，路过狼叼的瓜庵。王书记已经骑了一上午，出了不少汗，口渴得很。通信员说，吃个瓜吧，吃个瓜就不热了。通信员抢先跑到瓜地里，敲敲打打摘了两个大个的，切开，递给王书记一大块儿，然后站到一旁用草帽给王书记扇扇子。王书记边吃边说好，确实名不虚传。王书记随口问，瓜把式呢？狼叼就在瓜庵里。通信员吆喝说，狼叼，书记找你说话哩。狼叼不吭声，好像没听见。通信员又叫一声，狼叼还不动。王书记脸上有点挂不住。通信员更难堪，边呼扇着草帽边对王书记解释说，这货有点聋。刚说完，狼叼扭头，冷冷地看了他一眼。通信员脸就变红了。王书记吃完瓜说，走吧。狼叼同时走出来。狼叼说，钱。通信员突然就恼了，呵斥说，你疯了。这是公社王书记，经常跟县委书记一块开会哩！狼叼说，我不管王书记李书记，吃瓜得给钱。通信员说，好你个××狼叼……狼叼说，俩瓜，算二十斤，一块钱。王书记摸摸口袋，掏出一块钱，扔在地上，扭身就走。通信员看看狼叼，看看钱，又看看王书记，然后，追上王书记说，这个狼叼，狼也没吃了他。王书记不理他，掏出手绢擦脖子上的汗。通信员立即用草帽给王书记扇。王书记不耐烦地说，吃了西瓜哪还热？

这则轶事在柳枫镇被广为流传。

狼叼就是这样。你不知道狼叼在想什么，更不知道狼叼是怎么想。

狼叼古怪而复杂的天性已超出了柳枫镇人的想象，而对狼叼的评价也不是小镇人寻常的判断经验所能胜任的。

人们厌烦狼叼的盘问。买个瓜，还要问三问四，掏钱买瓜，你管我给谁吃，我喂狗哩，你管得着？想想又不值得，狼叼不就问问嘛，不想理他也就不理他，为这生气自己也有些过分。那些看不顺眼狼叼做派的，不满说，不就个瓜嘛，金贵得跟金子似的。想想狼叼也从没少给过自己一两瓜。人家没少给，自己倒埋怨，还不是想占点便宜没占上，倒是自己的不该。做母亲的有时也禁不住骂，这狼叼真是一点儿不仁义，被狼咬了倒像条狼，太狠毒。想想确实是自己的娃惹了祸，不该坏人家的瓜，成一个瓜也不容易，该骂的是自己的娃。自己没管教好自己的娃，反去骂狼叼，倒显得自己太护短。当娘的又会往远处想，自己也会老，也会爬不动，老了爬不动了，儿子会不会像狼叼恁孝顺？不免长叹一声，想想怕是难。

那时候，刘氏已经不能走路了。有年冬天，刘氏到寨河洗衣服，爬上寨墙往寨河边下，刚踩上块青石板，便滑倒了，重重蹾在石板上。可怜刘氏从此再也没能站起来。

刘氏不能走路了，但刘氏有狼叼。狼叼背着刘氏走。春天的时候，狼叼要种瓜了，狼叼就把母亲背到瓜庵里；秋天，瓜罢园了，狼叼再把母亲背回家。

刘氏一直活到将近九十岁。在刘氏不能行走的二十几年间，狼叼始终背着刘氏从家里到瓜庵，从瓜庵到家里。刘氏在狼叼的背上越来越老了。狼叼的步子也越来越吃力了。母子俩慢慢都老了。

二十几年间，狼叼背着刘氏穿镇而过的情形，成为柳枫镇不断重复的沉重风景。目睹此景，老人们总试图与儿孙们一起细加品味，然而，一次次的失望无不使他们黯然神伤。

某年春天的一个上午，一队身穿绿军装、腰束武装带的学生从镇南的中学里走了出来。他们像蝗虫一样飞进狼叼的瓜地，慢慢爬行，所过之处，不足盈尺的瓜秧全部被连根拔起。然后，包围了狼叼的瓜庵。

他们喊，狼叼滚出来！

他们喊，狼叼滚出来！

狼叼睡眼惺忪地走了出来。高大的狼叼已经驼背了，佝偻的腰身有如刘氏依然伏在他的背上。狼叼揉搓着眼角的眼屎，因不适应强烈的阳光而紧蹙双眉，这使狼叼的面目更丑陋了。

狼叼的出现竟使青年学生们惊怵得连退几步。这些昔日被狼叼惩罚过如今已长大成人的学生，对狼叼的恐惧依然深埋心底。他们拿不准古怪的狼叼会对他们突然做点什么。

狼叼继续往前走。

他们喊，站住！

他们喊，站住！

狼叼听话地站住了。这使他们增强了信心。狼叼慢慢睁开眼睛。狼叼的眼睛里一片茫然。

一个学生从口袋里掏出一张纸，展开，面对狼叼开始宣读。

他们共为狼叼列举了以丑陋狰狞的面目恫吓人，以残忍的手段迫害革命接班人等诸多罪状。狼叼茫然的双眼逐渐现出水一样的平静。

念到最后一条：经多方调查，狼叼对地主郭大贵的儿子郭小秃来买瓜分文不取；对革命群众、革命干部却经常缺斤少两、态度蛮横。这是对现实不满，开历史倒车，想让我们吃二遍苦，受二茬罪。我们答应吗？

学生们同时高举起拳头，喊，不答应不答应坚决不答应。

整齐有力的喊声过后，狼叼岩石一样的脸颊突然抽动了一下。狼叼无声地笑了。谁也没见过狼叼笑。狼叼的笑犹如怪鸟的翅膀从学生的眼前掠过，深埋心底的恐惧慢慢上浮。

我一辈子没缺斤少两过，狼叼的声音干涩而嘶哑，我对谁都一样。我确实对郭小秃分文不取过，不光是郭小秃，还有别人，知道为啥不知道？想不想知道？娃子们？

学生们满脸的疑惑。他们开始交头接耳，不知道狼叼的葫芦里卖的什么药。

……就是因为他们都是特意来给他们的老娘买瓜吃。他们不是自己吃。他们孝顺。这会儿明白了我为啥老问人家给谁买瓜吃了吧？我种瓜是为我娘，我也不会收为老娘买瓜吃的人的钱。我每年都在等，等那些不是为自己而是为他们老娘买瓜的人。前些年，我每年都会等上三五个，可这些年，我再也等不来了。我五年没等来一个这样的人。我老娘已经死了。我也老了。我早就不想种瓜了，可我不忍心，我怕错过一个这样的人。狼叼看了一眼满地拔起的瓜秧，接着说，拔得好，你们拔得好啊！断了我最后的念想，去了我一块心病。既然等不来，我为啥还要种瓜呢？我种瓜还有啥意思呢？

柳枫镇上，没有人听到过狼叼一次说出这么多的话。

狼叼丑陋的脸抽动一下，说，你们走吧，我累了，我要睡觉了。

从此，狼叼在柳枫镇消失了。

几天之后，人们在老袁和刘氏的坟堆旁又发现了一座新坟。奇怪的是，那些日子镇上并没有死人。人们慌恐而疑惧，共同想到了消失的狼叼。

是狼叼吗？人们议论纷纷。狼叼怎么能把自己给埋了？

狼叼就是这样，他从来没有和小镇的生活相合过。狼叼给缺乏想象的小镇人留下的总是谜。

不过，从此以后，柳枫镇人再也不用狼叼来吓唬小孩儿了。他们会看着自己的孩子，自言自语说，长大了，要像狼叼那样孝顺就好了。

非洲木雕

1

张晓婷在丈夫去世后那一年内，体重从52公斤降到40公斤，一张小脸儿彻底失去了光泽，变得又尖又黄，额头和脸颊也出现了一块一块的黑斑，整个人就像缺少水分和阳光的植物，皱了，蔫了。张晓婷本来有一张小巧的鸭蛋脸儿，精致的五官搭配在一起，和谐生动，看起来让人赏心悦目。如今遭此变故，似乎一下子抽取了生命的汁液和活力，萎缩成了一枚干果。让人十分心疼。

陈维德眼见晓婷的情况，内心很是焦急。他先是派人陪晓婷去看市里最有名的中医，也就是脾虚胃寒、气血亏损、阴阳失调之类，吃了几服中药，不见好转。也明白这种精神的创伤只有靠时间来医治。换一换环境肯定是有益的。于是，让晓婷住到了郊外的卡纳小镇。

陈维德是张晓婷母亲的学生。在李老师三十多年的教育生涯中，陈维德是她最得意的门生。当年陈维德以全县状元的成绩考入北京大学历史系。李老师是他的历史老师兼班主任。三十年来，陈维德从没有忘记这份师生情谊。无论他走到何种高度，只要回到故乡，他必定会在百忙中，甩掉随从，独自登门拜访李老师。他感激李老师在学业上的指导。当年李老师不但给他开小灶，甚至把自己的教案借给他看。看了教案他才知道，李老师把她在课堂上说的每一句话都认认真真地写了下来。这种一丝不苟的态度令他肃然起敬，对他影响深远。更重要的是，看似复杂的历史进程、历史事件及其影响和意义，李老师都把它们梳理得条理清晰，极易理解和记忆。是李老师培养了他对历史的兴趣，是李老师教给了他学习历史的方法，也是李老师教会了他对工作的严谨认真。他敬重李老师的师德和人品。几十年来，李老师从没让陈维德办过一件个人私事。他知道，即使李老师自己没事，她的亲戚、同事和熟人总是有事要办的，但李老师从来没有向他陈维德张过一次嘴。陈维德从省委政研室的科员做起，一路升迁，处长、副厅长、市长、书记，如今在副省长的位置上已经待了四年，可谓青云直上，官运亨通。

就是有了这种师生情谊，张晓婷一直叫陈维德大哥，尽管他们相差二十多岁。五年前，李老师突发心肌梗死，离开了人世。她的老伴儿，县电业局职工老张，在她刚刚去世一年后就和同系统的一个寡妇结了婚。这伤害了晓婷。自此很少和父亲联系，偶尔联系也是逢年过节礼节性的一个电话或者匆匆见上一面。

这些年，陈维德一直很关心张晓婷的成长。陈维德从下边地市调回省里后，更是充当了监护人的角色。那时张晓婷刚刚考入师范大学音乐系。张晓婷自小学习琵琶，高考前，陈维德还给她请了师大的老师单独辅导过多次。考试时，她的专业成绩名列前茅。最后，顺利考上了师大。上学期间，周末或节假日，只要有空儿，陈维德便会邀请张晓婷到家里吃饭。张晓婷去过几次，后来就常常借故推托。她不喜欢陈维德夫人瞧她的眼神。陈夫人病恹恹的，浑身乏力的样子，就是一双眼睛看人时却锐利雪亮，在你不注意的时间瞟你一眼，很凌厉，很讥讽。有时张晓婷觉得后背有感觉，下意识一回头，会遇到陈夫人狐疑的眼神。目光相遇时，陈夫人会鄙夷地笑一下，是一种心领神会，你知我知的诡秘感觉。张晓婷长得漂亮，又冰雪聪明。这感觉不好。张晓婷不喜欢她的眼神，也不喜欢这种感觉。陈维德再叫吃饭，张晓婷就说，算了，你家的饭不好吃，放醋太多，牙都要酸掉了。你的牙也不好受吧？陈维德心领神会，说，那我改天带你去个好吃的地方。后来，陈维德倒是偶尔会带张晓婷下下馆子，吃吃牛排。张晓婷倒是乐于奉陪。

张晓婷毕业后先是到省歌舞团工作。后来歌舞团改制为歌舞演艺集团，成为企业。改制前，陈维德把她调入了艺术职业学院，属大专。本来可以直接去师大的，但张晓婷学历偏低，不符合进入师大的条件，硬进的话，会落人口实，影响不好。准备在艺术职业学院过渡一下，职称解决了，找机会再调入师大。这期间，张晓婷和师大外语系的同学王明建结了婚。二人在东区一高档社区的一套公寓安了家，但小日子刚刚过了不到三年，王明建在开车去万仙山路上的一个弯道处，为躲避一辆迎面开来的大货车，坠崖身亡。

从绿城西行三十公里后，会逐渐进入山区丘陵地带。卡纳小镇位于距市区最近的彩云山里。传说老子骑青牛去往函谷关路经此地，见五彩祥云飘浮山头而得名。卡纳小镇是一片意大利风格的别墅区。黄墙红瓦的各式别墅掩映在茂密的绿树间，从高处俯瞰，红色的屋顶如朵朵红云缠绕在山间，终日不散。

从市区出发，下了西三环高架，沿中原路西行半个小时就可抵达卡纳小镇。这里虽不是什么名山大川，虽比不上南方山水的秀润，但在中部地区，也算得上难得的好山水。每到春天，百花盛开，大片大片的迎春花、桃花、梨花、梧桐花、槐花等漫山遍野，清香扑鼻，如五彩祥云坠落山间，引来无数的蝴蝶、黄蜂和鸟类，自由自在地飞舞、啼鸣。一场春雨过后，明黄、粉红、雪白、浅紫、嫩绿晕染开去，山腰山顶轻雾弥漫，红色的屋顶散落山坡，远远望去，彩云山犹如一册浓墨重彩的水墨长卷，徐徐展现在眼前，徜徉其间让人身心俱畅。

已是九月下旬，彩云山露出初秋的景象。夏日深邃醉人的浓绿，逐渐变淡、变黄；微风吹起，已有柳树、槐树和银杏的黄叶从枝头飘然而下，急切地向大地送上秋天的信笺；一丛一丛的野枣树和一片一片的野椿树的叶子率先变红。如同树木间经过了漫长的春天和夏天的喧闹盛宴，不胜酒力的最先喝红了脸，在风中摇摇晃晃。秋天的彩云山如同画家手中的调色盘，你无法说出她有多少种色彩；秋天的彩云山是红黄蓝三原色最丰富的搭配和调和。她们缤纷、和谐、自然，在秋日的阳光下，散发出迷人而温暖的光彩。而随着第一场霜降的到来，留在枝头的叶子似乎会在一夜之间全都变红。漫山的红叶犹如一场大合唱，歌声从一个山沟传到另一个山沟，从一座山峰传到另一座山峰，壮美、辽阔，让人感动。

166号别墅位于半山腰。它的前院甬道的正中，有一个石头雕刻的圆形三层欧式喷泉。环形车道绕喷泉而过。站在二楼的阳台上可以看到远处的山谷。谷底是一个高尔夫练习场，微微起伏的绿草地和洁白的沙坑清晰可见；再往上，是一座教堂的红色尖顶，有白色的鸽群不断绕尖顶飞舞；最高处是云顶城堡酒店。每到夜晚，华灯齐放，城堡酒店犹如一颗巨大的钻石在寂静的夜空闪闪发光，惹人眼目，又像一个巨大的蛋糕，让人馋涎欲滴。

别墅的后院异常辽阔，足有两千平方，有游泳池、烧烤台、廊架、花圃和大块的草坪。一个欧式的四角凉亭立在花园的一角，四根敦实的方形柱子和红色的瓦顶与别墅建筑十分协调。凉亭后有一株高大的香樟，树冠茂密，绿色华盖一般，擎在半空。树下有红石铺就的阶梯，通往山坡上的果园。果园种植着上百棵的各类果树。由一朱姓老伯专侍打理。朱老伯来自鄢陵，据说家族种花弄草可以追溯到宋代。

2

这天上午，张晓婷和刘阿姨坐在后花园的凉亭内，她们一起用水果刀削着柿子。在柿子成熟变软前，刘阿姨要为晓婷做一篮柿饼。一大早，她们就在朱老伯的帮助下，从果园里一棵老柿子树上打下了满满一竹篮的柿子。

天气真好。洁净的蓝天上看不到一丝云。阳光越过整齐的石楠树篱，斜射到一棵茂密的石榴树上，在草坪上留下长长的阴影。石榴树细小的叶子光亮碧绿，挂在枝间的石榴在阳光下闪着红光。花圃里红的、黄的百日菊和成片的紫色角堇静静地开放。微风似有若无，丹桂的馨香不时袭来。花园里一片静谧。

"晓婷，"刘阿姨放下一个削好的柿子，说，"看看你，气色多好，多好看的小脸蛋儿，看起来就是个二十出头的小女孩儿。"

张晓婷留着披肩的栗色长发，刘海儿中分，发梢微微卷曲。此时为了干活方便，把头发从脑后扎了起来，露出明净的脸颊，光滑的额头舞动着阳光的斑点，她穿着家居的浅黄底子粉色碎花的布裤子，上身穿着麻质布料的亚白色短袖衬衣，露出白生生的圆润手臂。

"刘阿姨，"张晓婷笑笑，说，"我都三十了。"

"阿姨知道。刚见你那会儿，阿姨的心都是揪着的。"

"多亏了阿姨你照顾我。"

"是陈先生照顾你。"

"还不是你一日三餐变着样地做好吃的？"张晓婷调皮地看了一眼刘阿姨，说，"还可会开导人。"

刘阿姨来自长垣。长垣是出厨师的地方。但刘阿姨并非专业的厨师。她本是一所乡村小学的老师，最后是从小学校长的位置上退下来的，老伴儿去世了，儿女也大了，孙子随了在外地打工的父母就读。她身体又硬朗，就进城做了保姆。一年前，她在省旅游局马局长家里做。后来陈维德委托马局长给物色一合适人选。马局长果断地忍痛割爱了。

"阿姨痴长了六十多年。"刘阿姨说，"没啥见识，也就做做家常饭菜还可以，哪会开导人啊。陈先生让我来的时候，我可紧张，不知道能不能胜任得了。"

"你可是做过校长的人啊。"

"那算个啥校长！"刘阿姨一笑，说，"一共就两个班的学校。"

"我母亲也是老师。"张晓婷说，"第一次见到你就有种亲近感。我内心都把你当母亲了。"

"我不敢高攀。"刘阿姨说，"可你这样说，我真是太高兴了。"

刘阿姨的眼圈红了。

"你母亲那是名师。"刘阿姨不经意地用手背抹了一下眼睛，说，"名师出高徒，教出了陈省长、陈先生这样的高徒。培养了栋梁之材啊！"

张晓婷哈哈大笑。

"你笑个啥？"刘阿姨嗔道，"像陈先生这样的大人物就是国之栋梁啊！"

"倒是没觉得有什么特别的。"张晓婷摇摇头，说。

"说起陈先生，"刘阿姨说，"他夫人去世也好几年了吧？"

"有四年多了吧。"张晓婷想了一下，说。

"你说这现代医疗这么发达，陈先生条件又那么好，得了那种病硬是没办法。"

"都说胰腺癌是癌症中的癌症。"张晓婷说，"得了，就基本没治了。"

她们把削好的柿子整整齐齐摆在另一只竹筐里。一层摆满后，铺上一层削下来的柿子皮，再摆另一层。

"晓婷，"过了一会儿，刘阿姨说，"看到你现在的样子，阿姨很欣慰。你这么年轻，又好看，今后的路还长着呢，有多少好日子等着你，数都数不过来呢。"

"我倒没想那么远。"张晓婷笑笑，说。

"女人总是要成家过日子的。"刘阿姨说，"过日子就图个安稳，图个安全。其实啊，女人找个大点的男人也好，成熟，稳重，知道疼人，是个依靠。可年轻人总是讲啥爱情啊浪漫啊。我和我老伴儿结婚前就没见过，不是和和睦睦过一辈子？我们那个年代大多都是这样，也没见几个离婚的。现在倒好，今天还爱得死去活来，非她不娶，明天就闹到法庭要离婚。"

"阿姨你这是要当月老吧？"张晓婷嬉笑，说。

"我这是在瞎琢磨，"刘阿姨微微一笑，说，"别怪我多嘴。陈先生这些年一直没找。像他那样的条件，想找个啥样的找不来？只要他吐口，怕是那些大明星小女生都会排着队呢！"

"这不成了人见人爱的香饽饽、大宝贝了？"张晓婷取笑说。

"你别没正形。"刘阿姨说，"虽然我老眼昏花，但我也能看出陈先生看你的眼神不一般。陈先生工作那么辛苦，儿子在美国留学，孤单不说，身边也真需要一个知冷知热、端茶递水的人。再说，陈先生哪像五十多岁的人，看起来也就四十啷当岁。我倒觉得你俩挺般配的。你可别犯糊涂，把一只金元宝给弄丢了。"

张晓婷听了，哈哈大笑，把海棠树上两只叽叽喳喳的喜鹊都惊飞了。

"什么事这么高兴啊？"

听到说话声，二人同时惊讶地抬起头来，看到陈维德正绕过别墅，从草坪上走过来。

陈维德身穿雪白的硬领衬衣，下边是一条西式长裤，脚上皮鞋擦得锃亮。他的头发浓密，从前额向后梳拢，显得一丝不乱，黑发中夹杂着不多的白发。他皮肤白净，胡子茂盛，刚刚刮过的脸颊上，留着大片青色的痕迹。他看起来就是个热衷锻炼的人，挺拔，手臂有力，腹部扁平。他目光深邃、自信。他是一个小个子，仰脸挺胸而行，显得器宇轩昂。

"陈先生，不知道你会回来。"刘阿姨匆忙站起，说，"刚才喜鹊一直飞来飞去，叽叽喳喳，我就估摸着咱家有喜事了。"

她麻利地收拾着桌上的柿子，提起两只篮子，从凉亭里走出去。

"我去准备午饭。"她说。

"我是临时决定回来的。"陈维德说，"不在这里吃午饭了。我和晓婷说几句话就走。"

"知道了。"刘阿姨点点头，说，"我去把茶端来。"

陈维德走进凉亭，隔着圆桌坐在张晓婷对面的藤椅上。上午十点多的光景，太阳升高了，增加了热度。草地上的树影变短了。一串串的海棠果在阳光下通红透亮如玛瑙一般。

"我上午接见了一个非洲的木雕艺术家代表团。"陈维德说，"接下来有点时间，我就过来了。"

"你是大忙人。"张晓婷顽皮一笑，说，"你总不会说你是专程过来和我说话的？"

"正是。"陈维德坐直了身子，说。

"说吧。"张晓婷微笑着，两手交叉，叠放在并拢的膝盖上，装出洗耳恭听的样子。

"你别淘气。我说正经的。"

陈维德清了一下嗓子。张晓婷看出他的紧张。她越发感到好玩儿，同时，她感到心脏的跳动。

"明天上午有一非洲木雕展的开幕式。"陈维德凝视着张晓婷，说，"开幕式结束后，我坐高铁去北京。"

张晓婷温柔地看着他。

"我去北京开会。"陈维德接着说，"我的事情可能马上要解决了。考察组上个月过来了。"

"这是要提拔了？"张晓婷暗暗吐出一口气，"要当部长了？"

"在中央宣布前，我不能瞎猜。"陈维德严肃地说，"可能去北京，也可能在省内。"

"那就是也可能是省长了。祝贺祝贺！"

"我服从中央的决定。"陈维德样子很庄严。

"果然是国家栋梁！我为你而骄傲。"

"你别讥讽我。"

"我没有。你就是过来给我说这个？"

"不……"

这时，刘阿姨用托盘送来了一壶清茶和两只杯子。

"我去洗盘水果。"刘阿姨说。同时把茶水分别倒进两个杯子里。

"不用了。你休息会儿吧。"陈维德命令说。

"我知道了。"

刘阿姨无声地离开了。

"那并不是我要说的。"陈维德接着刚才的话说。

他下意识地低头去端面前的茶杯。张晓婷注意到他的手在微微颤抖，平静下去的心又开始跳动。

"我身边需要一个人。"他抬起头，脸颊竟然微微泛红，说，"我希望你在我身边。"

"我不是一直在你身边吗？"张晓婷装糊涂，嗫嚅道。

"你知道我不是这个意思。"陈维德有点气恼。

"你身边不缺人。你想找个什么样的都很容易。"

"可我不喜欢她们。我对她们没有兴趣。"

"我合适吗？"

"多年来，我看着你成长。我一直喜欢你。当我们都变成自由身，当我看到那种可能性，喜欢迅速变成了爱。我压抑不住，我感到一天也离不开你了。我在受煎熬。你难道没有感觉？"

陈维德急切地打开自己，呼吸变得急促。张晓婷心脏咚咚狂跳，她紧紧地握着手中的杯子，杯中的水在微微摇晃。

"晓婷，在你看来，我是不是就是个老头儿了？像我这样的岁数是不是就不配谈爱了？谈爱是不是就显得可笑了？"

"我没有觉得你老。你也并不老。"

"多年来，我坚持锻炼，跑步，游泳，去健身房。我身体的各项指标都很正常。"

"我看到了。你身体很棒。比很多小伙子身材都棒。"

"你不是讽刺我吧？"

"不是。你看着是吗？"

两个人都笑了，逐渐放松了些。

"相信我，我会带给你幸福的。我也能带给你荣耀和自豪。我能带给你让别人羡慕的生活。我再也不会让你担惊受怕，受苦受难了。我希望我们都能告别过去，开始崭新的生活。"

"可我真的合适吗？我根本就不懂你们的那一套啊。"

"你不用懂。在我眼中你就是天使。我不想让你受到哪怕是一点点的污染。"

"也许我并不像你认为的那么纯洁……"张晓婷摇头微笑着，说。

"不，没有人比你再纯洁的了。在我心中你是天底下最美丽、最干净、最温柔的女人。我反复想，如果你的母亲活着，她也会赞同的。"

"你这样想？"

"我这样想。"

"你就那么自信？"

"我有这个自信。"

"可我……可我不爱你啊！"

看着陈维德一瞬间惊讶、困惑、呆愣的眼神。张晓婷突然哈哈大笑。

陈维德突然伸出手去，把张晓婷柔嫩的小手紧紧握在掌心。

"你这个小坏蛋。"他低声说。

"到底是天使还是坏蛋啊？"张晓婷面颊绯红，说。

"是被惯坏的小天使。"陈维德直视着张晓婷的眼睛，说，"你得试一试。"

"试什么？"

"试一试会不会爱上我。"自信又回到了陈维德的眼中。

"我后天回来想知道你的决定。"他说。

"我不知道。"

"不知道什么？"

"不知道会不会？"

"会不会试一试，还是会不会爱上我？"

3

下午四点左右，张晓婷驾驶着一辆淡蓝色的保时捷718沿环形山路向山下行进。她得去北区参加一个私人聚会。一年来，这种聚会每月都会有一到两次。

车子很快到了山下。绕过一个带喷泉的广场，保时捷一路向北。从山根到卡纳的出口还有六七公里。这里地势平缓了许多。洁净的柏油路上画着明亮的白线。路面随地势起伏弯曲，黑里透着蓝，如小河一般迤逦蜿蜒，时隐时现。保时捷如蓝色的大鸟在树林间滑行。柏油路旁有红色塑胶的步道供游人散步、远足。

张晓婷最喜欢从这条路上通过，无论开车还是步行。穿林而过时，光线会突然暗下来，林木稀疏处，阳光会轰然拥抱你。往西看是起伏连绵的山峰，往东看是辽阔的田野和若隐若现的城市的高楼。道路两边大片大片的格桑花在微风中摇曳，低矮的百日菊挤挤挨挨，远远近近，一丛丛的大丽花不堪重负地低垂着硕大的红色花冠。多头向日葵仰着金黄的圆脸冲着偏西的太阳。

路的两旁稍远处是深浅不一的沟壑。沟底植被繁盛，树木茂密。风过时，沟底树梢起伏，如绿色的波涛来回滚动。此时几乎没有风。几朵白云在天边飘浮。张晓婷放下车窗玻璃，放慢了车速。初秋的风如丝绸般滑过面颊，金色的阳光照射在张晓婷光洁的手臂上。一只棕色的松鼠举着毛茸茸的尾巴从马路一端钻入另一端的花丛里。

最初的一段时间，每次看到路旁的深壑，张晓婷都会联想到王明建坠崖的场景。虽然这里的沟壑无法和万仙山的悬崖相比较，那里是刀砍斧削的险绝和难以见底的深涧。她忍不住会想象那翻滚的汽车、撕裂的尖叫、极度的恐惧和绝望，想象他们分裂的身体镶嵌在如同捏瘪烟盒一样的车厢里，想象那变形的汽车如一块肮脏的破布躺在尖利的巨石上……

张晓婷仍能回忆起最初的心情，那种彻骨的寒意和内心的疼痛，似狞厉的恶魔，会随时将她抓在手中。无论在白天客厅的沙发上，还是在夜晚的床上，她的身体会突然蜷缩成一团，瑟瑟发抖。她觉得她缩小了，收紧了，越来越小，越来越紧，最后成了一只丑陋、干瘪的虫子的尸体。后来当她得知事情的真相，王明建是和那个女人死在幽会的路上。嫉妒、仇恨和厌恶又开始噬咬她。

如今两年多过去了。张晓婷也逐渐平静了。她原谅了他。看到沟壑，偶尔仍会联想，仍会心疼，但她已经不流泪了。她不知道王建明爱不爱那个女人。她倒是希望他们在另一个世界相互陪伴，没有疼痛。

保时捷718经过马术俱乐部，有人在环形沙土跑道上练习骑术，穿过一片果园，枝头上依稀挂着青色的苹果。前边转过一道弯，经过一段坡地，再穿过一片牧场，就会看到那座黄墙红瓦的意式门楼。

张晓婷始终认为，她和王建明在一起的几年是幸福的。恋爱时，他们是让人羡慕的一对儿。一个漂亮，一个帅气，看起来就是韩剧中走出来的人物。王建明单纯、快乐，早晚嘻嘻哈哈、乐乐呵呵、没心没肺的样子，带着张晓婷到处找好吃的、好玩的，对张晓婷百依百顺，唯命是从，就像个大孩子。毕了业，走向社会也没有多少改变。

王建明先是在一个外贸公司打工，公司向欧洲出口手套和地毯，效益越来越差，就离开了；然后，去了一个劳务输出公司。公司要派他去非洲一个在建电站工地做翻译，一去就得半年，最少三个月，又离不开张晓婷；最后进了一家文化公司。这个公司做特种印刷、包装设计，也拍专题片。王建明进入后，靠着陈维德的影响，开始拍摄省内景点的广告宣传片。公司赚了不少钱。王建明被任命为公司的副总。王建明通过几年的努力，便全款买下了东区的公寓。每次赚到钱，王建明都会如数交给张晓婷。钱拿回家，王建明总是又蹦又跳，兴高采烈，一低头，轻松把张晓婷扛在肩膀上，转圈。放下，让我下来，头晕。张晓婷一边叫着，一边拍打王建明的臀部。王建明哈哈大笑。直到两人都晕了，倒在床上。有时，张晓婷会觉得王建明长不大，不成熟。但内心又不希望他像那些老于世故、极度庸俗的人，觉得这样也挺好，毫无城府，干干净净，简单快乐。王建明也会生气，生气就赌气藏起来，让张晓婷找，找到了还得哄。张晓婷就又觉得他这样的能不能担起一个男人的责任，有没有能力做一个父亲。张晓婷那个月例假没有来，她感到自己怀孕了。

王建明生气，很多次是因为吃醋，恋爱时莫名其妙吃同学的醋，后来连陈维德的醋也吃。陈维德再请吃饭，张晓婷就要求带着王建明。王建明先是推托，他没见过那么大的人物，内心紧张。后来拘拘谨谨地去了，紧张得拿筷子的手都哆嗦，莫名其妙地脸红。让张晓婷很没面子。王建明倒是不再吃陈维德的醋了，挠着头羞涩地评价说，他倒是很平易近人啊。对你，也真是个大哥哥的意思。陈维德主管旅游文化。到后来，王建明居然拉大旗做虎皮，依靠陈维德的影响，做起来旅游区的生意。这样看起来，这个王建明也不是完全不接地气啊！

想到这里，张晓婷无奈地摇了摇头。但她知道他爱她。他爱她胜过一切。她相信，他工作，他挣钱，他做的一切，都是为了让张晓婷高兴。就像一个孩子努力讨大人的欢心，就像一个乖儿子想让母亲夸赞。即使他以那种方式离去，即使在那样的时刻，张晓婷相信，他依然是爱她的。

保时捷穿过卡纳的门楼不久，便右拐进入宽阔的中原路。张晓婷升上玻璃，轻点油门，发动机发出轻快舒服的轰鸣，保时捷迅速加速。

王建明说得对。多年来，陈维德对张晓婷就是大哥哥的意思，没有其他的意思，还能有什么意思呢？陈维德考上北大那年，张晓婷刚刚出生。陈维德有一次开玩笑说，她小时候，他还抱过她呢。这有可能。上大学期间，放假回到母校，看望老师，看到两三岁的张晓婷，很自然会抱一抱。你坐到我腿上可乖了。陈维德有一天晚上在别墅二楼的平台上说。

笑意挂上了张晓婷的嘴角儿。也许这一切都是命中注定？王建明出事后，陈维德全面接管了张晓婷的生活。那时她刚怀孕两个月。张晓婷最初坚持要生下来，独自抚养。是陈维德坚持让她做掉。他苦口婆心，第一次对她说那么多的话，也是第一次对她大发雷霆。不知道当时他有没有预谋。但这无疑是最正确的选择。

张晓婷慢慢感觉到陈维德对她态度的变化。尤其是在张晓婷搬去别墅后。出事后，张晓婷无法再回到她东区的公寓。陈维德在一个叫绿城玫瑰的社区给她安排了一套一室一厅的公寓。无奈，张晓婷的身体越来越差，随后搬就到了卡纳小镇，让刘阿姨贴身服务。在安静优美的环境里，在大自然中，眼见得张晓婷一天天好起来。陈维德不时地过去，坐在张晓婷旁边。

他鼓励张晓婷把琵琶捡起来，别生疏了。那天，晓婷从屋里取出琵琶，转柱拨弦，居然手指僵硬，左手推揉紊乱，右手弹拨无力，根本无法成调。他硬逼她练习。几次之后，就完全恢复了手指的灵巧。

一个春天的傍晚，樱花和海棠几乎同时开放，他们坐在二楼的阳台上，太阳已经落山，彩霞依然布满西边的天际，天将黑未黑。远处的城堡酒店刚刚亮起灯盏。张晓婷应景地弹起了《夕阳箫鼓》，旋律柔婉抒情。一曲终了，陈维德说，晓婷，真想让时间定格，要能永远这样，坐在春风里，闻着花香，看着夕阳，听你的琵琶曲该多好。还有一次，陈维德告诉张晓婷，他一见到她，就会忘掉所有的烦恼。他一听她的琵琶曲，就会彻底地放松心情。当时，张晓婷虽有些异样的感觉，但也并未在意，只是觉得是他工作太劳累了，向往普通人的日子。便说，那你就常过来。想听，妹子就给你弹。你点，是文曲还是武曲，是《昭君出塞》还是《十面埋伏》。

陈维德过来得更勤了。只要张晓婷在跟前，他的目光始终会跟随着她，一刻都不会离开；张晓婷不在眼前，他有时会虚虚地看着一个地方，长时间的愣神，无意识地叹气；下山了，他一有空就给她打电话。

张晓婷预感到要发生什么了。她有时也暗自想象他们在一起的情景，她担心在某些关键的时刻她会突然笑场。想到这里，她真的会独自笑出声来。但当今天上午陈维德果真向她提出时，她仍然感到惊讶和紧张，同时又是得意和满足的。陈维德第一次抓住了她的手，当时她的手握着杯子放在桌面上，他把手先是罩在她手背上，然后逐渐用力。她感到了微微的疼痛。

此时，张晓婷下意识地抬起左手，伸直五根手指，打量了一眼秀美的手背。那种微微疼痛的感觉似乎又回到了细腻的皮肤上。

这些年，陈维德从没碰过她。在彩云山她也从未发现他进过她的房间。166号地下一层，地上两层。刘阿姨住在下边。陈维德有一间卧室在一楼。张晓婷住在二楼。陈维德很少上二楼，即使有时会坐在二楼的平台上，他也是从二楼的起居室直接走出去的。陈维德上次碰她，也许可以追溯到二十多年前，他抱她的那一次。如果他所说属实的话。

也许刘阿姨、陈维德他们说得都对。这是一个好归宿，是多少女人梦寐以求的。和那些影视、体育女明星和大牌主持人相比，她并不另类。

如果母亲活着会怎么说？她会赞成吗？张晓婷想不清。

也许我可以试一试。张晓婷想。

4

下午的这个时候，交通畅通。张晓婷快速从西三环绕到了北三环，从北三环下了高架，沿花园路一路向北，很快就到了中岳迎宾馆。

远远望去，城市的这个区域是一片茂密的森林。这里树木高大，遮天蔽日。林子里，隐藏着多栋西式小楼。这座建于二十世纪五十年代的园林式迎宾馆，曾是政府最重要的接待和会议场所，也是常人难以靠近的神秘、威严之地。六十年代，国家领导曾在此下榻。八十年代之后，建设了一些新楼宇，设立会议中心，开始了对外界的开放。但在院子的最隐秘处，依然有几座拒绝访客的小楼。

张晓婷参加聚会的 28 号，就是这些小楼中的一座。

聚会的主人是一个被称作梅姨的女人。

梅姨喜欢京剧。因此，所谓聚会也就是听听戏、聊聊天、说说笑话、吃吃饭。据说梅姨年轻时是文工团的演员，唱过样板戏。所以有时梅姨也会忍不住粉墨登场一下，过一把瘾。

梅姨还喜欢风流韵事，梅姨六十多岁了，自然不会有更多的实践，但是喜欢谈论、鼓励和撮合。

被梅姨邀请参加她的聚会当然是一种荣耀，但张晓婷除外。陈维德也是为了张晓婷能更快地走出晦暗的内心，才把她推荐给了梅姨。但在参加了一两次之后就提不起兴趣了。她既不懂京剧，更是对他们津津乐道的风流韵事和黄色笑话心生厌恶。

与她的感觉相反，梅姨却是喜欢上了她。在她有一两次缺席之后，再有聚会，梅姨必定是两个电话，一个打给张晓婷。晓婷啊，一定要来，梅姨看不到你的小脸蛋儿饭都吃不香；一个打给陈维德。维德啊，你家小宝贝儿可一定得来啊，私藏独占可是要受罚的呀。

这天上午，陈维德离开时，叮嘱张晓婷，下午的聚会一定要去。张晓婷在前一天就接到了梅姨的邀请电话。本来是打定主意不去的。陈维德告诉她，估计这种聚会也持续不了多久了，他家老头子退居二线几年了，很快就会彻底离开岗位。考虑到自己目前的关键时刻，他乞求张晓婷委屈一下自己，能够顾全大局。

"去就去嘛，哪那么严重啊。"张晓婷说，一边举起双手解开脑后的发带，晃了晃脑袋，一头浓密的栗色长发披散开来。

"哎呀，晓婷，快过来，想死梅姨了。"一看到张晓婷进来，梅姨就夸张地叫着，同时伸出白胖的胳膊，一把搂住了张晓婷，"我的小洋娃娃，看看这一双眼睛，多清澈，多深情，哪个男人掉进去也别想爬出来。你们说是不是啊？这小脸儿红扑扑的，印堂闪闪发光，嗯，这是有喜事了。"梅姨撇嘴，诡秘地笑笑，说，"最近怕是要双喜临门了呀，小宝贝儿！"

"这么好的消息，梅姨你给透露一下嘛。"说话的是一个地产老板。

"我不告诉他们的，"梅姨对张晓婷说，"到时候我让他们大吃一惊。"

"张小姐到时候可得通知愚兄啊！"一个银行行长说。

"张大美女，在下的一张请柬也是不能少的啊。"电视剧导演说。

梅姨突然推开张晓婷，两手放在她的肩膀，上下打量，嘴里啧啧称奇道："瞧瞧，这衣服，多好看，多配你。这小身板儿，这小曲线，什么衣服到你身上都成了时装。"

张晓婷穿着一件深蓝色的连衣裙，下摆是纯蓝色的，上身部分有着类似白色结晶体的抽象图案，脚上是一双白色高跟鞋，显得精致优雅。

"梅姨的衣服也好看。"晓婷说。

"哈哈，我这水桶腰，糟蹋了这件香奈尔。"梅姨说。

梅姨穿着一件设计端庄的黑色连衣裙。听到张晓婷夸赞，她原地转了一圈。

"真的好看吗？"

"真好看。"张晓婷点点头，说。

"这件衣服是素素替我挑的。"梅姨说，"素素，他们在夸你有眼光呢。"

"那是梅姨有气质！"素素在房间另一边大声说，"是香奈尔沾了梅姨的光。"

素素是一名京剧演员，刚刚得了全国青年演员奖，主攻青衣。此刻，她正在对镜卷着睫毛。殷勤地站在她身后服侍的是一名矮胖中年男人，蓝底白色横条的T恤紧紧地绷在圆圆的肚子上。他是绿煤集团的田董事长，追求素素有一段时间了。另外，还有一男一女两名年轻演员拘谨地坐在一旁的折叠椅上。两名琴师正在低声调弦。

梅姨转圈时，张晓婷看到在梅姨身后的皮沙发上，坐着一个穿白T恤的男人，寸头，黑皮肤，宽肩膀，注视着张晓婷，嘴角儿上挂着一抹微笑。张晓婷从没见过这个男人。但她不喜欢他看着她笑的样子。

"哎呀，"梅姨注意到张晓婷的目光，说，"来来来，忘了给你介绍大帅哥了。"

她拉着张晓婷来到白T恤跟前，后者立即站了起来。

"这是'戴维'，非洲王子。"梅姨说，"带了一帮非洲艺术家和他们的雕塑来展览呢。这是我们沙龙最美的宝贝儿、琵琶演奏家晓婷。"

"非洲流浪汉李大伟。"非洲王子笑着，说，"你好。"

李大伟瘦而结实，他的T恤紧贴在三头肌上，十分合体。他的牙齿很白，鼻梁挺拔，一双单眼皮的眼睛，眼皮很薄。

"你好。"张晓婷说，"非洲的太阳果真很厉害吗？"

李大伟哈哈大笑，说："非洲的太阳能把皮肤晒黑晒伤，但张小姐你能把世界照亮。"

"真会聊天儿。"张晓婷脸颊微微泛红。

张晓婷依然不喜欢他嘴角的笑。

梅姨介绍说,她家老头子和大伟的父亲是同学。大伟的父亲是驻外大使。大伟毕业于美国的名校。

"噫——"

他们正说着,随着一声长叫,一个胖子快步走了进来,直冲梅姨而去。他身着中式裤褂,手捏折叠纸扇,侧身,碎步,两手一前一后向前伸出。一声长噫之后,张嘴开唱。

"这个老太不是人呐——呐呀嗨、呐呀嗨、呐呀咿呀嗨——"

胖子是省内最著名的滑稽艺人,说相声,演小品,也演舞台剧和电影。艺名大宝贝儿。他身材高大,有一颗无发、无须、寸草不生、雪白光亮的肉脑袋,脑后两道鼓鼓的肉绺,如隐形项圈一样时隐时现地挂在脖颈上。他嘴唇又丰满又红润,闪着湿漉漉的水光,眼睛狭长,笑起来成两道弯弯的肉缝儿,两道细眉能自如地上下移动,面相极其可笑。大宝贝确有滑稽天分。京剧豫剧苏州评弹,学啥像啥,单田芳马三立曾志伟学谁像谁,令人捧腹。深得大家欢迎,更得梅姨欢心。他给梅姨捶背,给梅姨捏腿,抬手就来,十分自然。这一声噫,是大宝贝儿的独创,每次都会来上这一段,每次都效果奇佳,博得满堂彩。

这不分明是在骂人吗?大宝贝儿一条好嗓子,反复咿呀,十分耐心,吊人胃口,终于到了下一句:

"是天上神仙下凡尘啊——"

大家叫好、鼓掌。

大宝贝儿走近梅姨,一脸妩媚地慢慢扑进梅姨的怀里,一颗又圆又肉的脑袋虚虚地贴在梅姨胸前,闭上了眼睛。

"梅姨呀——"

一声戏剧道白再次博得满堂彩。

"好了好了乖。"梅姨爱怜地拍拍大宝贝儿肥厚的脊背,笑着说,"赶紧喝口茶润润喉。"

笑闹了一阵,大家开始享用下午茶。水果、点心、茶水、饮料和咖啡,早摆在了一边长条桌的白桌布上。

然后是饭前的演出。他们转移到另一个房间。是一个小型的放映厅,幕布挂在一边的墙上,三排宽大的皮沙发摆在对面。

梅姨在第一批居中就座,她的左手是张晓婷,右手是非洲王子。其他人分别落座。琴师坐在幕布一旁。过门儿响起。那个男演员演唱了《朝霞映在阳澄湖上》,女演员演唱了《春江花月夜》,然后是素素的《贵妃醉酒》。素素上穿红色纱质的衬衫,下穿黑色裙子,黑裙裹着小巧圆润的臀部,眼角儿上吊,小尖脸儿化着淡妆,看起来像一只狐狸。

> 海岛冰轮初转腾
> 见玉兔
> 玉兔又早东升
> 那冰轮离海岛
> 乾坤分外明
> 皓月当空
> 便恰似嫦娥离月宫
> …………

吃饭时,天已转暗。餐厅在一楼。透过餐厅宽大的玻璃窗,可以看到外边浓重的树影。灯光照亮了回廊上的汉白玉栏杆。墙上挂着的平板电视播着无声的画面。新闻联播前,正播本省新闻。梅姨突然命令服务员把声音调大。于是大家看到了陈维德上午接见非洲代表团的场景。

"维德即将大展宏图。"梅姨大声宣布,"来,我们为陈省长干一杯!"

大家纷纷举杯,眼睛都看着张晓婷,个个喜笑颜开,心照不宣。

张晓婷不免几分尴尬,一扭头,又看到了坐在梅姨另一边的李大伟嘴角儿上的笑,突然心生气恼,忍不住瞪了他一眼。

就在这个时候,素素尖叫着跑了进来。

素素头发凌乱,尖脸儿苍白,双眼圆睁,吊角眼里闪射着惊恐、慌乱的光芒。

"梅姨梅姨——"

"怎么了素素?"梅姨呼地一下站起来,说。

"老田他……"素素指着天花板,说,"老田他不行了……"

所有人都站了起来。似乎没有人看到他二人是何时离开餐桌的。这时却谁都看到了素素的衣衫不整。她红色纱质衬衣的第一枚扣子,扣在了第二个扣眼儿上,衬衣的左衣襟翘了起来,露出雪白的一片胸部。衬衣的一角下摆也没有来得及塞进黑裙内。她的胸罩也消失了;她跑进来时,两只乳房在胸前剧烈晃动着。

在素素的引领下,所有人都往二楼上。素素和梅姨走在最前边。大家来到了刚才看演出的小影厅。远远望去,田董斜躺在最后排的一只沙发上,他的脑袋歪在肩膀上,光光的头顶反射着黯淡的灯光,一绺头发静静地垂在软绵绵的胳膊上,如同死去的欲望。

梅姨在第一排沙发前站住了。所有人都站住了。

"打120。"梅姨虎着脸,说。

有人掏出了手机。

这时,李大伟拨开人群迅速走了过去。他试图把田董轻轻抱起来,沙发间的空间不够大,没有成功。电视剧导演上去抬住了田董的腿,李大伟抬起肩膀,两人合力,把田董平放在前边的地毯上。走出来时，导演踉跄了一下，他的脚背缠着一只带蕾丝边的白色胸罩。

李大伟一边让人把窗子打开，使空气流通，一边单腿跪地，在田董身边蹲了下去，用手试了试田董的鼻息，摸了摸他的颈动脉，然后，翻开了眼皮。田董脸色土灰、发青，瞳孔放大，已经没有呼吸了。

素素嘤嘤哭了起来。

李大伟命人拿过一只垫子，放在田董的脖颈下，使田董的下颚尽力上仰。他一只手捏住田董的鼻子，一只手扶在下巴上，低下头去，开始往病人口中吹气。吹出一口，慢慢松开捏鼻子的手指。一下，两下。然后，直起身来，伸直手臂，叠加起两手，用掌根挤压病人的胸部。一下，两下，三下，四下。吹两下，按四下，如此交叉、反复。奇迹发生了。大家看到红润回到了田董的脸上，他的胸部开始有了起伏。李大伟再次翻开田董的眼皮。他的瞳孔也已经恢复了。

"暂时没事了。"李大伟站起来，说。

"他的嘴可真臭。"李大伟用手背蹭了一下嘴角儿，补充说。

5

既然发生了这种事，聚会也就没有可能再进行下去了。救护车把田董拉走了。在通知了田董的集团和他的家人后，大家也就散了。

梅姨说有点不舒服，坐上她的黑色奥迪走了。

素素开着她的红色"MINI"走了。

大宝贝儿开着他的巡洋舰走了。

房产老板开着他的奔驰走了。

电视剧导演开着他的路虎走了。

他们匆匆离去的样子好像晚走一步就会招惹上病毒或厄运。

当张晓婷把她的车子开出来时,所有的人都消失了。张晓婷冷笑一声,准备从小路拐到主干道上。车子一拐弯,她看到了李大伟迈着长腿,独自走在灯影下。张晓婷暗自笑了一下,把车子靠过去,放下右边的车窗。

"要不要送你一程?"

"我求之不得。"

刚才的救人,改变了一点张晓婷对此人的看法。她想他坐出租或乘地铁,都需要走出几公里,到花园路上才可以。

李大伟拉开车门,弯腰坐了进去。

"这位子你坐起来有点委屈了。"张晓婷说,"你住哪里?"

"我能委屈。"

李大伟告诉她酒店的名字。在东区。她可以从北三环绕东三环,和走西三环没远多少。再说,时间还早。

"还算顺路。"张晓婷说。

"那就有劳大驾了。"

"今晚多亏了你。"张晓婷说。

"我也就斗胆试一试。算他命大。"

"你学过急救?"

"知道一点皮毛。长期在外,得知道一些自救和救人的方法。"

"你在非洲很久了吗?"

"十多年了。"

"这个非洲雕塑代表团是你带来的吗?"

"不,我并不是代表团成员。"

"那你是什么角色?"

"算是联络员吧。"

"你在非洲干吗？"

"流浪。"

张晓婷哈哈大笑，飞快地看了他一眼。

"你看起来像一个悠闲自在的公子哥而不像一个流浪汉。"

"这是恭维还是讥讽？"

"听梅姨讲，你就是一个富二代。"

"我自食其力。大学毕业就没拿过家里一分钱。我父亲不是什么了不起的外交官，他只是一个普通的外交人员。我也不是什么名校毕业生。我在美国读的是社区大学。毕业后，我去了非洲。我喜欢那里，就留了下来。"

保时捷从花园路上了三环高架。城市的夜空灯火璀璨，大街上流光溢彩。三环路如一条从天空扔下的巨型、华丽的项链。

"看起来这样的沙龙经常举行？"

"很庸俗是吧？实在是无聊空虚到了极点。"

"你不怕我告诉梅姨？"

"你不怕我把你丢在这高架上？"

"看出来你在极力掩盖你的格格不入。"

"掩饰得不好，你看出来了。"

"真谦虚。"

"那梅姨就是一个皮条客。"张晓婷说，"素素和那姓田的就是她极力撮合的。唯恐天下不乱。"

"这样啊！"李大伟诧异道。

"你格格不入，但你经常参加。"李大伟接着说。

一抹笑意爬上了李大伟的嘴角儿。

张晓婷不语。

"今天晚上我没有和你碰杯祝贺你。"李大伟说。

"你一直在嘲笑我。"

"我没有。"

"你有。这会儿还有。"张晓婷瞟了他一眼,说。

他的鼻子很挺拔,有一个方形的下巴。

"你真的要嫁给他吗?"

"谁告诉你的?"张晓婷大吃一惊,说,"你管得着吗?"

"我替你鸣不平。"

"我甚至都不知道你是谁!"

"那老头配不上你。"

"他没有你想的那么老。你也不了解他。"

"我认为我了解。"

"你太自以为是了。"

"你是我见过的最美丽的女人,任何一个男人都会为你着迷。"

李大伟扭头直视着张晓婷。

"哈,你是不是见每一个漂亮女人都这样说啊?"

"对上帝发誓,三十八年来,我第一次说这句话。"

张晓婷一声冷笑。

"你爱他吗?"

"……我有过爱。"

"可不是他。"

…………

"你承认了。你不爱他。可为什么呢?为这个吗?"

李大伟随手指了一下闪着华丽光芒的仪表盘。

"你……"

保时捷忽然向右侧偏移一下。张晓婷赶紧把稳方向盘。

"你不懂女人。"

"我想我还是试着去理解生命的意义。"

"它是什么？"

"自由和爱。"

"自由、爱。说得真好。女人需要安全感。"

"安全。还有安逸吧？晓婷，我可以这样叫你吗？看得出你年轻的身体里充满活力。你让我想起非洲的羚羊和鹳鹤。它们美丽的身姿在自然里奔跑和飞翔，是多么迷人。你愿意被人当成金丝雀，关在笼子里，无论这只笼子多么华美，让人喂养、逗弄、把玩，到最后，羽毛黯淡，歌喉喑哑……"

"够了你……马上该下了。"

张晓婷从金水路立交桥左拐进入匝道。李大伟的宾馆就在前方不远处。

"说到安全，你不认为他那是风险最大的职业吗？晓婷，我不想让你伤害你自己。"

"谢谢，我知道我在做什么。你看，到了。"

"明天的展览你真该去看看。"临下车时，李大伟说。

"我对雕刻一窍不通。"

"那种自由自在和天真烂漫也许会感染到你。"

"不。我想我不会感兴趣。"

"谢谢你送我。"

"再见。"

"真的还会再见吗？"

6

"你看起来迷人极了。"李大伟说。

张晓婷一进入大厅，李大伟就走向前来。

张晓婷穿着一件酒红色带碎花的A字裙，洁白圆润的小腿下是一双红色高跟鞋,手里拿着一个深蓝色的精致手包。李大伟穿着一件黑色 T 恤,手里提着一个黑色的粗布袋子。

张晓婷的脸上飞起一片红晕。

"我一直在进口处等你。"

"你怎么肯定我会来?"

"我想你也许进城有事,会顺便过来看一看。"

张晓婷微微皱了一下眉头,她本来打算这样说的。

"不,"张晓婷挑衅似的说,"我是专程过来参观的。"

"无论顺便或专程,我敢肯定你都不会失望。"

开幕式正在举行。陈维德在红毯上致辞。他的身后是一块大型喷绘,一轮红日刚刚爬上地平线,辽阔的非洲原野上,象群的剪影正在地平线上移动,高大的头象把粗壮的鼻子卷向天空,似乎正在发出震撼大地的吼叫。

"昨天晚上没怎么睡觉。"李大伟说,"你休息得好吗?"

"挺好的。"张晓婷撒了一个谎。

"那我就放心了。"李大伟笑笑,说,"我担心我的方式可能刺激到你。"

"你的担心是多余的。我没那么脆弱。"

"你看起来是。"李大伟转变话题,说,"他的口才真好。"

陈维德正在读稿。他站在麦克风前。他的身后站着几名中外嘉宾。他显得异常瘦小。

"你就不能不嘲笑人?"张晓婷气馁,说,"带我去看展览吧。"

他们离开人群,走进了后边的展厅。

木雕展区分为三个部分。人像、图腾和面具以及动物。人像包括头像、胸像、男人狩猎、女人哺乳、少女顶水、艺人击鼓等,表达人与人、人与自然的和谐关系,富有生活气息;面具或镂空或涂上色彩,狞厉或端庄,造型各异,神秘色彩浓郁;动物有大象、狮子、豹子、长颈鹿、犀牛和羚羊等，皆憨态可掬、传神灵动。

他们站在一个母亲木雕前。母亲挺直而坐，眼睛是杏仁状的，微微凸起，一条细缝贯穿眼睛中间，脖颈上堆砌缠绕着多层圆环，因而拉长了颈部。两只锥形的乳房从两肩处垂下，被她揽在手中、分坐两腿的两个小孩儿含在嘴里。哺乳的母亲镇静中略带忧郁。

接下来是一个男人的雕像，头部巨大，四肢健硕，两手搭膝而坐，两腿间直立着粗壮的生殖器，眼皮下垂，三角形的鼻子，薄薄的嘴皮，显出沉思的力量。

李大伟介绍，非洲木雕并不注重写实，而是展示一种自然本性。他们自由想象，因材赋型，极度夸张。没有两件非洲木雕是完全一样的。人们借助宗教祭祀仪式，让神灵降临到雕塑里，并从他们那里获得智慧和庇护。

"你专注地凝视一件非洲雕塑。"李大伟说，"你能感受到一种原始的力量、一种自由的激情，你会被一种来自远古的神秘气息所笼罩。而每当欣赏这些动物雕像，"他们走到一只雄狮跟前，李大伟说，"你甚至想成为它们中的一员，野性热辣的气息裹挟着你，随它们在森林里、原野上奔跑。你会闻到树木、青草、尘土、雨水和阳光的味道。"

张晓婷注视着李大伟。她默默点头，似乎也被感染了。

一群人拥进了大厅。开幕式结束了。

陈维德一行人走在最前边。张晓婷二人从一个偏门走出去，躲到大厅一旁的座椅上。

"我明白你为什么留在非洲了。"

"我不喜欢按部就班，不喜欢重复，不想走家里为我安排的路。我喜欢自由自在、新奇和有想象的生活。我甚至觉得按照日历过日子就很是无聊。我曾想，如果每一天的长度并不都是二十四小时，如果一周并不都是七天，一年不是固定的三百六十五天，而是随机的。那会是什么样子？"

"哈哈，你真另类。你妻子会受得了吗？"

"她无法忍受，所以半年之后我们就分手了。这是多年前的事了。"

"然后呢？"

"然后什么？"

"我是说你没有再结婚？"

"一直单身。"

"这倒有利于到处猎艳。"

"我不能说没有遇到过女人。"李大伟说，"但是……"

"啊哈。"张晓婷好像抓着了什么把柄。

"我相信自由，也相信爱。"

他们一直聊到中午。

李大伟说刚到非洲时他很疯狂，像挣脱束缚的野马，从开罗到约翰内斯堡，从塞内加尔到索马里，他都跑遍了。好像只有笔直的公路和身后滚滚的烟尘才能燃尽多余的荷尔蒙，只有让海风鼓起蓬乱的长发才能使冲动的激情得到宣泄。他说他现在安静很多了。

他聊非洲的雨季和旱季、猴面包树的梦幻感和凤凰木的花期、雄伟的维多利亚大瀑布和明净透彻的马拉维湖、尼罗河的神秘和赞比西的凶险、曼德拉的掌故和穆加贝的笑话。

中午吃过一顿川菜之后，他们才离开。

分手时，李大伟把手中的黑色布袋递给张晓婷。里边的盒子里装着一个非洲石刻摆件。是由一整块石头镂空刻成的两只长颈鹿。两只鹿相向而立，四肢修长，扭起长长的脖颈，各自把嘴抵在对方的脊背上。雕工细腻的两只长颈鹿被固定在不规则的粗糙石料里，对比强烈。整体造型，巧妙、别致，构图温馨、可爱。张晓婷喜欢极了。

张晓婷回到彩云山已是下午两点钟了。

房间里、花园里到处静悄悄的，叫了一声刘阿姨也没有回应，想是在楼下房间休息。

她把长颈鹿的摆件取出来，放在一楼大厅的壁炉架上，仔细端详了一番。简直是美极了。

回到二楼，她洗了一把脸，准备休息一下。

这个李大伟，张晓婷想，他自以为是，见多识广，很会恭维女人，说话直接，有时都近乎放肆了，但又十分坦诚、文雅，并不惹人厌烦。在此之前，她从未见过这样的人。他身上有一种独特的气息。她说不清那是什么。一种狂野和落拓不羁，一种大海和森林的味道。张晓婷摇了摇头，躺在了床上。她昨天晚上休息得很差。这会儿暖暖的困意蜂拥而来。

他的生活离她实在是太远了。张晓婷朦胧中想。

7

张晓婷听到了楼下传来砰砰的拍门声。她弄不清自己到底睡着了没有。困倦和睡意依然笼罩着她。她想是刘阿姨不小心把自己锁在了门外。以前没有过这种情况。走到楼梯上，她听到声音是从别墅的后门发出来的。

张晓婷从楼梯上下去，走到门口，没有多想，就打开了门。一瞬间，张晓婷彻底惊醒了。

"你怎么来了？"张晓婷说。

一个年轻人站在门口。他很高，很瘦，穿着一件皱巴巴的白衬衣，腿上一条牛仔裤，衣服对他来说都有些大，穿在他身上显得很空洞。他戴着一副金属框的眼镜，一双骨碌碌的大眼睛藏在镜片后边。看得出,他在极力掩盖自己的紧张。

"你让我找得好苦啊。"年轻人说。

"你找我干吗?"张晓婷说。她穿着带粉色竖条的睡衣,此时她右手扶在门上,左手下意识地捏在领口前。

"也不请我进去坐坐?"瘦子抬头打量了一下别墅,说,"这豪宅,也只在电影里见过!"

"现在不方便。"

"没关系,我不介意啊!"瘦子看了一眼张晓婷的睡衣,嬉笑说。

"你怎么知道我在这里?"张晓婷纳闷,说。

"我偶然在博物馆的展厅里看到了你,就跟过来了。"

"你跟踪我?"

"二手夏利跑起来也很快。我得见你。我一定得见你。"

"他们让你进来?"

"谁?门卫吗?"瘦子聪明地笑笑,说,"他们并没有看起来的那样忠于职守。给他一百块钱,他就告诉了我开蓝色保时捷的美女住在哪里。"

"好了,你见到了。有什么事?你说。"

"我发现了你丈夫和我女朋友的新情况?"

"能有什么情况?人都死去这么久了。警方也做了认定。"

"很重要。我跑了这么远,你就不让我进屋喝口水?"瘦子说着,用力推开了厚重的橡木大门,走了进去。

"真是天堂一般啊!"瘦子打量着大厅的四周,赞叹说。

"其实我们分手后不久,"瘦子突然有几分羞涩,说,"我就忍不住想见你。我到过你工作的学校,说你请了长假。也到过你们以前的住处。邻居说出事后你就没回去过。"

"好了。"张晓婷皱了下眉头,说,"说说你的新发现。"

"我能喝口水吗?"

张晓婷走到饮水机前,为他接了一杯纯净水。瘦子一口喝完。

"谢谢你。"他说,"最近有了新发现。"

"你刚才说过。"

"你丈夫也许是无辜的。"

张晓婷疑惑地看着他。

"记得我曾问你,你丈夫需要吃西地那非吗?你否定了。但警方交给我的遗物里,在林小悦的包里装着安全套和西地那非片。"

"你当时就知道这个。这能说明什么?"

"还记得他们是登记的两套木屋别墅吗?我们当时认为那是为了掩人耳目。"

"不是吗?"

"我们都认为是。我们都没有细想。直到前不久我偶然翻到了小悦的一个记事本。"

他们依然站着。张晓婷冷静地看着瘦子,等着他往下说。

"我着重研究了她出事前的一段时间。我发现了一个神秘人物。关于这个人,她的记录都非常简洁,显然是有所顾忌,甚至十分小心。三月的一天,她写道,今天的报道得到了表扬。没过多久,再次出现,她写道,今天和他一起到园区现场。关键是出事的前一天,她写道,明天前去和他会面。紧张。期待。"他观察了一下张晓婷的反应,接着说,"联系到后来的事故,再看到这些记录,谁都会认为这个神秘人物是你的丈夫王建明。其实不是! 咱们先排除你丈夫。"瘦子自信地说,"林小悦发表的文章,王明建怎么会去表扬她?一般来说,只有上级才会表扬下级。他们不是。第二,出事前一天,她说明天前去和他会面。显然是去了才能见面,而不是同行。第三,她带着王建明不需要服的伟哥。第四,他们登记两套木屋别墅,而在深山里,他们是不需要掩人耳目的。问题来了，既然不是你丈夫王建明那必定另有其人。我到图书馆找到了四月份那篇得到表扬的稿件，进行了研究。但我没有找到去园区的相关信息，网上也没有。就那篇报道，我做了深入的思考和推理。我看到了一个影子，嗅到了他的味道。"

瘦子自负地笑笑。

"你可以做侦探了。"

"可是没有证据啊？我翻遍她的手机、电脑，都没有发现什么有价值的线索来印证我的推理。最后你猜怎么着？还是那个不起眼的笔记本帮了我的忙。我发现了一串字母夹杂着数字的163信箱。我破解了信箱的密码。我进去了。于是我看到了一些有价值的邮件和照片。知道我是怎么破解密码的吗？我把神秘人物的生日输了进去。网上有他的简历。果然，我成功了。"

"他是谁？"

"这个嘛，我不能告诉你。"瘦子神秘地笑笑，说。

"他才是杀死林小悦的凶手！"瘦子瞪圆了一双凸出的眼睛。

"那你可以告诉警察。"

"告诉警察有什么用？能抓他吗？几封邮件几张照片不是罪。我为什么要告诉警察？"

"你准备怎么样？"

"这些东西交给警察一钱不值，放在我手里可就值大价钱了。哈哈！他杀死了一个人，理应为此付出代价。"瘦子挥了一下手，说，"也许不久的将来，我也能住上这样的豪宅！谁能说清呢？"

"好了，说完这些你可以走了。"张晓婷说。

她始终站在离门不远的地方，此时，她走过去，拉开了门。

瘦子反而向客厅里边走了几步，坐进了宽大的绿底白花的布艺沙发里。

"请你马上离开这里。"张晓婷说，"刘阿姨和花工他们就在后院。"

"你不用担心。"瘦子把两条细长腿叠了起来，说，"我看到他们从果园的栅子门出去后，才从栅栏上翻进来的。我听到他们说是去后边山坡上拔马齿苋了。我估摸着一时半会儿他们回不来。马齿苋凉拌、晒干包包子都很好吃。"

"你想怎么样？"一丝慌乱滑过张晓婷的眼睛。

瘦子站起来，向张晓婷走去。张晓婷想开门出去，瘦子一个箭步冲到门口，顺手扭上了门锁。

"你不滚出去我马上打电话报警！"

张晓婷惊恐起来。楼下没有座机。她的手机放在卧室里。她想上楼去拿。瘦子拦住了她。

"你不用紧张。"瘦子说，"其实我告诉你这些不是最重要的。我只是想见你。"

"为什么？"

"自从我们上次在一起之后，我就再也忘不了你了。我朝思暮想，寝食难安。"

"你疯了！"

"我想你想疯啦！"

"那时我们都醉了。"

"没有。你没醉，我更没醉。你只是这样欺骗自己。你只是不敢承认。你忘了你当时多享受。是我给你的。我们在一起后，我就不悲伤了。我感谢林小悦的背叛，要不然像我这样的无业游民、穷光蛋，怎能与你这样的高级女人一亲芳泽共度良宵呢？"

"你……闭嘴……快滚！"

"再给我一次吧！"瘦子突然走过去，跪在张晓婷跟前，并一把抱住了她的腿。"你把我带上天堂，又把我扔进地狱。"

"啊——"张晓婷一声尖叫，顺手一记清脆的耳光。

瘦子的眼镜被打飞了。他松开手,爬过去,在壁炉边的地毯上摸到了眼镜,戴在了眼上,慢慢站了起来,从口袋里掏出手机。

"听听,这是谁的声音?"

瘦子打开了音频。一阵喘息、暧昧的声音传出来。

"这说明什么?"张晓婷说。她浑身颤抖,眼泪流了出来。

"说明不了什么。"瘦子淫笑说,"那要不要再看看照片?看看你美臀上的柳叶状的胎记?"

瘦子翻看手机,然后,把手机举起来。张晓婷闭上了模糊的泪眼。

"……你这个无赖!"张晓婷靠在墙壁上,脸色苍白,嘴唇抖得厉害。

"你以为你是谁?"瘦子恶毒地说,"不就是卖的?林小悦是,你也是。你们没一个好东西。你就是一个高级婊子!"

"你放屁!"

"不卖你能开上保时捷?不卖你能住在这里?这是谁的房子?嗯?是今天那个大帅哥吗?看起来很黏糊、很热烈啊,可他看起来不像这里的主人。是不是大老板一转身,就开着名车到处浪,出去偷腥?"

"你……要挟我……"

"就看你的表现了。你不能把我带进天堂,又无情地扔进地狱。"

"那是我一时糊涂……"

"不用承认错误。你做得很好,简直棒极了!"瘦子说。

他慢慢靠过去,伸出手想抓住张晓婷的手臂。张晓婷躲开了。

"你太美了……"瘦子又突然冲动起来,他一把抓住了张晓婷,把她揽入怀中,紧紧抱着,疯狂地亲吻着张晓婷,"把我带入天堂吧,让我死在你身上……"

张晓婷拼命扭动着脑袋，尖叫、挣扎着。瘦子用力把她按倒在壁炉前的地毯上。他们撞倒了挂在架子上的壁炉专用的铸铁铲子和耙子。瘦子完全失去理智，疯狂地扯拉着张晓婷的睡裤。张晓婷碰到了铁铲，紧紧抓在手中。她躺在地毯上，闭着眼睛，用尽全身力气，奋力一挥。一声闷响。瘦子咕咚一声倒在地上，安静了。

张晓婷慌忙爬起，整理了一下凌乱的衣裤，她看到瘦子直挺挺地躺在地毯上，一动不动，头上被砍下一个巨大的口子，鲜血正汩汩冒出，沿着头发流到地毯上。地毯上鲜红的印痕正在逐渐变大。

她惊慌失措地打开别墅的前门，向前院跑去。

8

张晓婷带着两位高大的保安气喘吁吁地回到166号时，大厅里竟然空无一人。地毯上留下一大团血迹，颜色已经发黑。他们楼上楼下仔细巡视了一遍，确信无人后才发现，门口板栗色的仿古地板砖上，有几个深色的圆点，是血迹无疑。这才断定人已从后院逃走了。

"张姐，要不要报警？"一个保安说。

"不，不用了。"张晓婷依然在发抖。

"张姐真够勇敢的。"第一个保安接着说，"这一铲子够他受的了。"

"你仔细检查一下，看丢失什么东西没？"另一个保安说。

"没有。"张晓婷说，"他应该没上楼。"

其实，她发现壁炉上的长颈鹿摆件不见了。但她没有声张。

"那就好。"第一个保安说，"张姐，那我们走了。你别怕，我们会加强巡逻。有事您打电话。"

"奇怪了，"另一个保安嘟囔说，"我们卡纳从未发生过入室盗窃的案件。"

刘阿姨已经回来了。她吓得流出了眼泪，自责不已，说自己不该出去。早不出，晚不出，咋正好那会儿出去了？！亏得晓婷你没事，这要是有个啥闪失，我可如何给陈先生交代啊！刘阿姨抹了一把眼泪，愧疚地收拾起了地板。

张晓婷安慰了她几句，默默地走向二楼。

她走进卧室，把门锁死，走进浴室，把门锁死。她脱掉揉皱的睡衣，跨进浴缸，随手打开了蓬头，温水冒着蒸汽洒落下来。张晓婷狠狠地咬着嘴唇，低垂着头，两手扶在墙上，水柱从她的长发上、身体上流下来，聚集到雪白的盆底，绕过她的双脚，流进了下水口。她突然感到浑身无力。她转过身，蹲了下来，紧紧地抱住双腿。水流飘洒在她的脊背上。无助、耻辱和恐惧攫住了她。她再也压抑不住自己了，先是哽咽，接着放声大哭。

每当想起那件事，张晓婷都很恍然，不知道到底是真实发生的，还是自己的一个梦。

在殡仪馆，告别仪式刚刚结束，张晓婷在友人的陪同下，来到院子里，站在一棵柳树下。四月，柳絮到处飞扬，聚集在地上，一团团的，不停翻滚。张晓婷一脸憔悴，穿着一件黑色的薄风衣，墨镜遮挡着红肿的眼睛。

这时，一个瘦高的年轻人向她走过来。他戴着一副眼镜，一双布满血丝的大眼睛向外凸出，他的灰衬衣在风中晃荡。他自我介绍说他姓董，是林小悦的男朋友。

"林小悦？"

"就是和你丈夫一同乘车的女记者。"

"哦，我非常抱歉……她、也是今天？"

"她昨天已经火化了。我今天来见你，向你表示哀悼。"

"谢谢你……"

"他们怎么告诉你经过的？"

"他们准备去万仙山拍摄一个专题片，邀请你女朋友撰写脚本。路上躲避大货车，侧翻了下去。"

"哼！"姓董的冷笑一声。

"怎么？"

"他们欺骗了你。"姓董的随手掏出一张名片递给张晓婷，说，"你忙完要是有兴趣的话和我联系。"

张晓婷神思恍惚，不明白他在说什么。她随手接过名片，放进了口袋里。

大约三四个星期后，她稍稍安定了一些，准备把积攒的脏衣服洗一洗，在那件黑色风衣的口袋里，她重新发现了那张名片，按着上边的电话拨了过去。

他们约好在农业路一个叫夜色的酒吧见面。

"我一直在等你的电话。"

"你也是记者？"

名片显示，这个叫董新科的年轻人是一家行业报纸的记者。

"现在不是了。"董新科说，"我被除名了。"

董新科说他因为新闻敲诈被举报，虽然没进监狱，但被开除，终生不得从事新闻职业。

董新科说起这些并无愧色。

"一个穷县的财政局长，能把儿子送到美国，能在一座城市购置别墅。我就拿了他三万块钱。"董新科愤愤不平，说，"他们就没有一个好东西！"

董新科大声吆喝服务生，豪爽地点了六听德国健力士黑啤酒。然后，他掏出手机，翻看了一下，把屏幕对着张晓婷。

"看，这就是林小悦。"

屏幕上的女孩儿，皮肤白净，一双大眼睛长在一张圆乎乎的脸上，微笑着，唇线清晰，嘴角弯弯上翘，看起来乖巧可爱。

"她没你漂亮，但她很甜是吧？很会黏人，缠在你身上柔弱无骨。我们本来打算十一结婚呢。可你王八蛋丈夫杀死了她！没想到，她也是个贱货！"

"你不是有什么要告诉我吗？"

"我正要给你说这个。"

于是，董新科告诉了张晓婷，王建明和林小悦他们其实是去幽会的，他们预订了两套木屋别墅，带着安全套，带着西地那非。

"那是什么？"

"你说西地那非吗？就是俗称的伟哥。你丈夫年纪轻轻需要这个？"

张晓婷困惑地摇了摇头。

黑啤送到了。

董新科拉开一罐，分别倒进两个杯子里。邻桌的年轻人在一起玩骰子，大呼小叫，桌子拍得啪啪响；台上一个歌手在轻声唱着布鲁斯。

"我们都被骗了！"董新科中大奖似的大声叫着，"来，我们干一杯。"

张晓婷开始默默流泪，下意识举起杯子，一次一次地和董新科碰着。后来，居然也笑闹、尖叫起来，和旁边桌子上的人也碰起了杯。

他们离开时，已是后半夜了。两个人搀扶着上了一辆等候在门口的出租车。他们爬上一座居民楼。董新科掏出钥匙，打开了门锁。

一进屋门，董新科就开始亲吻张晓婷。

"不，不要。"张晓婷推阻着，摇头说。

董新科搂紧了她,急切地亲吻着她的脸颊、眼睛。

"我看出你需要……宝贝儿……来吧……我们需要释放自己……我们要放纵自己……我们要尽情享乐……"

在董新科的强势进攻下,张晓婷绷紧的身体慢慢放松下来。她闭上眼睛,张开嘴巴,呼呼喘息,甜热的气息直扑在董新科的脸上……

张晓婷走出浴室时,天已傍晚。

她走到床头柜前,拿起电话,查找了一下,拨了出去。电话接通了。

"是我……"晓婷说,"我想见你……电话里没法说清……我没法开车……你能过来简直太好了……我完好无损……"

大约一个小时后,李大伟坐在了凉亭的藤椅里。

夜幕刚刚降临。暗淡的灯光下,花园里到处是树的影子。

张晓婷告诉了李大伟一切。

"想来想去,这件事我不能告诉身边的任何人。"张晓婷苦笑,说,"真够可怜、可悲的了。"

"你想到了一个最合适的人。"李大伟说。

"我没有办法,这不也是有病乱投医嘛。"

"其实这一切很简单。"

张晓婷在暗影中凝视着李大伟。

"跟我走。把这一切都抛在脑后。"

"净会说笑话。"

"我没有。我是由衷的。"

"我把一切都告诉了你,你该不是在嘲笑我吧?"

"昨天,一见到你,我的世界突然变得闪闪发光。"

"像你这样走遍世界、见多识广的人,怎么会看上我呀?"

"我不是个爱管闲事的人,更不会去干涉他人的私生活。但我昨天忍不住对你直言不讳,你差点把我赶下了车;昨天夜里我没怎么睡觉,我在想,这个女人一出现,我就想知道她的一切。我想关心她的一切。我想让她的一切和我有关。我回想你的一举一动,你说话和微笑的样子。我满脑子都是你的影子。今天下午你离开后也是这样。"

"我哪配啊,我也就是个不检点的女人。"

"我不让你诋毁自己。你没做错任何一件事。我想你也只是一时的冲动。我无法用语言传递出你给我的感觉,这种感觉我一生中没有遇到过。外边的世界很大很大,我想和你一起去经历。"

"大伟,我谢谢你。说到底,我也就是一个小女人。"

"晓婷,你还这么年轻,就让你身体里聚集的能量和激情沉睡?"

晓婷无奈地摇了摇头。

"你要安全感。我敢说,我们在一起才是最安全的。"

张晓婷长叹一声,说:"先说说我目前面临的小问题吧。"

"我倒是愿意会会这个董新科。"李大伟笑笑,说。

"要见他?"张晓婷吃了一惊,说,"你打算怎么样?"

"我想我能改变一下他的想法。"

"什么时候?"

"就在今晚,我马上过去。"

9

晚上十一点差一刻,李大伟打来了电话。此前,张晓婷一直把手机紧握在手中。当她哆嗦着把手机接通后,传来了李大伟明快的声音。他告诉她事情解决了。

"解决了？怎么解决的？"

"他不会再打搅你了？"

"怎么这样？"

"你想怎样？"

"这就像儿戏。"

"对他可不是儿戏。"

"你会相信他的话吗？"

"你相信我的话就行了。"

"你看到我的照片了吗？"

"他也许就没有什么照片。"

突然的轻松降临到张晓婷身上，就像一下子从噩梦中惊醒。但她依然将信将疑。她让李大伟给她讲述过程。李大伟就是不讲。

"结果就是这样。"李大伟卖关子，说，"至于过程，也许有一天会讲，也许永远不会。"

"大伟，"张晓婷轻松地说，"我该怎么感谢你呢？"

"你知道的。"

张晓婷哈哈大笑。

"我得把这一切告诉陈维德。"

"我不认为这是明智之举。"

"为什么？"

"你会吓住他老人家的。"

"哈哈哈，他又不是小孩子，再说，他真的那么老吗？"

"如果你打算和他结婚，就不能告诉他。"

"如果这样，我更不能对他有所保留。"

"这不是一个好主意。"李大伟沉吟了一下，说，"不过，我倒是愿意你这样做。"

李大伟告诉张晓婷，他计划后天晚上离开绿城，去北京。十月中旬回非洲去。

"大伟……"张晓婷突然有些不舍，但又不知道说什么。

"我们不说分别的话。"李大伟说，"也许我们很快就能见面。我还是想给你讲那个过程。"

第三天的傍晚，陈维德回到了山上。他是下午刚刚坐高铁从北京回来的。

晚饭后，他和张晓婷来到了二楼的露台上。一弯月亮挂在东边的山梁上。空气澄澈、透明。天空高远、深蓝。几缕白云飘浮在高空。微风习习，夜来香和丹桂的馨香阵阵飘过来。秋虫在草丛里集体欢唱。偶尔一颗果子从树上落下。山谷里树影浓重。正前方，城堡酒店璀璨夺目，如航行在深夜大海里的豪华游轮；山坡上散落的住宅里闪射着如星河一般的点点灯光。

夜的山，空灵、宁静。

"晓婷，"陈维德热切地说，"这两天我没给你打电话。一是让你充分思考。再则，我积攒自己的思念和期待。"

"你是忙。"张晓婷笑笑，说。

"是忙，议程很紧张，一结束我就急着赶回来。"

"你的事情定下来了？"

"还没有。"

"你是国家栋梁。家乡都为你而自豪呢！"

"我愿和你分享这份光荣。"

"但愿我有这个福分。"

"这么说你想好了？"

"这几天发生了不少事情。"张晓婷改变了话题。

"有趣吗？说来听听。"

"我只说和我有关的。"张晓婷说。

"那当然，我对他人不感兴趣。"

于是，张晓婷几乎把关乎她和董新科的一切都告诉了他。只是这件事情的结果，她没有讲。她有意先不说。她想看看他会怎么帮助她。她发现，随着她的讲述，陈维德的身体坐直了，绷紧了。她知道他在意她，替她紧张。

"晓婷。"她听到了陈维德严肃的声音，"一直以来，我始终认为你是一个纯洁的女孩儿。在我心中，你就是误落人间的天使……"

张晓婷的心在往下沉。她等待着陈维德说下去。

"……可是，你侮辱了你自己……你让我失望了。"他沉痛地说。

"我很抱歉。"张晓婷低声说。

"抱歉没用。"

陈维德把手指插进他本来一丝不乱的头发里。

"你结交了一个无赖。他骚扰了你，对我却是真正的威胁。他说他要去查这房子的主人？"

"他那样说了。"

"他有你的裸照？"

"当时我没有看清。"

"这房子自然不在我的名下，但总会拔出萝卜带出泥，还有你住在这里……"

"我住在这里怎么……"

"可以让这个无赖闭嘴，但不能保证他已经乱讲，不能保证他把你的照片乱发。"

…………

"晓婷你太不检点了……最近我的麻烦够多了……现在是考察关键时刻……他们给我汇报你，本来我也没有多想……"

"汇报什么?"

"你这两天是不是一直和那个李大伟纠缠在一起?"

"我……"

"你别狡辩了。"陈维德恼怒地说,"前天木雕展开幕式上,是我亲眼所见。后来你们一起下馆子,当天晚上居然追到了这里!你们也太放肆了!"

"是我让他来的。"

"你不同意他敢来吗?"

"你都想什么呢?他是来帮我的。"

"他就是一个无业游民、二流子,国际骗子而已。"

"他不是。"

"他是!"

张晓婷突然在黑暗中轻松一笑。她决定不再说什么。

"他能帮你什么?嗯?这些年来,我怎么就没看出你是这样一个轻浮的女人?"

张晓婷差点忍不住哈哈大笑起来。

"……既然这样,我只有忍痛割爱了。"陈维德无情地说。

他坚定地站起来,捋了一下凌乱的头发。

"明天一早你就从这里搬出去。"他对着黑暗说,"东区那套房子你也不能住了。你回到你自己原来的房子里吧。"

"你回北京了吗?"张晓婷对着手机说。

"没有。"李大伟说,"我把预定的票退了。我估摸着你也许会给我电话,就决定等三天。"

"你这才等了一天。"

"是够快的。"

"我从没见过猴面包树。"

"你给我说过。"

"我还想去看看马拉维湖里彩色的鱼群。"

"它们始终都在那里快乐地嬉戏。"

"可我怎么养活自己呢?"

"我从白人手里买下了一个一千多英亩的野生动物园,不算大。我收养受伤的动物,也收养一些人们当宠物养,然后长大了的动物。那里正要招聘一个下午茶的管家。"

"有什么特殊要求吗?"

"要求懂音乐,至少会演奏一种乐器。"

"琵琶算吗?"

"这种乐器工资最高。"

"高到能在非洲买房子吗?"

"正好有一座房子,面朝马拉维湖,五千英尺的后院里有一棵巨大的凤凰树,繁花似锦。那里需要一个女主人。"

"我想现在就出发。"

"现在?这深更半夜的。你就不能住到明天早晨吗?"

"我觉得不能。再说,我东西已经收拾好了。"

"我马上下去打一辆车过去。"

"我会坐在大门口一棵柿子树下的石头上等你。"

"你真乖。"

10

十月的一天,张晓婷和李大伟在北京首都国际机场第三航站楼登上了埃塞俄比亚航空公司的波音787。他们将飞往亚的斯亚贝巴,在那里转机,飞往利隆圭。

坐下后,李大伟从双肩背包里掏出一个纸包打开。张晓婷惊喜地叫了一声，她看到了那个长颈鹿的石刻摆件。

"物归原主了。"李大伟说。

"该讲讲那个过程了吧。"张晓婷说。

"董新科自杀了。"李大伟说。

张晓婷瞪大了眼睛。

李大伟告诉他。他找到董新科家的时候，敲门，没有反应，便想董不在家。于是，他决定进去等他。他很容易打开了房门。普通的两室一厅的老旧房屋。他检查房间时，发现董新科吊死在阳台上，就是阳台天花板上镶嵌着的、用来晾晒衣服的钢筋架上。应该没有多久，身体还是软的，但已经完全没有生命迹象了。桌子上放着一张纸条，只写了一句话，小悦我去找你。看起来就是自杀。

"天呐！"张晓婷低声惊呼，"吓住你了吧？"

"只是吃惊。"

"你胆子也太大了吧！"张晓婷说，"他可不像一个会自杀的人。"

"他确实不是自杀。"李大伟说，"他死前受过折磨。他的头上裹着纱布，那是你的杰作。但他的两腿都被打断了。我无意中进入了一个犯罪现场。他的腿下倒着一把折叠椅，看起来是死者吊死前踢翻的。但一双断了的腿是无法登上折叠椅的，更别说把椅子踢倒了。行凶者不是疏忽，是自大，看起来完全懒得细致地设计现场。我检查了他的电脑，它被格式化了，且彻底无法恢复。有人搞到了需要的东西。"

张晓婷惊恐地看着他。

"他敲诈了某一个不该敲诈的人。由此丢了性命。"

"那个神秘人物？"

"你想过那个神秘人物是谁吗？"

"没有，从没想过。"

"也许他以前就在你身边。"

"啊?"

张晓婷脸色刷白,紧紧地搂住李大伟的一只胳膊,浑身颤抖。

一阵嗡嗡声之后,飞机开始移动。

"他吊在那里太可怜了。"李大伟说,"我离开的时候,用他的座机,打通了110。"

李大伟抽出一只胳膊,把张晓婷紧紧地搂在怀里。

"别怕。"李大伟耳语道,"瞧,我们起飞了。"

红口白牙

　　她说，究竟为什么这样对待我？既然知道你不回来我无法睡眠，为什么要回来这么晚？这是这个月的第几次了？不是不让你玩儿，我说不让你玩儿吗？我不让你玩儿，你就不玩儿吗？这个月第几次了？我告诉你，第三次了。第一次是一个周一。周一你就玩儿啊？第二天还有精力工作？第二次是个周末，周末全世界的人都要和家人在一起。今天是周日。你工作一周了，你累不累，周日就是休息日，就要在家休息。这是上帝规定的。麻将就那么有意思？就那么大魅力？你说你身不由己，你的腿长在别人身上吗？你要走别人会拉着你吗？我怎么就不信呢？你是有什么想法吧？你说，有什么想法你说呀。我不想这样过日子。我不要这样的生活。和老张玩儿？你和老张比，老张一年一千万，你和老张玩儿？你能玩儿得起吗？你怎么不和李嘉诚玩儿，你怎么不和马云玩儿？还有老王？老王都多大岁数了？老王退休的人了，老王都快七十了，你和老王玩儿。还有小李？小李连个正经工作都没有，小李就是个小混混儿，你跟小李玩儿，你掉价不？你怎么不和院里收废品的老马玩儿呢？你怎么不和门卫老胡玩儿呢？你不能睡，你不能回来就睡，你想睡就睡，想什么时候回来睡就什么时候回来睡。这还是个家吗？你把我看成什么了？你说啊，你有什么想法？你有想法，我知道，你有想法，你总是有想法的人。你想什么我能不知道？我知道，我当然知道但我想请你说出来。你说呀。你不能睡，咱都不睡。我不稀罕你的钱，我不稀罕你的车，我不想睡在这样的大房子里。我就想过普通人的日子。看我那些同事，马丽那么胖每天去美容院，人家说只负责貌美如花。刘斐长那个样子，天天买衣服。她姐夫对她好怎么了？都是人怎么就那么不同呢？那些男同事，人家哪天都按时回家，哪天都去菜市场买菜，哪天都回家做饭。我是说过他们没出息，但在这一点上就是比你强。看咱家，每天一下班急着回家的是我而不是你，每天去菜市场的是我而不是你，每天做饭的是我而不是你。你洗过一次衣服吗？你洗过一次裤头吗？洗过一双袜子吗？我也可以找朋友玩儿？我也可以买衣服逛街？我也可以做美容？不，我就回家。我热爱这个家。我有责任感。你就是一个没有责任感的人。跟你在一起玩儿的人都是没有责任感的人，说到底都是没脸没皮的人，老的是老没脸，小的是小没脸，有钱的是有钱的不要脸，穷的是穷的不要脸。我打电话叫你怎么了？电话上骂你怎么了？他们听到了怎么了？这是轻的，我应该去翻桌子。我应该当着你们的面破口大骂。他们也有老婆？他们的老婆好你去找他们的老婆，谁的老婆好你去找谁的老婆，谁理解你你去找谁当老婆。现在对我不满了，早干吗去了，现在也不晚啊。不行，你不能睡，我说了，咱谁也别想睡。你不让我睡，你也不能睡。这事一定得说清楚。咱俩说不清楚，咱找人说清楚。打电话，你打电话。给你大哥打，给你二姐打，给你弟弟打，给你的领导打，给你的下属打。让他们知道你是个什么东西。让他们知道你不是个正人君子。让他们知道你就是个赌徒。每天赌是赌徒，你这样的同样是赌徒。惯偷是贼，偷一次也是贼。你一周一次，总会发展成一天一次。你不是赌徒是什么，你就是一个赌徒。你说呀，你别想装睡，今天咱谁也别想睡。你为什么这么不尊重我，你从来就没有尊重过我。你这是暴力，你不说话就是暴力，你这是典型的冷暴力。你擅长冷暴力，冷暴力是你的拿手好戏。你每天一下班就抱着遥控器。你看球赛。你澳网看了你看法网，法网看了你看温网，温网看了你看美网。你一三五看CBA，双休日看NBA。你篮球看了你看网球，网球看了你看台球，台球看了你看足球，女篮你也看，女足你也看，冰球你也看。你就不想想别人的感受，你从来不顾及别人的感受。不看球你就看书，你一本一本地看，你坐到书房看，坐在客厅看，躺倒床上你还看。你看球就是为了不理我，你看书就是为了避免和我交流。你看球，看书就是不看我。我做了头发你知道吗？我今天穿了件什么外衣你知道吗？我的工作做得好不好你关心过吗？我今天过得如意不如意你知道吗？你不关心。你不知道。你只关心你自己。你只管你自己高兴就行。你心中只有你自己。你就是一个自私的人。没有人比你更自私了。这么多年咱出去玩儿过吗？你带我出去过吗？看看人家刘斐，夏天去甘南，冬天去哈尔滨，今天去爬山，明天去游泳。他姐夫带她怎么了？只要她姐没意见，别人管得着？她姐夫就是好，他姐夫给她买衣服化妆品，带她到处旅游。她姐夫还让她丈夫在他公司当会计呢。她姐夫人就是好，心还特别细。连她内衣比她姐大两个号人家都记着呢。一买就是买两套。你别想歪了，男人总是往歪处想。你倒是给我买过一件上衣，回来都当袍子穿了。那个马丽，天天躺在美容院，一身白肉，可丈夫宠着呢，马上就是副处了。丈夫是司机怎么了？司机也是厅长的司机，心眼多着呢，一心想着自己的老婆。你什么时候想着我，什么时候想着这个家。看看我，就是个老妈子，蓬头垢面，一身油烟味。过不了多久，小孩得管我叫奶奶了，公交车上得有人给我让座了。你睡吧，睡吧，你就是一头猪。一身的臭烟味，呛死我了。我刚换的枕巾和被罩。啊——我也困了，跟你说这些有什么用，啊——

他说，别拍了，你别拍了。你还让人睡觉吗？你不停地拍打这不是让人发疯吗？你一下一下不紧不慢地拍打，就像拍在别人的心上，就像拍在别人的头上。你每天早晨拍。你舒筋活血了。你浑身通泰了。别人却头晕了，心律不齐了。你不知道一个好觉对我多么重要？你不知道回笼觉多么重要。你为什么这样对待我？我说不让你拍了？你可以去湖边拍，你可以去树林拍，你可以去马路上拍，你可以去大街上拍。你也可以在家拍。我不在家你拍打时，我说过你吗？为什么非要搅了别人的觉？为什么非要打碎别人的梦？八点怎么了？谁规定八点必须起床？谁规定星期天八点必须起床？星期天就是休息的日子，星期天就是睡懒觉的日子，星期天就是睡回笼觉的日子。你有什么想法吧？有什么想法你说出来。你说呀，你总是有想法的人，我知道你想什么，但我希望听你说出来。你说呀。拍打就那么有意思？就那么对身体有好处？你可以八段锦，可以瑜伽，可以太极拳，可以出去跑步，可以去健身房、游泳馆，为什么一定要在家拍打？一定要在别人睡觉时拍打？小吴拍打？小吴得了乳腺癌，你跟小吴比？丽萨拍打？丽萨她老公死了，你跟丽萨比？你可真会找人比。你怎么不和跳广场舞的大妈比？你怎么不和小树林里唱红歌的奶奶比？小吴、丽萨拍打使她们面色红润，你拍打就一定会面色红润？拍打对小吴、丽萨很有用，对你就一定很有用？拍打那么有用，要健身房干什么？要太极拳干什么？要瑜伽干什么？要医院干什么？要美容院干什么？拍打即使对你有用，你顾及过别人的感受吗？你从来就不顾及别人的感受，你只想你自己。你说呀，你必须要说，你究竟是怎么想的？别人的老公从不干涉她们拍？看看，有想法了吧？知道你有想法？早干吗去了。现在也不晚啊。谁的老公支持你你去找谁的老公。谁理解你你去找谁做老公。这还是个家吗？这一大早都在拍打，这一大早就喧哗与躁动，这一大早就这么没有理智与情感，这是罪与罚吗？我就这么被侮辱与被损害吗？这一天都头昏脑涨，浑身乏力。我不要你把牛奶热好，我不要你把鸡蛋煎好，还配上生抽。我不要你把衣服洗好叠放整齐。我只想过一个普通人的生活。我只想睡一个普通人的好觉。看我们公司的老王，人家两口，一到周末就睡懒觉。一个躺着，另一个绝不站着。两口一起睡，一睡就睡到中午12点。多安静，多和谐。早饭都省了。老马是下午睡，中午小酒一喝，一直睡到傍晚五六点。你说呀，你一定得说，咱俩说不清，咱找人说。打电话。给你大姐打，给你二哥打，给你的同事打。让他们知道，你就是个只顾自己拍打，只顾自己身体好而不顾别人死活的人。让他们知道你不是个贤妻良母。拍打使你一天天面色红润，我却一天天脸色苍白。使你一天天美丽，我却一天天丑陋。你一天天健康了，我却一天天委顿了。你说你到底是怎么想的？你每天一下班就往菜市场跑，从菜市场回来就一头扎到厨房，你不在楼下的厨房就在楼上的洗衣房。你面对着土豆不愿面对我，你关注着炉子不关注我。你看手机，看电脑就是不看我。你坐在客厅里看手机，坐在阳台上看手机，坐在楼梯上看手机，躺在床上你还看手机。土豆、炉子、手机、电脑是真的那么有意思还是根本上就是不愿搭理我？故意冷落我？我鬓角开始变白了你知道吗？我额头的皱纹更深了你知道吗？你就不想想我的感受？你从来不顾及别人的感受。工作的压力在我身上而不是你身上。生活的担子在我肩上而不是你肩上。总是我被羞辱而不是你。总是我被扭曲而不是你。看看人家老王，下班了或者睡完觉就去游泳，不游泳就打乒乓球，不打乒乓球就去台球室，每个月底正好把工资卡上的钱花净，多么快乐向上。看看老马，上午学学最近一次的重大会议或讲话精神，写写上级要求的心得体会，其实也就是一篇旧文反复用，改改会议内容，改改后边的日期。总是同样一二三条理清晰，四五六入心入肺。中午一瓶小二，四菜一汤，荤素搭配，一个午觉到傍晚，酒醒了已是华灯初上，然后去跳舞，跳了舞独自下馆子，一瓶小二，四菜一汤，荤素搭配。多么充实，多么正能量。看看我，也就是一个苦行僧，一个小老头儿。在街上车开得稍慢一点儿都被骂老不死的了。

　　他说，你笑了。不生气了？不怨恨了？舌头就是这样。舌头是毒药，是鞭子，是刀枪剑戟。舌头就是暴徒，就是暴君。在一条舌头下，女人进厨房，男人看球赛都可以是罪，都可以是恶。贤妻良母都可以是被伤害的目标，被攻击的靶子。原谅我痴迷于在电视上看球赛，偶尔打打麻将。也只剩下球赛和麻将还保持着规则。在电视上我不愿看其他，我不能看其他。我不愿被洗脑，不愿被当作傻瓜和白痴。就说说电视剧吧。在我看来，一场最烂的球赛胜过最好的电视剧。一场最烂的球赛，它的整体构思，它的情节进展，它的悬念设置要比电视剧好上一百倍。一场最烂的球赛，它带动观众的情绪，它带给观众的喜怒哀乐，要比电视剧好上一千倍。一场最烂的球赛，它人生意蕴的丰富和深刻比电视剧好上一万倍。要想拍好电视剧，我建议，电视剧导演应该去球场而不是拍摄基地。电视剧编剧应该去球场而不是住在豪华宾馆的套房。观众应该是球赛的观众而不应该是电视剧的观众。电视剧的观众只能是被戏耍的对象，最后只会变为傻瓜和白痴。我不看电视剧。我看球赛。观赏一场精彩的球赛，如同阅读一篇精彩的小说。足球比赛是长篇小说。篮球比赛是中篇小说。乒乓球赛是短篇小说。原谅我偶尔打一次麻将。二十多年前一个开会的夜晚，在三缺一的情况下，一个朋友硬拉我入场，并耐心教会我之后，我便成了麻将场中的中坚力量。在我看来，没有一种游戏像麻将这么有趣，没有一种游戏像麻将这样有着持久的魅力，没有一种游戏像麻将这样将志同道合的朋友紧紧团结在一起。麻将是友谊的黏合剂，友谊的播种机，友谊的宣传队，友谊的试金石。二十多年来，麻将陪我度过无数美好的时光，带给我无数的小喜悦，如同友谊常在身边。我们都是牌桌上的守法公民。谁上庄谁说规矩。一人说规矩，三人照章执行，绝不含糊。输了掏银子，愿赌服输。赢了请吃饭，自觉自愿。再没有一个地方像在麻将桌上那样适宜于观察一个人的个性，再没有一个时候像在打麻将时将自己的性格表露无遗。我觉得人力部门在招聘人才时，根本不需要繁复的程序，只需要打一次麻将便会心中有数。有兴高采烈的、喋喋不休的、满腹牢骚的、唉声叹气的。有小心谨慎的，有率性而为的。有斤斤计较的，有大大咧咧的。有听了牌就手指颤抖的，有自摸了还一言不发的。我是牌桌上的观察家，我也几乎总是牌桌上的赢家。如果说我总是赢家，那因为我首先是一个深刻的观察家。我深刻地观察对手，更深刻地观察牌势。至于如何观察，这是技巧，更是秘密，我不会随意透露。即使透露，常人也很难真正全面深入地领会。因为它过于复杂。牌桌上的一个动作，一次简单的出牌，它是技巧和人生态度相结合的结果。麻将的困局，就是人生的困局。麻将的智慧，就是人生的智慧。鉴于此，目前，我正着手撰写我的牌局秘籍。这不仅是一本技巧之书，更是一本人生之书；不仅是一本游戏之书，更是一本庄严之书。从技术层面它极具可操作性，从精神层面它将极富文化、哲学意味。对其深入研读，不仅会在麻将桌上有所斩获，对事业人生的成功也将大有裨益。让人失望之处可能在于，我不打算出版。我希望它以手抄本的形式在民间流传。我希望它的读者是小众的，是真正热爱麻将追求智慧的人。赢了牌,我就买书。其实输了我也买。我总是买书。我买书如同女人买衣服。我喜欢阅读胜过一切。我一捆一捆地买,一本一本地读。原谅我一到假期宁愿在书中游历而不是出去旅游。我不喜欢出门旅游。我不愿被裹挟在人群中,不愿被人推搡,不愿被控制,不愿被敲诈勒索。旅游景点的食物让我恶心,小商小贩儿猥琐、诡诈的表情让我恶心,所有可能来自南方某批发市场的所谓旅游纪念品让我恶心。游客就是被旅游公司驱赶的兽群,从一个景点拥向另一个景点。他们有人大声喧哗,随地便溺,随手扔掉手里的烟蒂、果皮和垃圾袋。每一天旅游之后,每一个长假之后,旅游景点的清洁工都会收上成吨的垃圾。说是旅游,不如说是破坏。他们一些人参观文物,其实是在毁坏文物,他们观赏自然,其实就是在践踏自然。他们从这处古迹拥向另一处古迹,就是从这处古迹毁坏到另一处古迹,从这处风景挤向另一处风景,就是从这处风景践踏到另一处风景。当地的一些所谓旅游开发者,他们遵循靠山吃山靠水吃水的古老训诫,只把文物风景当成赚钱的工具,当成摇钱树。他们忙于增设更多的门卡,忙于让多于承受能力数倍的游客挤进景点,以增加门票收入,忙于搭建不伦不类的游乐设施吸引游客的参与,掏空他们的钱包。对是否与景区和谐,不管不顾。经营者手指颤动着大数钞票,旅游者兴高采烈地到处拍照,并即时发布在微博上、微信上,炫耀他们和大佛和骆驼和古镇和水乡的合影,摆出各种幼稚愚蠢的造型。每一次旅游过后,旅游景区就像被蹂躏的娼妓,衣衫褴褛、奄奄一息。中国的一些游客没有区别,无论是富人还是穷人,有身份的人还是平头百姓,城里人还是乡巴佬。同样的粗鄙无理,同样的傲慢自大,同样的愚昧暴戾,同样的虚荣狭隘。如果非要说有区别,那只能是前者比后者程度更甚而已。一些虚荣傲慢的游客似乎特别容易受冒犯,稍觉不顺,绝不忍气吞声,要么出口伤人，要么大打出手。那场面让人以为遇到了杀父仇人。其实就是不小心踩了一下脚或开水溅了一些到对方身上。无论在国内还是国外，一些中国游客都是如此无理。在伦敦一个豪华酒店，早晨五点钟，就有一个中国游客在楼下大声打着电话。在安静的清晨，他的声音太大了，不能说他吵醒了整个伦敦，但这家旅馆楼上来自世界各地的客人是再也无法继续睡眠了。是一个英国人，一位英国女士，而不是中国人，下楼来到了他的面前。这位英国女士用流利的汉语而不是英语告诉他，这里是伦敦不是北京，这里是英国不是中国，这里的人尊重他人，顾及他人的感受。你自己不难为情，也不替你的国家想想？这位英国女士用汉语而不是她的母语给这位来自东方文明古国、礼仪之邦的男士进行了一次有关礼仪和爱国主义的教育。这件事是这位英国女士亲口告诉我的。她在中国工作了十八年。我真的不愿去旅游，只愿在家读书。现在有多少人能坐下来读书呢？读书的人是越来越少了。读书甚至成了人们的笑柄。我总会不时遇到嘲笑读书的人。人们不读书，但你会发现你的周围净是学识渊博的人，谈古论今的人，抨击时政的人。人们不读书，但看手机。手机似乎教会了人们的一切。手机正在替代着图书馆和学校，成为提高人们的素质和自信的唯一途径。现在看看我的朋友圈。我家乡的堂弟，每天身穿油腻的皮围裙，出售自制的小磨香油，但他对美国五角大楼的军事意图一清二楚。我的看守水库的内弟，他像掌握了一些顶层设计的最高机密一样。我的堂妹，给家乡的中学做猪肉炖粉条，她会用六个步骤使自己优雅老去。我的内退的姐夫，他不但心存治国方略，还可以根据奇特的云层和突发的事件，推算出时事运程，同时还做跨学科研究，能轻而易举地为你证明为什么圆是360度。我的周围充斥着政治家、军事家、文学家、哲学家、幽默家、养生家、幸福生活的缔造者和心灵鸡汤的炮制者。复杂的国际事务让门口剃头的小沈来处理肯定易如反掌。跳广场舞的大妈有次给我说对于国际争端领导人会怎么做。大排档的四个赤膊喝扎啤的哥们儿则认为，他们比中南海的智囊要高明一百倍。所有人都在指责管理者，似乎所有人都比管理者高明。一个靠花钱找代考弄到经济师高级职称的人，抨击起诚信缺失义正词严。一个刚刚收受购物卡的人对腐败义愤填膺。一个对餐厅服务员大声吆喝的大学教授对国民素质忧心如焚。他们在这个单位、这个城市、这个民族、这个国家受这么大委屈，这么屈尊俯就。殊不知他们正是这个单位、这个城市、这个民族、这个国家的产物。他们只能在这里而不是别处，离开这里他将一无所有、寸步难行、终被饿死。人们在谴责、嘲讽、辱骂的时候可曾反躬自省？我随地吐痰吗、乱扔垃圾吗、胡乱鸣笛吗、压黄线吗、逆行吗、排队吗、假公济私吗、请客送礼吗、收受贿赂吗、公款吃喝吗、弄虚作假吗、阳奉阴违吗、偷奸耍滑吗、当面一套背地一套吗、撒过谎吗、言不由衷吗、占小便宜吗、顺手牵羊吗、对服务生吆五喝六吗、对上级拍马溜须吗、对下级颐指气使吗、走后门吗、找熟人办事吗——不，我不累，喝口水倒是可以。我要看书了。我已经读了三十年书。我打算再读三十年。我用读书来抗拒庸俗和虚荣。我下半生的目标就是与庸俗和虚荣做斗争。谁会获胜？我不知道。但有人说这是最坏的时代。我说这是最好的时代。

我们本以为他前程似锦

1

　　我回到家时已近子夜。妻子还没有睡，她斜靠在床头，身子隐在床头灯的光晕之外。我嗅出了今晚有事。如果说婚姻生活使我变得对家庭的一切视而不见，变得更加近视甚至变成了色盲，但却使我的嗅觉变得超常灵敏。尤其是妻子的情绪，即使我背对着她或她背对着我，我也总能准确地嗅出她情绪的变化。我不由自主地检测起自己来，看看近期的一些行动留没留什么破绽或隐患。她有可能抓住哪一方面的把柄。有一些事情你即使再怎么谨慎，也难免会露出狐狸尾巴。除非你洁身自好，像人们常说的，要想人不知，除非己莫为。可你身处这样一个时代，你的身上难免要沾染上一些这个时代的流行病，人嘛，说到底都相差无几。

　　你怎么才回来？妻子在阴影里说，小慧带着孩子才走没多大会儿。我暗暗地长嘘一口气，身体随着精神同时放松了。她来干什么？我随意地说。边拉开鞋柜拿出拖鞋换上。其实当我说这句话时，我并不真想知道她来干什么，或者说我已经知道她来干什么了。除了两口子吵架不会有什么新的内容，而我又帮不上他们什么忙。红旗把他们家音响给砸了。妻子说。发什么疯？我说，又喝多了？没有，妻子说，他倒是想喝，可小慧把他的酒全倒进了马桶。这小子。我坐进沙发，摇摇头。你倒是还能笑得出来。妻子不满地说。我一点儿也不知道我的脸上什么时候挂上了笑。妻子转述说当时他们的孩子姗姗正在听《白雪公主》，红旗不知道从什么地方拿出了一瓶酒，刚咬开瓶盖就被小慧发现了，一把夺过来，冲进卫生间倒掉了。红旗气急败坏，破口大骂，在屋里原地转了一圈，举拳砸向那个正用娘娘腔讲述童话的家伙，台式"飞利浦"弹跳了一下摔到地上，白雪公主消失了。

这么说这小子还有一把子力气！我说，我本以为他连一块豆腐也砸不烂的。小慧干吗？让我去修音响吗？这可是专业技能。你这人就不能正经点？妻子斥责说。此时，她的半边脸露在台灯的光晕下。我真的不会修，我一本正经地说，这你应该知道的，要不我们不早发了？越说你还越上劲了，灯光照亮了妻子脸上一半的厌恶，她说，你以为你很幽默？你这是冷漠、自私，缺乏同情心。我摇摇头，没有什么好说的。我不想吵架。

这就是你的所谓同学朋友住得近的好处，好事他们不太容易想到你，一有麻烦就会最先找到你。而他们的麻烦有时会像感冒一样传染给你。我家和红旗家只隔着一个街区，相距不到三百米。说句不很夸张的话，我几乎在一天的任何一个时段都接待过他们这对怒气冲冲的丈夫和悲恸欲绝的妻子。对于前者，平息他的最好办法就是给他迅速倒上一大杯酒，而后者往往只需你给她提供一张床铺，让她度过漫漫长夜。但这是以前的方法，现在我却再也不能用它们了。因为它们对做丈夫的和做妻子的同时带去了伤害。

当小慧在某一天得知红旗竟是在我这里喝得心满意足后，她对我曾表现出的对红旗健康的关心产生了彻底的怀疑。她搂着孩子哭哭泣泣地说，你怎么能这样呀，你们是老同学了，他要有个三长两短，留下我们娘俩可怎么过呀……仿佛我心怀叵测地在把红旗往死路上推。可她哪里知道，当红旗冒着大风，裹着他松松垮垮的夹克，气喘吁吁地坐在我的沙发上的时候，即使我能硬起心肠不顾从他干裂的嘴唇里喷出的冷嘲热讽甚至谩骂，却做不到对他渴望乞怜的眼神视而不见，我只有乖乖地在他那颤抖的手里放上一杯酒，我唯一能做的就是尽量使那杯酒倒得浅一些。你小子越来越小气了。红旗哆嗦着手接过酒杯，眼睛死死地盯着微微晃动的酒液，骂我，求了你半天就倒了这一口。不过也就这一句，他实在不忍心让美酒冷落在杯中，想尽快把它倒进胃中。的确，刹那间，他手中的杯子已经空了。毫无疑问，他当然是一口就把它喝干了。

　　相对于做妻子的，我对做丈夫的伤害或许更重了一些。那天晚上，当小慧红肿着双眼手牵姗姗站在我门前的时候，我已经睡下了。他们进屋后，我们没有多言。我想小慧是怕影响了我们休息，而我则是不想听他们的那些陈词滥调。我径直走进孩子的卧室，把熟睡的孩子抱进了大卧室。接着，我就又重新睡下了。第二天早晨，我起来准备了简单的早餐。吃饭时，小慧问起我的妻子，我告诉她说出差了。我这才想起小慧昨晚并不知道我妻子不在家。这事我并没感觉出有什么不合适的地方。但后来当我和红旗两口在一起时，我感觉出了他怪异的眼神。他的那双小眼睛一会儿飘在小慧身上，一会儿又飘到我身上，飘得让你发毛。我说你小子发什么神经。红旗竟然发出这些年他少有的爽朗大笑。笑完之后又意味深长地看着我。小慧有一次到我家，我当着妻子的面问她，红旗究竟是怎么了。小慧迟迟疑疑道出了原委。我的天，他竟然怀疑我和小慧。以后我们只要在一起，他就如此。他那双本来厌倦无光的眼睛，只要看到我和小慧在一起，立即就会发出明亮甚至称得上灿烂的光芒。看样子他急切希望在背上长出一个坚硬的龟壳。我知道我的兄弟红旗真的是病了,而且病得不轻。

我已经不能为他做什么了。

是呀,对于别人的内心我们究竟能了解多少?对于别人的生活我们又能给予多少切实的帮助呢?我们自己不是也同样面临着诸多的问题吗?我们又向谁去诉说呢?或许,你只能沉默。妻子曾不止一次肯定地说,如果她是小慧她早离婚了,跟着王红旗有什么前途可言?对于前者,我未知可否,她毕竟不是小慧,对于她所谓的前途,我则不敢苟同,难道她看到我们在一起的前途了吗?我相信她同样没有,但我们也并没因此而离婚。妻子在说这话时肯定是忘了她对红旗曾经有过的赞美。多年前,当红旗春风得意满世界飞的时候,他每次开会或出差回来,都会给小慧带回价值不菲的礼物,什么上海的系列化妆品、杭州的真丝连衣裙、青岛的珍珠项链,真是应有尽有。那次,当小慧穿着一件当时我们还只是在电影、电视上才见到过的时髦羽绒大衣出现时,妻子那羡慕的眼神让我终生难忘,而接下来那一个星期,妻子对我的不理不睬使自知理亏的我汗颜不已。当我向妻子指出这些的时候,妻子理直气壮地说,红旗以前的确对小慧不错,可他现在变了。是呀,变了,世界上有什么是一成不变的呢?我们不都发生了变化吗?

我从沙发上站起来,再次摇了摇头。我感到很累。我想小慧此时也许已经到了她的朋友家了。我知道在城市的西郊,住着她的一个从小一起长大的要好的朋友。自从那次以后,她就不好意思住在我家了。在这个城市,西郊的女友家是唯一可收留她的地方。想象着她带着孩子为了找到一个落脚点,孤独地穿行在秋夜凄凉的大街,一种莫可名状的悲哀笼罩了心头。

我走进了卫生间。我需要洗上一个热水澡。我更需要把身上的衣服全部脱下来泡进洗衣机里。我不能把身上的气味带进卧室。

黑夜能掩盖一些东西，却会使另一些更加清晰。妻子不会喜欢我身上的气味，而我也不愿让她闻到。我不想找麻烦。生活中处处都会有麻烦，在你不经意间，它就会钻出来。所以，我不能忽略气味。它们是什么？当你从牌桌上下来时，它们是烟味；当你从酒吧出来时，又会添上酒味；当你从另一些场合回来时，它们又会是……算了，还是不说的好。我很谨慎，在这种时候，我就会直接走进浴室。水真是个好东西，可它像这个世界上其他美好的东西一样，变得越来越少了，仅存的一些也大多被污染了。

我赤身裸体地走出卫生间，感到自己又变得清爽、洁净，温暖的水流改变了我的心情，也冲走了我的一点点内疚，精力和信心似乎也同时回到了我的身上。四周一片漆黑，妻子已经把床头的灯关掉了。我早已习以为常，走进卧室，爬上了床，躺在属于自己的一边。妻子一动不动，她当然没有睡着，我伸手摸了摸她的头发，她的头摆动了一下，身子也下意识地离我更远了。我知道她的意思，这使我满意。黑暗模糊了家具、窗台以及墙壁的轮廓，使它们浑然一片，原有的硬度也随之消失，四周的一切呈现出一种可以触摸的柔软姿态。我闭上眼睛，尽量使自己躺得更舒服一些。但我突然发现自己竟毫无睡意。

2

在我遍布本市的十几个熟悉的同学中，王红旗曾被认为是最有前途的一个。王红旗大学一毕业就被分配在一个大单位。尽管王红旗当时和我们一样，只是一个普通人，但大单位的普通人和小单位的普通人是不一样的。这些不一样是小单位的人所难以真正理解的。

最初那些同学聚会（外地同学来访、逢年过节），从召集到选择酒店到点菜点酒，都是王红旗一手操办的。王红旗参加过太多的宴会，组织一下类似的小范围聚会当然是小菜一碟。你要是参加过我们的聚会就会体会到王红旗对这样的活动是怎样的在行，他会在不经意间把每一个人打发得都很舒服。会喝酒的肯定是喝好了，不会喝酒的菜绝对是吃美了。每一个人都酒足饭饱，恰到好处，很满意，很舒服。满意舒服的不只是胃，还有感情，当然更主要的是感情。

该结账了。服务小姐把花花绿绿的菜单拿过来，王红旗用夹着烟卷儿的手捏住，很随便地翻一翻，然后从口袋里摸出一沓大额钞票与菜单一起递过去。服务小姐正准备站在一边一张一张地数，红旗这时就会显出不高兴。走吧，走吧，他不耐烦地低声说，不会少的，快点把发票给我送过来。可以看出，红旗是尽量在缩短这一过程，而且动作做得尽可能小，仿佛在大家面前掏钱是一种不怎么体面的事情。这我可以理解，总是红旗掏钱，他怕我们面子上难看；使我不理解的是，红旗在那么短的时间里，就那么随便地翻一翻，竟能准确无误地算出酒菜的价格。尽管他是学经济的，在我所认识的人中，即便是学数学的，我还从来没有见过一个人的心算能力超过红旗。

尽管红旗总是把这一程序做得不让人注意，但总是所有的人都看到了。这么多？有人惊讶地低声说。实际上这是我们所有人的惊讶。我们飞快地交换着眼神，禁不住窃窃私语。正如红旗付钱逃不过我们的眼睛一样，我们的窃窃私语也总是被红旗听到。红旗就轻轻地笑一笑，说，关键是吃好喝好心情好，其他都是次要的。你可以看出，红旗是个语言简练的人，他不爱炫耀，更不会夸夸其谈，有时甚至显得有点沉默。但说出的话却总是一句顶一句。他说喝酒，大家就端杯，他说尝尝这个菜，大家就一同伸筷子。他从不强迫你喝酒，也不在乎你说他今天哪个菜点得好。

因为他听到的赞扬太多了，因为他点的菜都好吃。我这样说红旗，不要以为我们的酒席吃得很沉闷。怎么会呢？都是同学，是老乡，又吃着免费的酒席，哪有不开心的？红旗话少，我们的话可不少。红旗不说话的时候，脸上就挂着温和宽容的笑。酒席上历来是讲笑话的地方，大家就争着表现自己的幽默。别人讲，红旗和大家一样开心，一样笑，好就说好，绝就说绝。红旗可不是那些稍有点见识就在熟人面前摆架子的人，说到底，那些人还是没见识。以红旗经过的数不胜数的大小宴会，他听到的笑话应该是无人能比的，但红旗不是讲述方面的能手。我们在一起时往往会出现这种情况，当一个正起劲地讲着时，就会看到红旗面带微笑地轻轻点头，待讲完笑完安静下来后，红旗会说这个我听过。红旗有时候也讲，但他总是很难把一个笑话讲完整，这时候就有人来补充，而更多的时候则是留下半个笑话，因为我们听到的毕竟是很有限的。即便是这样，我们也会笑得很开心。当然红旗也有讲熟的笑话，他翻来覆去讲的一个笑话是这样的，说是一个管计划生育的副乡长，在一次妇女会上说，让你们戴个环，把我的嘴皮子都磨破了。他每次一讲完，大家就会笑得前仰后合，特别是那些个女同学，她们总会说王红旗真逗、真幽默。其实王红旗是不逗也不幽默的，但她们这样说，红旗也挺高兴。

　　有时，直到我们离开也看不到红旗付钱。就有人以为红旗忘了，不安地看着红旗提醒说，结账了吗？红旗就会看他一眼，有时候低声说你走你的吧，有时候笑笑不吱声。这时候那个说话的人就有点不好意思，觉得是自己多了嘴。是呀，是呀，你真是操些不该操的心，有本事自己去结呀。既然自己没能耐请兄弟姐妹们撮一顿，你就一切听从红旗的安排。红旗说走，你只管腆着肚子昂首往外走。你难道没有注意到红旗席间出去了一下吗？谁都以为他去了卫生间，他当然是去卫生间，但待他在烘干器上把手烘干走出卫生间后，他一拐就拐到了收银台。而这个时候我们或许正在对某一道没吃过的菜赞不绝口，或许我们刚刚喝下一杯门前酒。

红旗在聚会上的得体自如、游刃有余，让我们感到自己仍是未出校门的学生，是没有见过世面的乡巴佬；让我们自己对自己不满意，同时生出对红旗的感谢和服气。随着时间的推移，我们之中有的人也发了点财，有的人也混得了一官半职，偶尔也会请请客，做做东，表现一下，但给人的感觉总是不自然，不到位。比方说当你看到他（她）一遍遍地在心里揣摩价格，当你看到他（她）因某一道菜的分量而怒气冲冲，当你看到他（她）结账时为了打折或为了免去零头而与服务员喋喋不休。这时，你就会不舒服（或许你的胃已经舒服了）。你也许会感谢他（她），但你绝不会敬佩他（她）。如果没有王红旗你可以没有这种感觉，但红旗就摆在那里，你无法不拿他来比较。王红旗就像一面镜子，即使他当时不在场，你也会在心里把他拿出来照一照，这一照就照出了不一样。王红旗请你吃，你觉得他该请你吃，他不请你吃，谁请你吃？不吃白不吃，吃了也白吃，吃得随意，吃得畅快，吃得彻底，吃出主人翁意识，没有包袱，没有后顾之忧，吃了这次你会惦记着下次；有的人请你吃，你会很谨慎，很小心，无时无刻不意识到自己是客人，你会吃出歉意，吃出后悔，你在心里告诉自己，下次绝不能随意吃他的，你甚至恨不得马上能找到一个机会请他吃你一次。

王红旗绝对是同学们中间请客最多的一位。有机会他请，没有机会他创造机会也要请；一两个人去找他，他请，七八个人找他，他照样请。一年有多少次？那真是数不胜数。既然红旗擅长此道，同学们也乐于被召唤，吃它个欢天喜地。这种情况持续了好几年，后来就逐渐减少了，再后来干脆消失了。红旗不再请客，在其他人做东的酒桌上你也再难见到红旗的身影。这是后话。

现在你已知道红旗和我们的不一样，其实真正的不一样还是在见识上。当我们能为能捞到一次出差的机会而兴高采烈的时候，王红旗早已跑遍了祖国的名山大川。王红旗在不同的场合出示的他与名胜古迹交相生辉的照片不能不使我们心生嫉妒。而另一些照片则又让我们肃然起敬。那是他和我们只能在电视上见到的大人物在一起的照片。当然那上面并不是只有王红旗一个人，而是有众多的人在一起，或是庄重的集体合影，或是随意的工作照，有的甚至是在气氛热烈的酒席上。即使这样，也足以让我们发出惊叹。是某某吗？是。他会喝吗？会。他和你碰杯了吗？碰。王红旗简短地回答着我们七嘴八舌的提问。红旗最后总是以我们信服的口气总结说，真正的大人物都是很平易近人的。

　　我很清楚，同学们真正羡慕的其实是王红旗的前途。在同学们看来，进了红旗的单位等于给你的前途买了保险。我们中的一些人已经急不可耐地开始向红旗支取他的未来了。红旗呀，到时候你可得把我调出那个鸟中专。红旗呀，你侄子上学你可得多操心。红旗端起酒杯，笑笑说，喝，别净×胡扯。可以看出当红旗骂人的时候，他的脸上是满意的。他捏着筷子的样子，让你感到他捏着的是他命运的脉搏，他手中熟练把玩着的酒盅，会让你觉得他把玩着的是他通向光明未来的方向盘。是呀，是呀，最初那些年，王红旗就像一面真正的旗帜，总是在我们的头顶，总是在我们的前方，猎猎作响。

3

　　我敢说在我们所有同学里，最羡慕王红旗的不是别人而是我自己。我羡慕王红旗不是他那被认为已经上了保险的光明前途。

那不属于我。我对此也不感兴趣。说到底那只是王红旗的兴趣，王红旗的前途。它们与我没有关系。我这样说你千万不要以为我想把自己打扮成一个超凡脱俗的人，当你已经知道那些年我跟着红旗在市内的酒店胡吃海喝，我即使想修正自己也为时已晚。我只是想说我和红旗完全是两类人。关于这一点到后面你会更清楚。

我羡慕王红旗是因为他的房子。红旗一毕业就有一套房子等着他，虽是旧房，也小了点（一室一厅），但却设施齐全。十几年后的今天，我每次走进王红旗的蜗居，都会因它的狭小、凌乱、陈旧而不安，为它刺鼻的烟酒油烟味而想尽快离开。但当时我却认为那是天堂。我的意思不是说王红旗就住在天堂里，而是说如果它属于我的话，那肯定就是天堂了。当时我对有一个安身之地的向往，的确就是虔诚的信徒对天堂的向往。那时，我正在热恋。

我对王红旗的羡慕始于我毕业前的两个月。在我临近毕业的那年春天，我实在熬不住对女朋友的思念，趁五一节放假从T市坐了一夜的火车来到本市。那时候，红旗已经毕业一年了，而我的女友还在本市的一所大学上三年级。长期以来，我们的关系一直停留在谈论理想抱负、诉说痛苦忧愁的初级阶段。实际上，按照正常的进展我们早就应该进入更高一个层次了。之所以如此，唯一的原因就是我们相距遥远。我们心照不宣地意识到了这一点。所以当我在信中以探讨的口吻问她，我可不可以在假期赶来看她时，她立即表示了完全赞同我的观点。并不厌其烦地反复细致地交代，如果她在车站接不到我，我该如何乘车到她的学校。到了学校我该怎么找她，如果找不到她，我该在什么地方等。仿佛我是个没有出过门的人，仿佛我是一个三岁小孩，而她是一位母亲，是一位幼儿园的阿姨。那种对我们即将到来的幸福时刻的珍视、渴盼、喜悦之情，有如蜜糖一样从她的笔端汩汩流出。我一遍遍地读着，双手发抖，身体一阵阵地悸动，我死死地盯着信纸，目光却是散乱的，无法聚焦，我既想一下子把几页信的内容全部吸进脑子，又想同时看清每一个字，每一个标点符号。生怕她表达的什么意思被我漏掉了或没有理解。我真的是被甜醉了，甜晕了，甜迷了，恨不得一觉醒来四月已经过完了。

我们急切地想见面，但实际上对见了面之后干什么，脑子里并不清楚。要知道那时候我们连手也没有拉过一次。我们想见面，就是想见面。十几年前，我们是多么纯洁的少男少女呀。记得司汤达曾把爱情分为头脑里的和心坎里的，前者是出于理性，后者则是出于激情，是情感的需要，是心灵的需要。我们当然属于后者。激情一高涨，理性自然退却。有人说恋爱中的女人是最愚蠢的，其实，男人也好不到哪里去。在人的一生中，恋爱阶段毫无疑问是智商最低的阶段。所以，我们见面之后发生的一切，是那么始料不及。我们完全被自己的激情支配了。

现在看来，那时的行动是最自然不过的了。既然我们已经完成了对人生诸多方面的探索，既然我们的心灵已不再拥有秘密，既然我们的精神已经热烈地拥抱，既然我们的思想已经碰撞出那么迷人的火花，那么肉体呢？若到了此时仍继续停留在满足于纸上谈兵，肯定会显出不正常和做作。

爱情的道路无论多么曲折、漫长，实际上它一开始就通向一张床。而床必须放置在一个房间里。爱情可以在任何一个地方萌芽，而房间无疑是开放最娇艳的爱情之花的理想之所。在夜晚公园的草地上、假山后、树丛中，我们的身体一次次地纠缠在一起，急不可耐交织着惊恐万状，大汗淋漓伴随着气喘吁吁，我们压抑着自己的喉咙，却压抑不住粗重的喘息。我们总是虎头蛇尾、草草收兵，稍有风吹草动便会前功尽弃。我们觉得除了我们的肉体，世界上的一切都毫无意义。我们想让世界隐退，让人群隐退，让我们的精神和身体完全放松。但他们固执地在我们周围，干扰我们，聒噪我们，觊觎我们，监视我们。我们盼望着白天快点过去，黑暗早点降临，可它们总是那么从容不迫；我们希望夜晚的时间不要流逝得那么快，可总是一转眼就到了该分手的时间（女生宿舍23点关门）。在漫长的白天，我们会多次坐在同一辆无轨电车上，我们不是要到某一个地方，而仅仅是这路车在途中要通过一个长长的隧道。隧道里昏黄的灯光难以投进密匝的人群。由于突然一下子就甩掉了明亮的阳光，电车里会变得比真正的夜晚还要黑暗，四周人影绰绰。我们等待的就是这个。我们绝不会浪费任何时间，几乎就在电车一头扎进隧道的同时，我们的舌头已送进对方的口腔。伴随着身体的阵阵战栗，我们进行着与隧道一样长的吻。那真是徘徊在地狱和天堂边缘的一段日子。

羞涩使我对王红旗难以启齿，但坚硬的欲望终归使羞涩显得软弱。当我貌似轻松实则紧张万分地对王红旗提出要求时。王红旗先是疑惑地看着我，然后，坚定地拒绝了。你要钥匙干什么？他说，晚上来睡觉就行了（那几天我晚上借宿在他那里）。他的拒绝使我尴尬异常。我当时不明白他为什么那样无情，这样成人之美的事情他为什么不肯做。可房子是他的，他有这个权利。事后我想，向一个感情尚无着落的人去借床做爱，的确有欠考虑。这无异于在一个饥肠辘辘的人的房间里进行一次欢筵，留给他的气味只能使这个饥肠辘辘的人更加饥饿。更何况这个人是王红旗。

其实，就是我在他那里借宿的三天，王红旗也是极不乐意的。第一天我还没怎么感觉出来。第二天我十一点多到他那里，门却是锁着的。一直到十二点半，他才回来。见我疲惫地坐在他门口的楼梯上，他一句话也没说，用眼角瞟了我一眼，从我的身边绕过去，掏出了钥匙，好像我是一节木头。我赶紧讨好地站起来，跟了进去。直到我在他背后小心地重新关上门，他才打了个酒嗝，对着他的卧室自言自语说，去喝酒了。第三天他回来得更晚，这我才意识到红旗烦我住在他那里，他是在故意晾我。就是在这一天的早晨，我犹豫再三地向他提出了要钥匙的请求。我想是我的这一过于自私的想法激怒了他。他是在撵我。他用他的行动明白无误地表达着这一意思。我真想一走了之，找一个旅馆，气气派派地睡上一觉，但也只是想想而已，我清楚自己的口袋里有几张十元的票子。如果我率性而为，我肯定无法赶回去完成我最后的学业。这天夜里，我坐在他的门口几乎睡着了。几天来，我实在是太累了。直到有人踢我，我才一下子惊醒过来。在楼道昏暗的灯光下，我看到红旗皱着眉头看着我。我下意识地看看表，已经一点半了。我以为你走了呢。我听到红旗在我头顶说。×，这怎么可能，早晨我还向他要钥匙的，再说，我的人造革马桶包还放在他那里，里面放着我的洗漱用具。红旗根本不屑于动脑筋使谎撒得更圆满一些。我不敢把我内心的不满表达出来，而是站起来，轻轻拍了拍屁股上的灰，很体贴地问，又喝酒了？红旗边掏钥匙开门，边看了我一眼，好像是在分辨我问话背后的含意。没有，他说，打牌呢。说完，他叹了口气，还摇了摇头。他的意思我当然看出来了。是呀，拿我这样不识时务的鸟人有什么办法呢？

　　平心而论，红旗还是不错的，算是个有情有义的人。他晚上完全可以不回来，他可以睡在朋友家或者办公室的沙发上，他也可以回来之后不理我，从我身边绕过去，把门打开，自己走进去。但红旗每晚都回来，回来之后还主动踢醒我，尽管他是那么不乐意。我理解红旗。我感谢红旗。我想再有两个月，我就毕业了，到时候我真得请红旗喝喝酒；我想再有两个月我就有房子了，我再也不会麻烦红旗了。我这样想时，真恨不得一下子跳到七月去，跳到属于我自己的房子里。可是等到了七月，一切都不是那么回事。

　　一种被普遍接收的理论认为，一个人的童年生活将影响他的性格形成及一生的经历。那么一个人最初的工作经历是否也会影响他的一生？答案应该是肯定的。我的开局相当不利，这使我一开始便与周围的环境格格不入，它一直影响我到今天，而且还将继续影响下去。

当我拿着派遣证到厅里报到之后，我被安排在厅下属的一个简陋的招待所里。我被告知在这里等待进一步的分配消息。可等我住下之后，却再也无人理我。我既不敢离开（怕随时有人来通知我），又不敢与女朋友有什么过分的举动，我们只是趁其他的房客稍不注意时，偷偷地捏一捏手，或者在他们出去解手时，飞快地亲吻一下。这相当难受，但我们都表现出了足够的耐心。我们都知道一旦我分配到新的单位，我们就会有属于自己的空间。那时候，我们想做什么就可以做什么。再说和以前相比，能拉一拉手已经是很幸福了。

大约在十天之后的一个上午，两个男人出现在我的房间，他们准确无误地叫出了我的名字。我知道通知我的人来了。这是两个五十多岁的男人，一个矮胖，肚子很大，像一个即将分娩的妇人，另一个要瘦一些，但腮帮很大，使他的脸呈梯形状。他们相互做了自我介绍。一个（腮帮大的）说，这位是我们主任。另一位眉头紧锁说，这位是咱的副主任。随后，我才知道我被分配到了一个影视戏剧研究中心。他们的到来使我非常激动，以至于在我伸手给他们拿暖瓶倒水时，把暖瓶杵翻在地，啪的一声，瓶胆碎了，开水四处流淌，待我拿起外壳，晶亮的胆片哗啦啦地撒了一地。是呀，我真是太激动了。那些天，我就像是一个走失了的孤单孩子，无时无刻不期待着父母的突然出现。现在主任、副主任同时出现了，在一个单位他们就是父母，我怎么能不激动？是我忍着才没有扑向他们的怀抱，我只是紧紧地握着他们的手使劲地摇晃。你们可来了，你们可来了。我一个劲地说。快把自己弄哭了。

大概他们被我的过分热情弄得有点不知所措，两个人一遍一遍地交换着眼色。我意识到自己有点孩子气，可我竟一时冷静不下来。副主任（腮帮大的）向我介绍单位的情况，说是单位刚成立不久，条件还不太好，分几个室，每个室有几个人，主要做什么等等，这些我都没有认真听。但当他说到房子时，我的精神一下子集中起来。当听到说目前还没有地方住时，我的心先是揪紧了，接着往下沉。那怎么办呢？我急切地说。他们再次冷静地交换了一下眼色，副主任才说，我们初步考虑让你在外面先租一间民房。我的心又一下子飘上来，是呀，我怎么就没有想到租呢？领导想得真是周到。我再一次想站起来拥抱他们。我说那好那好。不过，副主任说，眼下你暂且还先住在这里。说着他们就要站起来走。我一下子急了。我担心他们还让我在这里等，我已经等怕了。我说那上班……那单位……我想表达的是我怎么上班，单位在什么地方。副主任看了一下主任，说想去明天就去吧。

　　这时我突然意识到自他们进门，主任仅仅就在介绍副主任时说了那一句话，然后再没开口。他只是坐在床沿上严肃地抽烟。因为他不说话，因为他严肃，我便主动和他说话，这种心理也是容易理解的。我说，主任，咱中心还有没有大学生？对于我的这个问题，主任的反应大大地出乎我的意料。他先是把眼睛瞪大了，然后又缩小了，几乎眯到了一起，我知道这是吃惊和蔑视的眼神。有没有大学生？他吐字清晰地说，告诉你，我，毕业于X大学，他（指腮帮大的）在Y大学进修了研究生课程。年轻人，不要那么狂妄，不要那么自以为是，不要那么不知天高地厚。他的脸变成了紫色，呼吸也加重了，肚皮有力地晃动着。他确实愤怒了。主任情绪的强烈变化让我张口结舌。副主任似乎也被吓了一跳，他不知道发生了什么事，问主任怎么了？主任继续着自己的情绪，说，他，竟问咱单位有没有人上过大学！不不不，我结结巴巴说，我不是这个意思……你就是这个意思，主任武断地说，你别想抵赖。事情就是这样弄糟的，我只是讨好地想与主任说说话，我只是想问一问分到本中心的还有没有其他的和我一样的学生，却不想构成了对主任的极大伤害。这件事我到今天仍没想清楚，不谈误解，即便我当时确实说了如他理解的那样的话，他至于生那么大的气吗？十年后的今天，我的老主任已经退休，我很想就此问题向他请教，我也想告诉他，我当时为此所经受的痛苦。但我又问自己，这样做有必要吗？其实，就在这件事发生不久，我曾与中心新认识的一位同事（他后来成为我最好的朋友）探讨过此事。这位同事的说法是，主任可能由我想到了他的孩子。他唯一的一个和我年岁相仿的孩子整日不务正业，那段时间因为偷了一辆摩托车而被判了两年。真的会是这样吗？

后来，我倒是有幸认识了主任的儿子。那也是我见到的第一个吸毒的人。他那时（放出来之后）总是到单位去向他的父亲要钱，他的父亲见到他就像耗子见到了猫。一旦听说儿子出现在单位的院子里，做父亲的就会哧溜一下从大家的眼前消失掉，那肥硕的身躯好像一瞬间化作了一缕青烟消散在空气中。这之后不久，便会从楼梯上传来那年轻人愤怒的骂声，老杂种，他总是这样骂，你躲过了初一能躲过十五？跑得了和尚能跑得了庙？这是我见到的最有趣、最奇特的父子关系。但我注意到，那有着一张铁青面容的年轻人，虽然他的愤怒每次有增无减，但传自楼梯的骂声却是越来越暗哑、越来越虚弱了。在我的感觉中，好像他只是从楼梯上上下几个来回，就把自己给跑瘦了。到了后来，他细薄的身躯就像寒冬里一根干枯的树枝，似乎一阵风就会把他刮断。他衣袂飘飘、气喘吁吁的样子就像一个幽灵，在我们办公楼的楼梯上缓慢地飘上飘下。的确，有这样一个儿子，是做父亲的不幸。但一个不幸的父亲就有权仇视这个世界？

4

在我上班的第三天,我目睹了一场殴斗,使我对我的主任和集体有了更深的认识。这天上午我被通知参加一个讨论会,这将是我参加的第一个正式会议。但我发现,我被通知的实际上是两个会,也就是说,按他们的通知,我要在同一个时间参加两个会。主任通知的是在三楼,内容是讨论省电视台刚刚播完的一部公安题材的电视剧;副主任通知的是在二楼,内容是讨论修改一部某地准备投入舞台排练的新编历史剧。我承认我给搞糊涂了,问同办公室的人,他们神秘地笑笑,却没有人回答我。但他们却很清楚自己去哪里。一会儿,办公室里只剩下我一个人了。我索性哪儿也不去了,坐在桌前看闲书。突然,一声巨响吓了我一跳,我一下子蹿出去,于是,看到了惊人的一幕。主任气势汹汹地冲进我隔壁的一个大办公室,站在了副主任面前。显然他刚从三楼奔跑下来,愤怒和劳累使他站在那里就像一只风箱。那一声巨响是他大力踹门的结果。你干什么?副主任呼地站了起来,脸色苍白。呸!主任一口唾沫准确地吐在副主任的脸上,后者快速地抹了一下,但另一口又迅速地落在几乎同一个地方。副主任被激怒了,他的脸由一个白色的梯形瞬间变成了一个红色的梯形。有趣的是他采取了同样的方法予以回击。在回击之前,他的喉咙深处发出一种我们熟悉的响动,紧接着,那团临时纠集到一块的浓痰被他有力地射了出来,他的脸形,决定了他的喷射更加有力,我们看到主任开始抹他自己的脸。就这样,他们面对面地站着,相互交替吐射,可是三口之后,他们各自的口水已难成规模,被有力吐出的已不再是团状物,而变成了散乱的星星点点,越来越接近一种象征而不具有实质性的内容。主任率先意识到了这一点,他立即放弃了这种虚张声势的进攻,果断地伸手卡住了副主任的脖子，副主任本想如法炮制，可是晚了，先下手为强，在主任有力的五指压迫下，副主任的梯形脸几秒钟之后变成了紫色，他的一双手无谓地推搡着。

直到这时，没有一个人上前真正去阻止他们。主任从楼上冲下来时，身后跟了几个人，再加上二楼办公室的人，屋里屋外大约站着十几个人。有人说算了算了，但没有人上前，反而离得更远一些，有的人索性离开了。我注意到，我身边站着的一个有着一双肥厚嘴唇的胖子，他的一双红色的眼睛（据说是糖尿病所致）里荡漾出不加掩饰的笑意，他抱着膀子，一条腿轻轻晃动，那副心满意足的样子使我相信，要不了多久，他喉咙深处就会飞出愉快的小调。可惜这时有人走了上去，当事双方似乎早就等着这一刻，他们很快就分开了。但主任蛮横的叫骂声却并没有因此停止，它使我终于听出了端倪，原来主任的大打出手是因为副主任的会议是非法的，是在搞分裂，而且这已不是第一次了，他已经无法忍受了。

你见过在一个单位里，所有的人都心怀不满、怒气冲冲吗？我们中心就是如此。而且我相信这是一种极具传染性的病，一周不到，我的病症得的一点也不比他们轻。我发现虽然他们分属不同的派别，但在对待我的态度上却又出奇地一致，这真是一个有意味的事实。自我上班的第一天，很多人都用打量小丑的眼光打量我，好像我的牙上黏着一片韭菜，好像我的脸上挂着某种体毛，有时，他们会飞快地看我一眼，然后会心一笑，有时，我从他们身边经过，他们会突然静场。就是这样。我清楚，通过主任的描述，我已经犯了众怒。我不想解释，也解释不清。我怒气冲冲地想，既然他×的这样，我就没有什么好在乎的了，既然他×的这样，我也不妨表现一下我的个性。

星期二上午是各科室的政治学习时间。我和主任正好在一个科室，在接下来的那个周二的上午，主任随便从报夹上取下一份报纸，翻找了一下，找到了一篇他认为合适的，然后把报纸拍在了我面前的桌子上。读！他说。我没有理他。几天来我都在等待机会，现在它果然来了。两分钟之后，我的沉默引起了所有人的注意。读！主任又说了一遍。我继续看我面前的一本书。我意识到主任的呼吸变得粗重起来，他说，我说你呢！这我才抬起头来，你说谁？说我吗？我说让你读！他说，大家都等得不耐烦了。我没有注意到大家的不耐烦，倒是注意到他们正期待着什么，一个个伸长了脖子，瞪大了眼睛。为什么让我读？我挑衅地说。你必须读！我笑了。我说我为什么要读？你真认为我会读吗？其实读读报纸是完全无所谓的，即使没有人真的想听，也是可以用它来消磨时间的。我只是用拒绝来回击他一次。我实在是不喜欢他，不喜欢他的做派！不喜欢他的语气！不喜欢他的蛮横粗鲁！不喜欢他的无法无天！同样，我不喜欢他那个孕妇一样的肚子，不喜欢他那两条拱门一样的罗圈腿，不喜欢他动不动就发出老牛一样粗重的喘息，不喜欢他身上山羊一样熏人的汗酸味。总之，他的一切都让人觉得反感，他的一切都无不透露出让人难以容忍的霸道！在让别人生气方面我当然还是有一些办法的。仅仅两个回合，主任已经有点张口结舌了。我站起来，朝门外走。我注意到他的脸上挂满了汗珠，两个鼻孔像两个风道一样呼呼作响，嘴唇难看地痉挛着。我知道他还想再说点什么。一直到我走到门口，我才听到这样一句话，年轻人要自重自爱！我立即回过头来告诉他，我倒认为老年人更要注意保持晚节。真他×的过瘾！走到楼下，走到七月炎热的阳光里，我真想大叫一声。

5

我不知道王红旗最初的表现，是属于天赋异禀，还是属于后天的修炼。总之,一切都是那样自然,那样和谐,仿佛他天生就该在那里工作,而那个位置一开始就是留给他的。就像我们常见的接力赛,王红旗接住木棒就进入了状态,我们看不到他做热身运动,看不到他从旁边助跑几步。八点钟上班,王红旗七点半就到了,打扫楼道,拖地板,擦桌子,倒前一天积满的烟灰缸。当同志们陆续走进办公室,倒掉剩茶,准备沏一杯新茶时,王红旗正好把满满的三瓶开水提回来。泡茶了。王红旗在门口愉快地说。

　　七月的那个上午,当我豪迈地走出办公室,走下楼,走到大街上时,我就失去了方向。我不知道去哪里。一刹那,我的爽快感就消失了,我清楚那种爽快是虚假的爽快,我的情绪很快就灰了,我无法描写当时的心情,类似于失望、沮丧、惶惑、恐惧、孤独的情绪像浓雾一样缠绕在我的心头,迷漫了我的双眼。十几年后的今天,当我在这里重提往事,我才知道那团浓雾并没有消失,它仍盘踞在我身体的某一个地方,一旦有风吹过,它便会轻轻荡起,只是由于时间的过滤,使它显得没有当初那么浓重,不,也许它并没有变得稀薄,变化了的是我。一个二十二岁的毫无阅历的小伙子,他是无法和一个三十六岁的成熟男人相比的。尽管这样,此时此刻,我仍真切体会到当时那种心被悬空的感觉,那种浑身无力的感觉。

　　我沿着喧嚣的马路向前走,我本是毫无目的的,但我猛一抬头,发现我正站在一座雄伟的大门前,交警笔直地站在门柱旁的木台上,坚定有力到舞动着手中的彩旗,指挥着来往的车辆,目光锐利地逼视着每一个过往的行人。啊,这是红旗的单位,我不知不觉间竟来找红旗了。是呀,那时我最想见到的不是女朋友而是红旗,我怎能在女朋友面前表现出软弱,表现出无能?可我不怕在红旗面前表现这些。这就是红旗在我心目中的位置。红旗也许会对我说上一两句话,也许根本就不理我,但我希望在红旗的身边说一说,待一会儿。我在心里承认,其实一开始我就是来找红旗的。

那天,我在红旗的办公室里最终只得到他三个字。当我趁办公室里其他人不注意,低声叙述完我的壮举,红旗点上一支烟,仰起了脸,看他仰脸的样子你会以为他在看天花板,只有我知道,他耷拉的眼皮把他的目光挤压得像刀刃一样薄,那锋利的两片刀刃很有角度地罩住了我。足足有两分钟他一言不发,只让那青色的烟雾从一个嘴角升腾起来,慢慢地爬过他瘦瘦的面颊,爬过他细细的眼睛,爬过他窄窄的前额,消散在他的头顶,而另一个嘴角则始终挂着意味深长的笑。红旗的表情让我脸红,让我在他凉爽的办公室里浑身出汗。当那支烟抽到一半的时候,红旗终于把它夹在指间,红旗终于说话了。红旗一边在烟灰缸里抹着烟灰,一边轻轻地说,你牛×。

红旗的三个字让我无地自容,这三个字包含着太多内容,它是讥讽,是嘲弄,是恨铁不成钢的同情、怜悯和无奈,同时,也是对我的批评和再次警告。几天前,当我把在招待所里的遭遇告诉红旗时,他曾告诫我在一个单位里,与领导搞好关系是多么重要,如今,我不但没有想方设法去扭转领导对我的坏印象,反而去故意挑衅领导,这当然使红旗失望。

整个上午,红旗再不理我,他让我坐在沙发上看报纸,可我哪能看进什么报纸呀,为了掩饰自己的无聊,我只是抱着杯子不停往肚子里灌茶水,在别人看来我即使不是一个糖尿病人,也是一个经过长途跋涉极度焦渴的人。是的,我已经注意到红旗办公室的人正以同情的眼光看着我。这使我尴尬,为了掩饰尴尬,我更多地喝水。坐得离我较近的一个高个子漂亮姑娘,甚至两次起身为我的杯子里续水。她关切地看着我,一边用她那双又白又长的手把杯子放在我的面前,说,喝吧,喝吧。这真使我又羞愧又痛苦。要知道我的胃和膀胱都早已淹在水里了，我只要稍稍一动，就能听到身体里晃嘟晃嘟的水声。可我还得端起杯子喝，并很懂礼貌地说了声谢谢。我必须得喝，我有什么理由不喝呢？既然我自己坐在那里喝得那么起劲，我怎么能拒绝一个漂亮姑娘放下工作用那么好看的一双手为我提供的服务？第二次为我倒水时，她竟然以长辈的口吻说，你在哪个学校上学呀？这真使我无地自容，我真的显得那么幼稚？在我看来她和我的岁数也差不了多少。

尽管这样，我并没打算走，我不知道去哪里，再说，红旗也没撵我走，这后者才是我能安心坐下去的真正理由。尽管喝水给我的胃和膀胱带来了痛苦，但红旗还是让我的心感到了温暖。我知道红旗没有嫌弃我，红旗还拿我当哥们儿，红旗中午要请我吃饭。

自从我坐在那里喝水之后，红旗便一头扑在工作中，几乎没有再和我说过一句话，好像我压根不存在一样。看着红旗忙忙碌碌地接电话读文件，看着红旗不停地在办公室里进进出出，我的心里真是说不出的羡慕。我不是羡慕他的工作，我是羡慕他的那种状态。

那天中午，红旗领我到一个干净的小饭馆去吃饭。在第一扎啤酒喝完之后，红旗再次点燃一支烟。我知道红旗该说话了。在此之前，红旗只是让我点菜，只是让我喝酒。红旗只有在喝酒之后才会说点心里的话。红旗说，人，活着就是要牛×。不牛×活着有啥用？可是……红旗说着，停下来，把杯子里的啤酒喝干，扭头说，再来一扎。可是，他继续对我说，啥叫牛×？我不吱声，我赶不上他的思维。这样说吧，红旗换了一个角度，今天，你嘴上牛×了，可你心里牛×吗？红旗一下子点到了我的要害，我的脸红了。红旗说，正上班，你找我干啥？你慌了吧？心里虚了吧？红旗坚定地说，你这叫假牛×！还叫什么，你知道吗？我说叫傻×。红旗满意地点点头，说，还算有自知之明。

红旗的人生牛×论给我留下了深刻的印象。几个月后，红旗又向我做了进一步的阐释。那时，我已去了遥远的H县讲师团。那次回来，红旗在当时本市最豪华的宾馆接待了我。他们正在那里举行一个全国性的会议。晚上，红旗领我吃过饭，说，你就别走了，这么冷的天，回到你办公室的干板床上也够你受的，住这儿吧。红旗哪里知道，我找他就是来投宿的，红旗更不会想到我连办公室的干板床也没有了。

我们从宽阔的餐厅里铺着雪白桌布的圆桌旁站起来，走出餐厅，走过一个长长的走廊，到了大堂。大堂雪亮一片，金碧辉煌，高大的天花板上吊着巨型的带金色玻璃流苏的豪华吊灯。青色的花岗岩地板一尘不染，光滑异常，像镜子一样闪闪发光。已经十二月底了，透过大堂锃亮的玻璃门扉，可以看到大街上的人们穿着厚笨的衣服，缩着脖子，在街灯下行色匆匆；而这里却温暖如春，人们衣着单薄，行动自如。他们三三两两地或走动，或坐在低矮的真皮沙发上低声交谈。身着制服的服务员站在不显眼的地方，随时准备为客人提供服务。大堂后靠楼梯的一侧，有一个带喷泉的假山，洁净的泉水从隐藏的泉眼汩汩涌出，像水面开出的几朵雍容白亮的喇叭花。假山旁，几株绿色植物理直气壮地伸展着肥大的叶子。我们沿着一个十分宽大气派的楼梯（它也许可以同时十二个人并排上下而不会相互影响）向上走，楼梯上用锃亮的铜条压着暗红色的地毯。到了楼层的中间，楼梯朝两边分开，我们沿着右边的楼梯正准备继续往上上，这时，一行人从左边的楼梯上很有气势地走下来，与我们擦肩而过。我感到走在前面的一个人肯定在哪里见过。红旗狠狠地拽了我一下，我才收回自己不礼貌的目光，跟着红旗匆匆向二楼走去。他是谁？好像挺面熟的。我低声问红旗。红旗以更低的声音回答了我。是的，那是一个大人物。我觉得面熟，只能是我在电视上见过他。虽然他很瘦小，但你一眼就看出他是那一群人的中心。大人物总是这样的，他们像磁石，而周围的人像铁硝。大人物的身边总是围绕着一种类似于场的东西，它们气势压人，让你感到有点莫名其妙地透不过气来，他们光芒四射，逼人眼目，让你一时有点怀疑自己的视力。红旗又进一步告诉我，大人物身边的那个人是我们省里的某某某。我忍不住又回了一下头，一行人已经走下了楼梯，大人物正打着手势轻声细语，我们省里的某某某，则微倾着肥胖的身子，频频点头。

几年之后，在另一个场合，我再次见到了这个大人物。那是在一个旅游景点。我们的车子在离景点大约两公里的地方就被强令停下。待我们步行到了景点，透过攒动的人头，我看到了他。他似乎更加瘦小了，但我知道他实际上更大了。当然，他身上散发出来的光芒也更加逼人了。他的身边跟着多名官员，他的周围分布着一些戴墨镜留寸头的精壮汉子，他们的目光和围观游客的目光投射的方向正好相反。他们动作坚定（拦阻企图进一步靠近的人），面目冷峻（墨镜后的目光应该也是这样的），机警地转动着脖子，似乎随时准备腾空而起，扑向任何一种不测。他们的冷峻和紧张与大人物的温和从容形成鲜明的对比。大人物一边微笑着，一边向群众挥手致意，走向了汽车，低头钻了进去。看着警车开道的车队绝尘而去，我当时再次想起了红旗的人生牛×论。

那天晚上，红旗把我引到了二楼的一扇门前（门上写着会务组字样），他掏出一个绿色的塑料硬牌插在门上的一个缝隙里（在此之前，我没有见过），轻轻一拧，门开了。我跟着红旗走进去，红旗随手打开了灯。怎么样？红旗摊了摊手说，还可以吧？我惊得一句话也说不出来了，两只眼睛不够用地四处打量。我×，我说，我×。

这是一个铺着厚厚的淡黄色地毯的大房间，中间用一个巨大的暗红色天鹅绒布幔隔开，里面是卧室，外面做客厅。卧室里放着两张铺着雪白床单的床铺，铺位上没有一丝皱褶；我们正站着的客厅里，放着暗红色的真皮沙发，和同样颜色的、腿呈优雅的圆弧形的茶几。墙壁上挂着几幅风景油画。高高的天花板四周贴着花纹考究的石膏线，客厅天花板的正中，是一个式样简洁的枝形吊灯。这一切，在当时的我看来是那样的气度不凡、豪华奢侈。如果不是害怕红旗不高兴，我真想在那干净柔软的地毯上翻上几个跟头。我甚至极不健康地想，要是面前的红旗换成我的女朋友该有多好呀。

我们分别泡了热水澡，皮肤烫得红红的，浑身懒洋洋地斜靠在床头。红旗很内行地在肚子上围了一条厚厚的白浴巾，露出他有着一个漏斗胸的薄薄的上身，和一双细细的长着稀疏汗毛的小腿。他的头发也用梳子梳得很光滑，在灯光下闪闪发亮，这使他看起来像一个大人物，至少也像这间房间的主人。

怎么样？红旗问我。他舒服地躺好身子，把两手交叉起来枕在脑后。我说舒服，太舒服了。红旗对着天花板问，你知道这里一晚要多少钱？我老实地说不知道。你猜猜。红旗斜眼看着我。我摇摇头。在这方面我没有经验，夏天的时候，我报到那会儿，我住的那个招待所是每晚八块钱。你猜猜嘛。红旗以手支颐，倾斜着身子温和地鼓励我说。我如实承认我猜不出来，我说你知道，我这辈子只住过八块钱的招待所，厕所淋浴都是公用的。八块钱？红旗重复了一下，大笑起来。知道这里多少吗？一百二！我惊得呼地坐了起来，不就是一个床嘛，能用得上我两个月的工资？红旗看着我，点上了一支烟，不知道是躲避烟雾，还是对我没有见识表示的轻蔑，红旗眯起了一只眼，说，这当然不是为你准备的了。我虽然心里有些不高兴，但也不得不承认红旗没有说错。当然了，红旗等了一下，又说，目前也不是为我准备的。红旗深深地吸了口烟，似乎是陷入了沉思。我不急。红旗面对着从他的指间袅袅升起的青烟，说，性急喝不了热稀饭。出水才看两腿泥。咱骑驴看唱本走着瞧。是骡子是马拉出来遛遛。谁笑到最后谁才笑得最美。我并不认为红旗不断从嘴中吐出的警句是说给我听的，实际上，他是在自言自语。

红旗把快燃尽的香烟按灭在烟灰缸里，他扭头问我，你还记得咱们上高中时教数学的赵老师经常教导咱的那句话？我说我不知道你指什么。赵老师常说，不受苦中苦，难熬人上人。我点点头，是有这么个赵老师，经常在教室门前转，一旦发现教室里没有其他的老师，他就走进去，一声不响地抄上满满一黑板的练习题。遇到些他喜欢的学生，他总是悄悄塞给他们他从外地弄来的试卷。上中学我多苦呀，红旗感叹说，我吃馍蘸盐水，我吃面条就咸菜。为的就是能考上大学，为的就是要当人上人。红旗说到这里，我的眼前立即出现了他的父亲为他送粮食的情景。我很清楚，红旗并没有夸大他的苦难。那时候，为了每月省上几块钱，红旗在校外的一个亲戚家自己做饭。每隔十天半月，他那因车祸而残的父亲，就会拖着条不断在地上划圈子的瘸腿步行上十二公里，给红旗送来一袋玉米或几个花卷儿。

在单位，你以为我该给他们擦桌子？该给他们打水？该给他们跑腿当孙子？没那么便宜。红旗接着说，常言说得好，鱼有鱼路，虾有虾道。红旗慢慢从放在茶几上的烟盒里摸出一支烟，重新叼上。吸了一阵，他忽然倾着身子神秘地对我说，刚才上楼时碰到那人牛×吧？我说牛×。可你知道吗？红旗说，他最早也就是个工人。这一点我倒是不清楚。我对官场一窍不通，对大人物背后的东西更是一无所知。红旗笑了一下说，单从这一点讲，他的起点还没我高。我说那你肯定会超过他，至少也会像他一样牛×。红旗轻轻冷笑一声，不在意地说，你少讽刺我，我知道该怎么做。我王红旗不是别人，我王红旗就是王红旗。虽然他一动不动地靠在那里，虽然他的声音始终很低，但你还是可以看出他的胸中有一团火，他的身上聚集着一股劲，他的心中有计划。我也坚信，红旗肯定是一条鱼。

　　人就怕比，和红旗一比，我就感到自己的差距太大了，太孩子气，太不成熟，只能算是一只小河沟里的虾，瞎蹦跶，做梦也想不到大海的风浪有多大。看看自己，生存都成了问题，哪谈得上前途和未来？想到这里，便忍不住长叹一声。我的叹息惊动了红旗，他扭脸对我说，我说句心里话，你也别介意。我说我不介意，有话你就直说吧。红旗说，像你这种男人居然有女人愿意跟，她也真算是有眼无珠了。红旗这是在替我女朋友惋惜。我嘴上说不介意，心里真是羞愧得无地自容。

6

　　我很快为我的假牛×付出了代价。本来，副主任已经告诉我班子决定让我去租一间民房，尽快从招待所搬出来。而且我已经顶着烈日在陌生的巷子里找到了一间价格合适的民房（月租金40元），正准备礼拜天和女朋友一起到街上置办一些家居用品。不想这时副主任又通知我说，班子重新决定不让我租房子了。我不得不去向班子问个究竟。主任面目严峻地说，由于资金问题，你只能暂时住在办公室里。可是……我正想和他理论，主任果断地说，班子已经这样定了。你到仓库里搬张床，今天就从招待所里搬出来。我们办公的地方是一个临街的单面楼。我的办公室在三楼，两大间房子里放了八张办公桌（每个窗子下对面放置两张）。我把尽里的两张桌子往外移了移，把硬板床放置在角落里。那个中午，当人去楼空后，我独自坐在床上，心中空落落的。我不知道该怎样向女朋友解释这一变化。就在三天前，当她听说我们将有一处梦寐以求的小天地时，在喧闹的大街上，她竟高兴得一下子跳起来，抱住了我，在我脸上很响地亲了一下。我们本约好这个星期六就上街买床单枕头、锅碗瓢勺的，我想象不到当她知道这一结局该是怎样的失落。

事实上，我并没有在女朋友的脸上看到真正的失落。当我艰难地把情况告诉她以后，她好看的双眉只是微微蹙了蹙，旋即又重新变得疏朗。我们照常履行了星期六下午到街上购物的计划。我们跑了好几个商场，经过反复的价格比较，终于买了一条既好看又便宜的淡蓝色方格的床单、两只减价的枕头和一张竹席。我想是爱情夸大了失落，同样也是爱情使失落显得微不足道。年轻的爱情给了我们生活的热情和勇气。傍晚，当我们挽手从商场出来，女朋友在我耳边疲惫而又无限甜蜜地低声说，我都不敢相信，我们真的有了一张自己的床。她的情绪传染了我，我立即有了一种眩晕的感觉，情不自禁地使劲搂了搂她的腰肢。我们没有什么可抱怨的，和过去相比，我们的状况发生了多么大的变化呀。虽然办公室是公共场所，但我们单位并不要求天天坐班，我还没见过八张桌子坐满过的时候，有时候整个白天就只有我一个人，更别说晚上了。这样看来和我们自己的房子也差不了多少。况且，我们办公室里有一台二十英寸的木壳金星彩电。到了晚上，它自然也属于我们了。彩电的存在使我们看似简陋的生活立即提高了几个档次。我们可以依偎在床上看精彩的美国电影。想到这里，我们激动得眼睛放光，脸颊发红。

那天傍晚，当我们把床铺收拾一新之后，我们下楼去吃饭。我们一边在临街的小饭馆等着素面，一边等待着天快些黑下来。天很热，我们要了一瓶桃汁味的汽水，一递一口地小口喝着。等面条吃完后，路边街灯的光已经明亮起来。我们拉着手站起来，无声地往回走，身体慢慢贴在了一起，我伸出一只手紧紧地搂着她，陡然惊醒的欲望像马群一样在我身上奔腾，我也分明感觉到女友越来越瘫软的身体上滑过的一阵阵悸动。我们没有说话，但我们心照不宣，越靠近办公楼，脚步越急切，喘息越急促。等到了楼上，我发现三楼的办公室里一片通明。我怀疑是忘了关灯，女友却证实说是她亲自关的灯。我的心像被开水冲击的茶叶一样，翻腾了一下，陡然下沉。

我们匆匆忙忙爬上三楼，看到一男一女和一个十岁左右的男孩并排坐在电视机前，他们正在欣赏一部电视连续剧。这是一家三口，男的是我一个办公室的同事，听说是刚从下面调上来的，像我一样也暂时住在办公楼里，他们住在二楼的一间房子里。看到我们进来，他们三个同时扭头看了我们一眼，男的很矜持地向我点了一下头，接着，一家人又沉浸到了剧情当中。这一情况完全出乎我的意料，一时不知如何是好。我偷眼打量女友，她的脸上是痛苦和无奈的表情，我的心中充满了内疚。我希望她能转移一下注意，也去看看电视，但遭到了她的拒绝。她坐在我的办公桌前胡乱地翻着报纸。是呀，此时此刻难道我能看进电视？两只吊扇呼呼地快速转动着，可我却满身是汗，焦急地盼望着电视剧早些结束。终于听到了广告的声音，我暗暗地长出了一口气。但让人绝望的是，他们依然一动不动，依然一言不发，依然目不转睛。五分钟之后，音乐声重新响起，下一集开始了。

当我把女朋友送到学校返回办公室时，电视晚会才刚刚结束。我在楼梯上正好遇到他们依次无声地走下去。我希望他们只是在周末才下来看看电视，可实际上，他们每天如此，就像他们的第四顿饭。每晚八点钟左右，一家人鱼贯而入，男孩在先，接着是妻子、丈夫。这是我见过的最相像的一家，圆圆的脑袋，圆圆的眼睛，圆圆的肩膀，粗粗短短的四肢，他们排成一排，一个像另一个的影子；这也是我见过的最沉默寡言和最具纪律性的一家，他们整齐划一地坐着，一动不动，一言不发，目不转睛。即使在每集的结束，他们也不相互交换看法，至多起来到楼道尽头的卫生间去方便一下。通常情况下，大约十点钟左右他们会结束欣赏，站起来，以与进来时相同的次序鱼贯而出。到了周末或星期天，他们会把欣赏的时间延长到十一点半左右。

这是一个奇怪的家庭。这是三个锲而不舍的人。他们的沉默和形式感都极具分量，暗含着威胁和进攻性。每当看到他们含而不露地走进来时，我分明感到一股杀气腾腾的力量直逼心底。他们轻而易举地占领了本属于我的时间，侵入了我的领地。他们打乱了我的生活而我又无话可说。这里毕竟是办公室，并不因为晚上我住在这里它的性质就会改变。这间办公室的门上有八把（也许更多）钥匙，每一个钥匙的拥有者都可以在任何时候进入其中，干他们认为合适的事情。我不明白，他们为什么有那么好的一间房子不去享受，让它白白空在那里。要是我有那样的一间房子该有多好啊。我什么时候才会有一个真正属于自己的小天地，来放置我们的心灵、情感和肉体？

办公楼一共有五层，我楼上楼下地侦察了多次，试图能找到一间空着的单间，没有。看来看去也只有四楼我们主任的那间办公室最适合借住。他比其他人到得更少，有时一星期也难得见上一面，房子空在那里实在是太可惜了。当我在深秋的一天犹豫再三地提出时（我们的办公楼没有暖气，我是以冬天马上要来临，房间小会暖和一些为借口的），主任当即拒绝了。班子研究工作怎么办？主任不耐烦地说。我说白天我可以不进去。班子研究工作是没有黑夜和白天之分的，主任严肃地说。随后，他点燃了一支烟，深深地吸了一口，居然难得地笑了，这一笑，使我有点受宠若惊。年轻人，主任依然保持着微笑，说，办公室你住不了多久了。这最后的一句话，让我心中和眼中同时一热。我这才知道主任还惦记着我，主任并没有记我的仇。

　　这之后不久的一个周末，二楼的三口之家回他们老家了。我和女朋友决定先看场电影，然后，回到住处。这将是一个我们盼望已久的没有被打搅的夜晚。实际上，我们在电影还没有结束的时候就溜出了电影院。我们蹑手蹑脚上到三楼，忽然听到楼上传来一种奇怪的声音。那时虽还不到十点钟，但办公楼上下一片漆黑，猛一听到那种声音的确有些瘆人。女朋友一哆嗦钻进了我的怀里。声音一阵阵地传来，类似于母猫深夜发情时的号叫。当然深秋的时候母猫是不会发情的，那只能是人的叫声。我已经听清了，那是女人压抑着的一种呻吟声。那时，我们已经站在了三楼的走廊上，稍加分辨，便搞清了那声音来自四楼主任的办公室。我在黑暗中笑了笑。我轻轻打开门锁，低声对女朋友说，班子在研究工作呢。女朋友也早已听出了端倪，她无声地在我的背上捶了一下。

　　我没有开灯，无声地伏在窗前。过了一会儿，我如愿以偿地看到了主任，当然还有他的搭档从我窗前经过。那是一个三十多岁、有着一身白肉的前坠子演员。

　　不受打搅的周末毕竟是极其罕见的。某一天，我突然发现只有早晨才是我们唯一可利用的时间。星期天早晨的五点半钟左右，女友像一个热衷于锻炼身体或勤奋好学的学生那样，早早地爬起来，但她不去操场更不去找地方早读，她径直走出校门，走到马路边，等候在冷清的站牌下，当空空荡荡的108路无轨电车开过来时，女友快速地踏了上去。大约六点十分左右，她在我的楼下下车（车站正好在我的窗下），几分钟之后，她便像猫一样无声地绕进院子，爬上三楼，站在我的门前，压抑着喘息，掏出了钥匙（我早为她配了第九把钥匙）。此时，我早已醒来，我的目光在想象中追随着她的身影。在她到达之前，每一辆进站汽车的响动，都会使我的心跳加快。她打开门，站在我的床前。我们不说话也不开灯。窗外的天空已泛出暗蓝色的光影，街灯青白的光线穿过梧桐树光裸的枝干，透射在窗玻璃上。女友在影影绰绰的光线里脱衣服，她把脱下的衣服一件件仍在床边的藤椅上，最上边是风衣，最下面是袜子和胸罩。一会儿，她把自己脱得一丝不挂，像一条白亮的鱼，浮游在灰暗的光线里，只轻轻一个晃动，便游进了我的被窝。天说凉就凉了，她的手脚脸蛋和臀部冻得像冰块一样的冷硬。她蜷曲在我的怀里，我从后面搂着她，完全把她包了起来，她一动不动，我轻轻地抚摸她。慢慢地，她柔软了，融化了，变成了一团温暖的不安分的水流，不断地在我身边涌动、荡漾，很快，她就把我给淹没了。

即便这样的相聚，我们也没有持续多久。严寒的冬天来临时，我在毫无准备的情况下，被单位派到一处偏远的农村参加了讲师团。我这才算明白了主任说的不会让我久住办公室的确切含意。实际上，在接下来的两年时间里，我三次被抽调出去参加类似的工作，比方扶贫，比方社教，时间加在一起有一年半之久。偶尔回城，才在办公室凑合住上一两个晚上。当我最后一次完成任务回到单位时，我吃惊地发现我的硬板床居然消失了。曾被我移动过的办公桌又恢复了原状，就像我从来没有在这里出现过一样。后来有人告诉我，我的床被主任搬到了他的办公室。对此，我表示了充分的理解，主任的确是需要一张床来研究他的工作，即使他有再高的热情、技巧和想象，藤椅和桌子毕竟有它的局限，说到底那只能是权宜之计。既然我早已认识到爱情的归宿是一张床。那么对此我肯定无话可说。即使是我的床，我也不打算再据理力争地把它再搬回来了。那时候，我的女朋友已经毕业分配，本来与她同住的女孩由于结婚而搬了出去，就这样，我不失时机地住了进去。

7

当红旗在他的小客厅里给我说他马上就是主任科员的时候，我并不清楚主任科员的确切内涵。但我知道红旗就要提升了，进步了，在他设定的人生之路上走得更远了。我替红旗高兴。那次红旗告诉我鱼有鱼路、虾有虾道时，我就断定红旗是条鱼，红旗总有一天要跳龙门的。那年冬天，在那间豪华的客房里，红旗不经意地宣告说我王红旗就是王红旗时，听得我的心里一阵发虚。当时，雪白柔软的浴巾优雅地缠在红旗窄窄的髋骨上，面对着这具瘦小的明显发育不良的身体，我知道他的内心是强大的。那是一种尊严，一种自信，一种握住了人生方向盘的美好感觉。如果时光倒流，让我重新回到大学的校园里，你也可以听到我轻狂地大声说我就是我。面对着红旗马上到手的主任科员和我自己险些没有栖身之地的现状，我是无论如何也说不出口了。有时，我甚至觉得自己是一粒毫无重量的尘埃、一张没有体积的废纸、一只惊恐奔跑的蚂蚁。当一个人认为自己是一粒尘埃，一张废纸或一只蚂蚁的时候，他怎能说我就是我呢？他唯独不能说的就是我就是我。

据王红旗讲，与他一同分去的有四名学生，有一个还是名校毕业的，但他们三位最好的一个也就是个副主任科员（红旗强调此人还有背景），另外两位只能是科员。这并不是说他们在工作中有什么错，红旗用那只夹着香烟的手端着酒杯，翘着二郎腿坐在他的棕色人造革沙发上说，他们本该是科员，走到主任科员的位置，他们按部就班需要六到七年，而我也许用不了四年。红旗仰了仰下巴，把酒喝完，杯子轻轻地放在他的大理石茶几上，在烟灰缸里抹了抹烟灰。是骡子是马拉出来遛遛。他对我笑笑，补充说。

我知道红旗与他们处长关系好，那好不是一般的好，是真好，是铁。处长四十不到，又有文凭，一看就不是久居人下之人，又当过某人的秘书，前途是不可限量的。红旗一到单位就看到了这一点。尽管那时处长还只是副处长，红旗便很有策略地与他在各方面保持一致，并注意交心。出差在外，红旗更是眼快、腿快、手快，处长想干的事刚一有个念头，红旗就心领神会。有时弄得处长都不好意思，处长说红旗你是我肚子里的蛔虫。时间长了，处长也就习惯了，一出门就要带上红旗，所以红旗能去那么多让我们眼馋的地方。

以王红旗的眼力和心智，让处长们对他有好感，自然是易如反掌的事情。机会很快就来了。按红旗的说法，那完全是一件小事。就是这件小事，使红旗和副处长产生了亲如兄弟般的友情。

处里要新增一台电脑，决定找一个人具体来负责这件事。处长与副处长一碰头，认为红旗年轻、勤快有责任心，来做这事最合适。二十世纪八十年代末，电脑是相当昂贵的，远不像现在这么普及，只有一些大单位才能配上一两台。既然贵重，就不能随便放，要专门装修一个房间来放置，称为机房。九十年代后期，办公室装修已蔚然成风，似乎不装修就无法工作，就跟九十年代中期兴起的家庭装修一样。而在八十年代末，只有电脑才能享受装修了的房间。领导把这么重要的工作交给红旗，自然使红旗受宠若惊。红旗的工作其实有两项内容，装修一间机房，然后选择购买电脑。先做第一项。红旗接触了至少五家装饰公司或装修队，都没有谈成。处长只见红旗忙得脚不沾地，却迟迟不见动工，就催问红旗。红旗说他得比较他们的价格、考察他们的质量。处长想说点什么，又忍住了，说还是得抓紧时间，工程又不大。直到第六家，总算定了下来。但在铝合金的价格上红旗据理力争，人家都是一平方米一百九十五块，你怎么是二百块？红旗当着处长的面问那个装修队的小工头。后者犹豫了半天，老大不情愿地把价格降了五块钱，说这么小的活，你这样，我还赚啥？也仅够给工人发发工资罢了。又对处长说，你们这个王师傅真是会砍价。工头领了预付款进货去了。处长赞赏地看着红旗说，也别把人家逼得太紧了。红旗说听他说？没赚他干？每平方米少五块钱，单这一项就为单位省下一百多块呢！

活的确小，十天不到就干完了。大红地毯，宝丽板墙裙，米色壁纸，有层次的吊顶，亮晶晶的铝合金窗子，窗上做了窗帘盒，安了轨道，挂上了又垂又展的窗帘。完工那天，处长、副处长领着全处的人都来看，大家踩着软软的地毯，摸着带花纹的壁纸，都说好，都夸红旗，好像那活是红旗干的似的。第二个星期，红旗便把一台尊贵的电脑摆在了电脑桌上。

在这两项工作圆满结束之后的一天晚上，红旗来到了副处长的家里。门铃响过，开门的是副处长上三年级的女儿。红旗和蔼地问，娇娇，你爸爸呢？娇娇说爸爸妈妈在阳台上。是谁呀？娇娇。红旗听到副处长在里面的房间里边说边走出来。是我呀。红旗说。伸着脑袋往里面看。副处长已经从卧室的门口探出了身。卧室里铺着绿色的地毯，卧室的门口放着两双拖鞋。副处长一边穿着拖鞋，一边亲热地说，红旗快坐快坐。走到红旗面前又换了一副责怪的神情，说，红旗你看你，你叫我……副处长刚才所处的位置（阳台）和现在的神情（亲热和责怪）使红旗的心里有了谱。红旗说你什么也别说，先说他们做工怎么样？还没等副处长说话，副处长的老婆在卧室门口笑眯眯地说，红旗快来看看，铝合金封的阳台和木头的就是不一样，又明亮又干净，密封还好，这就等于是多了一个房间。红旗往里走了两步，就站在了门口，看到了灯火通明的阳台。红旗注意到阳台上还新铺了一层绿色带方格的地板革。副处长老婆继续说，娇娇一看就把阳台给霸占了，说以后写作业，和小朋友玩儿都要在阳台上。你进来看看嘛，红旗。副处长老婆伸手拉住了红旗的胳膊。红旗说我看到了。他的样子看起来犹犹豫豫的。他不知道到底该不该脱鞋进人家的卧室。到里面来嘛，副处长老婆看红旗拿不定主意，居然拉住红旗的胳膊撒娇似的晃了晃。如果把视角稍稍调整一下，两人（一个男人和一个女人）在这种位置（卧室门口）的拉扯是极富暧昧色彩的。红旗显然意识到了这一点，他不好意思地看了一眼副处长。副处长瞪他老婆一眼，说，算了，脱鞋子怪麻烦的，在这就能看到。他老婆这才松了手，消失在卧室门口，大概重新回到阳台上。红旗被副处长引回到客厅的沙发上，后者及时地为红旗奉上烟和茶。红旗赶紧礼貌地一一接住。红旗，副处长以批评的口吻说，你看这事，你事先也不跟我打声招呼。但副处长心中的满意是逃不过红旗的眼睛的。

　　再说，副处长也压根儿没有打算掩饰。红旗笑笑说，处长，你先说机房装得怎么样？好。副处长说，大家都满意。你再说我在工作上有什么事不向你汇报？没有。副处长说。这不就结了，红旗说，去年我就听嫂子说想把阳台换了，可我看你始终没动，我知道你工作忙，这次有这个机会就一起让他们装了。我就不能替你为嫂子为孩子做点事？副处长说只是让别人知道了可不好。红旗笑笑说，好好，我算知道了，跟了你这几年你就这样看待我？副处长伸手狠狠地捏了捏红旗的膝盖，感慨地说，好兄弟呀，好兄弟！

　　这就是红旗说的小事，趁装修机房的机会，顺便把副处长的阳台给封了。值得一提的是，就在这天晚上红旗离开副处长的家时，还成功地把一只傻瓜相机留了下来，那是他买电脑时，电脑公司给他的回扣。在外国这都是小孩子的玩具，红旗轻描淡写地说，我就是给娇娇拿来玩的。娇娇接过红旗叔叔递过来的相机，显得爱不释手。我已经装了胶卷，红旗说，来，娇娇，叔叔教你怎么用。娇娇把相机递给红旗。红旗说，就这样，把一只眼睛对着这个小窗口，把要照的东西放进框子里，两手端稳，右手食指轻轻一按，来娇娇试一试。对对就是这样，娇娇真聪明，一学就会。副处长和副处长老婆同时对娇娇说，还不快谢谢叔叔。娇娇听话地说了声谢谢叔叔，便抱着相机消失在客厅里。

　　常言说酒后吐真言。红旗也就在喝完酒之后，才会和我讲得多一点。我不得不承认红旗会来事，也不得不承认自己做不出这样的事，别说根本想不起来，就是想起来了也难以付诸实施。听我这样说，红旗立即讥讽我说，是呀，是呀，你天生就是干大事的，怎能做出这等小事？你那么高雅，怎能干出这等低三下四的事？红旗这样说等于是在揭我的伤疤、揭我的短。若是别人这样说，我肯定会和他急，可我没法和红旗急。红旗是把我当兄弟才这样讽刺我的。

　　那一天也是红旗兴致高，在讽刺完我之后，他又为自己倒上一杯酒，同时再次点上一支烟，在深深地吸了一口，并对着他的天花板缓缓吐出后，他幽幽地说，阳台、相机算个球，没有我他能那么快去掉"副"字，当上处长？红旗把视线慢慢地从天花板移到我的脸上，他的小眼睛眯了起来，视线缩得像刀刃一样薄而锋利。这样的目光让人心惊。想听听吗？红旗说。

　　像许多单位一样，正副职相互不尿。红旗的处长在处长的位置上已待了整整八年了，仍没有动窝的迹象。这样，已经来了三年的副处长便按捺不住了，若等处长退休还得等上五年。作为兄弟，副处长和红旗在出差时，偶尔也涉及这个闹心的话题。有次，红旗说想想办法嘛。副处长感叹一声，说，有什么办法呢？红旗想想也是，像处长这样一个平庸的人，有时，你还真拿他没办法，他虽然没有成绩，却也没有什么错误，人就怕没有错误，你能拿一个没有错误的人怎么办？副处长和红旗谈论这个话题也只是因为心里烦，并没有想到让红旗为他做点什么，他都没有办法的事，红旗能有什么办法？

一天中午，红旗在办公室休息（他中午不回去）。他斜躺在自己的藤椅里，把两腿平放在另一把藤椅上，为了遮住光线，他用一张报纸盖住自己的脸。在他正要睡着时候，办公室的门开了。他没有动，只微微斜了一下眼，就从藤椅的缝隙里看到处长走了进来。处长站了一下，径直走到一张桌子前，坐下来，拉开了抽屉，摸索了一阵，处长拿起了一只小巧的玻璃瓶子，打开盖子仔细审视一番，然后放在鼻子下深深地闻了又闻。一动不动的红旗早已闻出，那是一瓶香水。处长放下瓶子，又拿起了一只灰色的小管子，他慢慢扭动一下，管子的顶端变成了红色。红旗认出那是一支口红。他的心咚咚地跳。处长肯定认为办公室里没人。红旗本来瘦小，他躺在两个藤椅里，两条腿被办公桌挡着，薄薄的身上又盖着报纸，看起来与藤椅上放一张报纸没有什么两样。红旗大气都不敢出，他知道，只要他稍稍一动，报纸就会发出声音。他只要不动，就是处长发现他，也会以为他睡着了。但红旗却无法把眼睛闭上，他看到处长慢慢把口红放到了嘴上，他以为处长是要在自己的嘴唇上涂些口红，可处长却伸出了他的舌头，在口红上舔了一下，又一下。在这一过程中，处长慢慢闭上了眼睛，脸上是红旗没有见过的极度满足而幸福的表情。不知不觉间，红旗的衬衫都让汗水给打湿了。他发现处长由舌头无声的舔变成了嘴唇饱含汁液的响亮吸吮，与此同时，处长的喉咙深处发出了难以掩饰的呻吟声。直到楼道远处传来说话声，处长才如梦方醒，睁开眼睛，慌忙把口红放回原处，推上抽屉，起身离去。红旗注意到处长唇齿之上落英缤纷，面目煞是怪异。

红旗在无意之中窥视到处长内心深处的奇异风景，这风景有点像是梦中所见。红旗好像真的做了一个梦，浑身一点力气也没有，以至处长走了很久，他仍保持着原来的姿态，一动不动。红旗对我说，像她那样的女人，哪个男人都愿意亲近她，对她好。只是他没有想到，像处长那样五十多岁的人了，仍那么痴迷一个女人的确让他吃惊。虽然我对红旗的后一种说法不敢苟同，但他的前一种说法，我却没有异议，因为那个女人我见过。读了我上面文字的读者也应该记得，这个女人就是那天上午给我倒了两次水的那个，当时我称她为高个子的漂亮姑娘，实际上她已经结婚了。我还特别提到她又白又长的手指，那的确是我所亲眼目睹过的最美丽的一双手。我之所以注意到她的手，是因为我当时对她身上的其他部位缺少欣赏的力量。美人总是这样，她们身上仿佛有一种场，既强烈地吸引着你的目光，又推拒着你，使你目光凌乱、软弱，注意力难以集中（而对她的手，我尽可以在她为我端茶的间隙，放肆打量）。她的确是一个大美人，一双眼睛既充满水色，又沉静异常，举手投足自然大方，浑身洋溢着一种端庄优雅的迷人韵味。我相信如果她再高一些，她完全可以去做一名职业模特。红旗介绍，这个美人曾是她所在学校的校花，不但人长得美，还有才，会写作，一度是她们学校文学社的社长，就是现在，仍时有诗歌或散文见诸晚报的副刊。更妙的是她还会画画，每次机关"五一"或"十一"搞展览，她的小写意花鸟画下总是会驻足更多的人观赏，机关里不少人的家里都挂有她的墨宝。人们喜欢她的画，其实只是想和她套近乎，还有不少人说要跟她学画画。但他们也只是说说而已，倒是一个人经常拿着自己的画去向她请教，这个人就是处长。处长以一个沉迷于绘画的学生姿态虚心求教，并时常以一个老帅哥的姿态，约她赴宴。可他哪里知道，他的副手，这个表面上与她并没过多交往的人，早已捷足先登了。有几次副处长与红旗一块出差也带上了她，当红旗夜里口渴（酒喝多了）醒来时，发现房间里只剩下了自己，最初他不知道怎么回事，后来他很快就明白了。副处长不会出事，他就在隔壁的房间里。红旗在黑暗中（他甚至连灯也不敢开）迅速吞下几口凉水，便重新钻进了被窝。

一天晚上将近九点钟的时候，在机关大楼的三楼，一个五十多岁的男人蹑手蹑脚地打开了一间办公室的门，无声地走了进去。几分钟之后，一个白裙高个年轻女人也在三楼打开了另一间办公室的门（两个门相对），闪身走了进去，她轻轻把门在自己的身后合上，但没有听到门锁相碰的"咔嗒"声。几乎就在这同时，对面的男人打开了自己的门，他的手中拿着一卷纸。眨眼之间，这个男人便消失在对面的门后。似乎他在一刹那间，失去了体积和重量，变成了一张薄薄的纸片，唰，飞过了楼道（不是走过去的），唰，从门缝里钻了进去（不是把门打开）。这时，在楼下的车棚的暗影里站着两个男人，一个是高大的中年人，一个是瘦小的年轻人。他们不说话，只是仰脸注视着楼上的一个窗口，气氛有些紧张。他们看到先是灯亮了，又过了一会儿，有一个人影走到了窗前，伸手拉上了窗帘。上，中年男人低声而充满激情地命令道。二人像猫一样溜出车棚，瞬间钻进了黑黢黢的大楼门洞。两分钟之后，他们便重新悄无声息地来到三楼那扇门前，你即使能听到他们的心跳，也难以听到他们的脚步。没有任何停顿，瘦小个子准确地把早已握在手中的钥匙插入锁眼。雪亮的灯光哗啦一声撒在他们的身上，撒在他们身后的楼道上。由于开门过猛，茶几上放着的一张画着荷花的宣纸也被荡起的风吹落在地板上。茶几后的三人沙发上，紧挨而坐的一男一女同时转过身来，男人的一只右手和几乎整个右小臂都消失在女人的衬衫下。仿佛一部艳情片刚刚拉开序幕就被突然按了暂停键，不速之客的突然光顾，使沙发上的两个人保持着那一刻的姿势，一动不动。所不同的是，男人的一张老脸一下子失去了血色，双目圆睁；而女人全身的血液似乎都涌到了她年轻的脸上，她轻轻地闭上了她那双被深深伤害了的眼睛。足足五秒钟之后，刚进来的高个男人说，我和红旗来改改那个报告。如一枚石子投进水中，一句话激活了在场的每一个人，年轻女人一刹那间便愤怒地打掉了仍按在她胸前的那只僵硬的手，在起身的同时，她抡起了手臂，一声脆响，那又长又白的手指与男人的老脸碰撞在一起。女人美丽的眼睛里突然蓄满了泪水，她透过泪水，哀怨地看了一眼门口站着的高个男人，整理了一下衣襟，便向外走去。高个男人下意识地闪到一边，女人没有看他，侧身从他身边走过，消失在黑暗的楼道里；沙发上，老男人的双肩慢慢低垂下来，他的微微颤抖的双手下意识地拱手握在胸前，仰起他那左脸颊上带着醒目红印的脸，看着面前的高个男人，仿佛那里立着的是一尊神，他那虚弱、无助和满含乖巧与讨好的眼神，让站着的两个男人不忍直视。

　　红旗那运筹帷幄的得意神色告诉了我，他在这件事上充当的角色。我觉得这样做有些卑鄙。红旗以他惯常的不屑口吻反驳我说，这叫政治斗争，政治斗争是不讲手段、只讲目的的。这件事情不久，他们的目的便达到了。老处长以身体原因提出了提前退休。一个月之后，副处长的任命便下来了。那个美人呢？我问红旗。红旗说她呀，她当然不能让白摸一把，很可能是副处长了。怎么样？值得吧？我不知道该怎样回答他。就在我们这次见面不久，红旗便在电话中欢快地告诉我说，他的主任科员到手了（我想那美人的副处长肯定也已经到手了，只是我已失去了关心的兴趣）。我向他表示了由衷的祝贺，并在当天的中午再次一同举杯。

　　事到如今，我仍清晰地记得，喝酒从来不脸红的红旗那天中午竟然面颊焕发出动人的红晕，他的两只小小的圆眼睛闪闪发光，那是只有在见到最美好的事物时才能焕发出的光彩。不说红旗，我们在座的每一个人都相信，红旗已踏上了加速运行的列车，要不了多久就是副处了、正处了、厅级了。我们为此一次次地与红旗碰杯。红旗来者不拒，小脸越来越红，我突然明白，红旗的脸红不是像我们在座的那样，是酒精的作用，那分明是他提早沐浴了前程的光辉，如果红旗脱去衣服，我相信，他的全身也一定是通红一片。是呀，彼时彼刻，谁会想到那快速到达的列车竟然停在了主任科员的站台上不再开动，而这一停就是十一年，难道它竟是红旗的终点站？

　　事后我才知道，小慧那天晚上并没有到她西郊的女友那里，她的朋友早在夏天的时候已经到南方去了。小慧当天夜里住在离我家很近（当然也离她家很近）的一个叫东里的小旅社里。如果她后来不提起，我或许永远也不会注意到我居住了十几年的街区里有这样一个旅社，在一座摇摇欲坠的二层小楼上，它实在是不起眼，小而肮脏，我想，任何一个有点身份的人都不会入住。住进这样的地方不仅证明你是贫穷的，还证明你有足够的胆量。我不知道小慧为什么要住在那里，她身上没钱吗？她为什么不向我妻子借一些？既然她无处可去，为什么不住在我家？这次恰恰是我不在家而妻子在家。女人的心思有时就是难以捉摸，我曾猜想，小慧的行为出自她那一刻的自弃心理（与自恋、自爱相反），既然她什么都不在乎了，还在乎肮脏或危险？或许正是这后者，使她的心理得到了满足。不管出于什么心理，我相信，当小慧拉着姗姗走进东里旅社时肯定带来了不小的震动，不论是它的主人或客人都会为小慧的到来感到吃惊。她显然不属于那里，无论是她的穿着打扮还是形象气质，都与那里的顾客相距甚远。他们究竟会怎样猜想她们母女呢？

　　如同小慧住进东里旅社那样，她与红旗的婚姻最初也让人觉得极不般配。小慧长相甜美，性情温柔。如果单看小慧的五官，你并不觉得它们多么出众，但它们放在了一起，你就觉出了一种独特的味道。尤其是她的皮肤，少见的白净细腻，你很少见到哪一个姑娘长着像她那样的一张干净的脸。在他们结婚以前，我见过小慧两次，第一次是在红旗的小客厅里。我为能在他那里见到这样一个像露珠一样清纯的女孩表现出了我认为并不过分的吃惊和好奇。在我看来，坐着的女孩使红旗的整个房间都亮了起来。我当时想到的就是蓬荜生辉这个词。我的情绪引起了红旗明显的不快。他以过分严肃的口吻为我们做了介绍，并向我一再声称，这位正读财经大学的姑娘是他的一个亲戚；第二次见面是在医学院二附院的门诊楼里。由于我们的一时疏忽，致使妻子意外怀孕，我们当时既没有房子也没有积蓄，更没有心理上的准备。于是，决定做掉。二附院的妇产科有我一个高中同学，她轻车熟路地把一切都做得很好。那天妻子刚做完手术，我搀着她从门诊楼的二楼下来，在大厅里，看见了红旗和那女孩一前一后走进来。红旗问我们干什么。我说妻子不太舒服，来看看。红旗看了一眼妻子苍白的脸，就笑了，那是一种会心的笑。红旗说小心行事嘛。我和妻子都笑了。其实，以我与红旗的关系，本是应该直说的，只是碍于他身旁的女孩我才婉转了一下。还没等我们问红旗，他就告诉我们说他的女亲戚感冒了，来开点药。我和妻子都没有在意。

　　到了第二年七月的一天，我们被通知去一个酒店赴宴。到了之后才知道是红旗结婚了。他们是旅行结婚，从外面转了一圈回来了。这天中午是单请老乡和同学。奇怪的是在座的没有一个人知道红旗是和谁结的婚。红旗终于和他的新婚妻子一起来到了。我这才吃惊地发现，他身旁跟着的竟是他那位清纯的女亲戚。能把事情做到这个份儿上的，也只有红旗了。在一旁的妻子趁机数落我说，你以为都像你，什么事情八字还没一撇就到处张扬！我承认我是妻子说的这种人，但像恋爱这样的事也要保密吗？我认为，一般人都很难做到把自己的幸福深埋内心，他们更愿说出来与人分享。这只能证明红旗的确是一个不一般的人。刚刚走进来坐在我另一侧的妇产科大夫（她解释因手术耽误了时间），一边抹着脸上的汗，一边为我的吃惊感到奇怪。你们俩那么好，你竟然不知道？她这样说。过了一会儿，她又像突然想起什么似的说，去年，去年春天，你们不是一块儿去我那里做的手术吗？我不得不承认这是在那次宴席上我的第二个吃惊。我笑说我们不是一块儿去的，你大概是为同学做好事做多了，记错了。那是，她立即骄傲地说。眼睛不自觉地扫视一周。在座的有几个？我问，超过一半了吗？你想知道？她说，等会儿你看谁向我敬酒，谁就找过我。过了一会儿，我说，你的记忆力还是不错的，去年我们虽不是一起去的，但我们在你楼下的大厅里碰到了。原来是这样，我的大夫同学说，在我的印象中，你们是一起去的。

　　刚刚走出校门的小慧，那天穿着一件做工考究的白色真丝连衣裙，样子极温柔可人，她化了淡淡的妆，这使她甜美羞涩的笑容又多了几分妩媚和生动。与她相比，红旗就显得暗淡无光了，他灰暗的皮肤，瘦小的身材（他们两个都不会超过1.6米，站在一起几乎一样高），稀疏的头发，被烟茶腐蚀了的牙齿，他的大嘴以及从那张大嘴里不时发出的自信的或满不在乎的笑声，都让人生出不舒服的感觉。我知道这样说不好，作为兄弟，我应该为红旗高兴才是。可如果我们以诚相待，我相信那绝不是我一个人的感觉。

　　最初，我们没有人知道红旗的恋爱史。我们都奇怪，他与小慧既非同学，又非老乡，也不见有介绍人，他们究竟是怎样认识的呢？当得知事情的整个过程之后，我才认识到，那种靠同学老乡和介绍人相识、相知的只能是我等采取的庸常做法。对于红旗我们当然不能用我们的思维去衡量，如果红旗走入了我们的思维，他能找到的姑娘肯定不会像小慧那样让我们不舒服。当然，那也就不是红旗了。

在日常工作中，红旗不仅注意和机关里的同志搞好关系，就是在下边，他也交了一大帮朋友。G县政府办公室副主任老刘便是其中的一个。以前他们关系也不错，但也仅限于工作范围，自从去他家喝过几次，才真正变铁了，成了哥们儿。两个人也不要菜（胃里已没地方盛了），各自倒上半玻璃杯，慢慢碰。一天晚上，他们正喝着，门忽然被推开，一个穿红色方格短大衣的女孩一头扎了进来，下雪了，她一边说，一边蹦蹦跳跳地拍打着头发上、肩膀上薄薄的一层雪粒。红旗的眼一下子直了。直到老刘说是闺女时，他才回过神来。红旗一点儿也想不到老刘的小楼里会钻出一个像梅花鹿一样迷人的姑娘，他来过那么多次怎么就没见过呢？老刘说小慧，来给你红旗叔叔倒个酒。小慧捋了捋潮湿发亮的头发，甜甜地对红旗笑笑，走过去拿起酒瓶给红旗倒了酒。红旗端起杯子喝了一大口。不能喝了，他对老刘说，头有点晕。老刘不依，说你那酒量我能不知道？这时候，小慧再次向红旗笑笑，出门上楼去了。老刘家住着一个两层小楼，楼梯在外面。后来红旗想，他之所以去过多次没有见到小慧，大概就是小慧下了晚自习直接上楼休息去了。小慧走后，老刘向红旗唠叨起他的女儿，说是学习不用功，连高中都没考上，是他亲自找了教委主任才去上了高中，她自己还不愿意，非要去南方打工。红旗连忙说千万不能去打工，一去打工算是把孩子给毁了，一定要上学，不上学有什么前程？可不是嘛！老刘赞同红旗的说法，又担心地说，这高中是上了，可我看大学也是难以考上。红旗深思了一会儿，说到时候我们一起想想办法。

这以后，红旗去G县就更勤了，有时，即使副处长不去，他自己也会找机会去的。一去就要上老刘家的小桌，和小慧慢慢也熟了，时常问问她的成绩。老刘对女儿说，你红旗叔叔是大学里的高才生，有什么不会的，你尽管问。小慧有时问一些理化方面的问题，红旗很容易地一一解答。红旗早就和老刘商量好了，到时候在地区里为小慧弄一个委培的名额，让她去财大上。但这话不能给孩子说，让她努力去学，以防她有依靠心理。

　　三年之后，小慧高考过后，分数线离大专录取线差了将近八十分，上中专也不够。当时已是主任科员的红旗没有食言，与处长一起给G县所在地区增加了一个委培的名额。又一同找了财大（那是红旗也是处长的母校）的一位副校长。到了那年的九月份，小慧与其他新生一起走进了财大的校园。十月份，红旗和处长再次去了G县。大宴过后，按常规红旗该上老刘的小酒桌了，平常去，这次就更应该去了。可情形恰恰相反，这回是处长上了老刘的家，而红旗回了山坡上的宾馆。老刘一路纳闷地与处长一起回到了家。处长也不卖关子，才一落座，老刘把茶水刚刚倒上（处长事先声明说正事办完再喝），处长就说起了正事。老刘睁大眼睛紧张地听着，听着听着，老刘的眼睛变小了，他笑了，长出了口气。这个红旗老弟，老刘摇了摇头，说，这个红旗老弟，他心里可真能藏住事。不瞒你说，我也有过这个心，可有一次我侧面问过他有没有女朋友，他说有了。我也就不好再说什么了。处长说红旗你应该了解，小慧跟了他才真叫郎才女貌呢！老刘说这还用说嘛！处长说虽然红旗大了几岁（红旗比小慧大九岁），可大点知道疼人，孩子在外有人照顾，你也好放心干事业。老刘说我这叫什么事业，到头了。不过小慧跟了红旗我也真放心。处长说你前半句说得可不对，才四十出头，正干呢，你能力口碑都不错，上次我跟你们的书记县长还谈到过你。老刘高兴地说，我要在下边干出一点儿成绩还不都是你处长关怀的结果。处长说咱兄弟之间不说套话，我现在想喝酒了。老刘说喝！就咱俩？处长笑着问。老刘一拍脑袋，顺手抄起了电话，想了想，又把话筒递给了处长，还是你给他打吧。老刘笑笑说。

  现在我们清楚，红旗为了恋爱（可以这样说吗）等了三年（整个高中时期），为了结婚他又等了三年（小慧上的是大专班）。我不得不承认，红旗是一个沉得住气的人，是一个极具理性的人，红旗人生的诸多方面都充满了设计意味。是我感兴趣的是小慧，她爱红旗吗？在婚姻恋爱方面她不曾有过自己的理想吗？或是她仅仅是一个乖乖女一切唯父命是从？或是出于感恩的思想（红旗使她上大学，走出县城）？或是红旗的物质包围（化妆品、衣服、饰品）使她陶醉？在他们一次生气之后，小慧流着眼泪告诉我说，在大学时，找她的哪一个男生都比他（红旗）强。据妻子说，在大学时，曾有五个男生给小慧写过情书，其中有两个还为她打过一架，还有一个老是在她晚上回宿舍的路上堵她。从另一个场合我了解到，在小慧上大学的三年里，红旗从没在校园里与小慧一同公开露过面，他甚至从没到过小慧的宿舍。同宿舍的女生们只知道小慧在本市有一个阔气的亲戚，每到周末她都会去她亲戚家过，回来时给她们带来好吃的，却从没见过她的亲戚去看她。这么说，红旗始终是一个幕后人物。既然他知道那么多的男生在追求小慧（小慧把一切都告诉了他），他为什么不正大光明地走到前台？为什么把恋爱进行在秘密状态而让小慧时常受到骚扰？我不知道这是否出于红旗埋藏深处的自卑意识。他不想把与小慧显而易见的不般配过早暴露在世人面前而授人以柄。如果让那些追求者们见到了红旗，是否会适得其反地撩起他们轻狂的斗志？他不露面就不一样了。隐藏在暗处的敌人总是更令人心惊。红旗秘而不宣的态度是否也表明他始终处于紧张状态？他既要随时与那些突然杀出的掠夺者们进行无声的决斗，同时更要引导小慧情感和心理的发展方向。既然红旗能为小慧等上六年，既然他能让小慧来省城上大学，既然他能让她占着委培的名额而不回原籍，他当然不会让小慧从他的身边飞走，没有这个把握他就不是红旗了。红旗深藏幕后，又能掌握全局，这实在是大人物的作为。他究竟是怎么做的，让那些热情奔放、被爱情烧烫了脑袋的小男生们夹起了挺翘的尾巴？我只知道其中一位，在辅导员（他是红旗的同班同学）与他进行了两次谈话之后，便解除武装，缴械投降，从小慧回宿舍的路上销声匿迹了。

近几年，这些陈年旧事成为红旗折磨自己、折磨小慧取之不尽、用之不竭的宝藏。往往是小慧试图劝说他少喝一些时，他就趁机提起。是不是后悔了？红旗一手抱着酒瓶，一手指着小慧的鼻子。后悔了你去找他们呀。我没拦着你。我曾问小慧，你后悔吗？她说我不知道，孩子都那么大了，后悔有什么用？她说倒是真后悔当初把两个男生写给她的信交给了红旗。红旗时常逼着小慧回忆与那些男生交往的细节。我都说过一百遍了。小慧说。就那点儿事，你都知道了。我不信，红旗说，你以为我会信你？那个杂种在路上拦了你几次？六次。不对，你上次说是七次。这有什么区别吗？有，当然有区别了，你心里有鬼，你瞒不了我。这里面问题多了。他为什么不拦别人？拦了你一次你不同意他还会拦你？鬼才相信！你肯定是跟他黏糊了！你抽他几嘴巴，你吐他一脸，他还敢拦你？你到底收到几封信？我说过我记不住了。为什么只交给我两封？我说过，其他的我都烧了。你舍得烧吗？是藏在什么地方吧？我不在家的时候就拿出来看看吧？还哭了吧？就像现在这样，是不是？一边哭一边想，啊啊，亲爱的，你说呀！在小慧的无声的抽泣里，红旗会美美地喝上几大口，然后拿出那两封信大声朗诵。小慧曾独自在家的时候翻箱倒柜地想找出这惹祸的信，可她几乎把小小的两间房子搜遍了，也没能发现信的影子。实际上，即使她找到也已经没有意义了，那两封已经变黄发脆墨迹褪色的信，早已进入了红旗的大脑。他对信中的内容甚至熟悉到了滚瓜烂熟的程度，他会根据情绪的需要，随意地用他认为最具杀伤力的语调背诵其中的一些段落。这种杀伤是对小慧的，也是对他自己的。

8

冬天说来便来了。这天中午，我下班回家，沿着人民路往前骑。天上有薄薄的阳光，小风很尖利，似乎把仅有的一点点阳光的热度也吹没了。我缩着脖子脚下猛蹬。好在我的这一段路并不长，从前面的一条小街拐进去，离我家已经不远了。就在我要拐进那个街口的时候，我走不动了。前面一群人把路堵得死死的。他们围在一起，伸长着脖子，聚精会神地往地上看着。人越来越多，远处还有正往这里奔跑的人。后来者只能踮起脚尖，张开嘴巴了，还有两个聪明人居然站在了自行车的后架上，他们相互搀扶着，对着人们的后脑勺指指点点。不用说那肯定是一个奇异的场景。我不喜欢围观，若在平常我会绕道通过的。这并不是说我的趣味比眼前的人高雅。它只证明我的好奇心日见衰退。多年以前，我曾蹲在一个测字先生面前围观了长达三个小时，我觉得他实在是太神奇了。当我恋恋不舍地站起来要离开时，我居然摔了一跤，我的腿麻得失去了知觉。好奇心的减退只能证明自己的衰老。我走不过去，就只好停下来。如果这个时候我还不抬眼去看一看，那我肯定是一个死人。我的个子不算低，就这样我从人们的脖子间看到了红旗。

红旗斜靠着一棵树，坐在街沿上，他闭着眼睛的样子好像睡着了。他的左边有一只摔碎的酒瓶，酒液洒出来，洇湿了一小块路面，浓烈的酒香飘散在空中。他的右边有一张桌子，桌面上铺着一块洁白的桌布，上面整齐地摆放着八只小酒杯，桌子的后面，站着两位少女，她们穿着一样的黄色羽绒夹克，身上斜披着一条饰以流苏的绿色绶带，绶带上绣着"欢迎品尝"四个字，她们的身后堆放着成箱的酒。这是两位售酒小姐，这是一个卖酒的摊位。可红旗为什么睡在这里呢？我扔掉车子，理直气壮地推开众人，走进去，蹲在了红旗的身旁。我拍了拍他荒草一样的头发，他闭着眼睛打掉了我的手。他没有睡着。我再次拍了拍他的脑袋。他慢慢地睁开了眼睛。我说红旗回去吧，这样会病的。你懂什么？他重新闭上了眼睛，嘟囔说，你以为你是谁？我听到有人发出了刺耳的笑声。红旗醉了。我不知道这究竟是怎么回事。我所不理解的当然不是红旗的醉，近几年，红旗醉着的时间要比他清醒的时间长。我不明白的是红旗怎么会醉在了这里。我相信这两位黄衣小姐应该知道怎么一回事。我看着她们。其中一个说，叔叔，你认识这位大爷？大爷？她显然是指红旗，我低头看了看红旗，他瘦弱的身躯包在一件肥大的黑色鸭绒袄里，头发蓬乱，几根稀疏的分不清颜色的胡须挂在唇边，窄小灰色的前额上布满了皱纹。他确实让人看不出岁数。我对着女孩点了点头。是这样的，叔叔，女孩介绍说，这位大爷他说要品尝一下我们的酒，我们就递给他一杯。他喝下了，又伸出了手，说一杯哪够。我们就又给他一杯。谁知道他喝完还要。就这样，他把桌上的八杯全喝了。女孩说到这里停了下来。我想八杯对红旗来说也不至于成这样呀。还没等我说话，就听到身后有人急切地问，后来呢？这我才记起我的身边还有众多围观的路人。刚才女孩在陈述的时候，他们鸦雀无声，像我一样专注，以至于使我几乎忘了他们的存在。现在女孩不再是对我一个人说了，她显然受到了鼓励，面向众人，说，后来他又喝了八杯。又八杯？有人重复了一遍，后面顿时发出一片啧啧之声。看来女孩对听众的反应感到满意，她的声音陡然增加了几个高度，你们猜后来怎么样了呢？她带着明显的卖弄神情，向她的观众发出了疑问，围观的人群再次陷入了沉寂，还好，女孩并没有过分地折磨他们，很快说出了答案，她清脆地说，他又喝了八杯。有人很快做出了换算，我的天，那人说，看不出他一连能喝二十四杯！女孩接着说，喝了这么多他还不走，我们看他可怜就送给他一瓶，可他刚一转身就摔倒了，瓶子打碎了。我们不能再给他啦，让老板知道了还不炒了我们？他就坐在那里，我们对他说，再坐也不会给他了。他说的话才好玩呢？女孩说到这里咯咯地笑开了，另一位䐐腆的也跟着笑了。前一个边笑边说，他说，他说，他不要了，他坐在那里，是在等地上的酒冻成冰后他好揭起来拿走。观众发出一片欢快的笑声，他们情绪激动地议论纷纷，人群中有人打起了呼哨。

　　整个过程，红旗坐在那里一动不动，他真的睡着了，鼻子里发出均匀的呼吸。我晃了晃他的肩膀，他嘴里发出含混不清的声音。看来我一时无法把他弄醒。我把两只手从他的胳肢窝下插过去，我想把他抱起来，但没有成功。我没有想到红旗睡着了竟有那么重，看起来他不足一百斤，我只是把他尖尖的臀部刚刚抱离了地面。他的棉袄在我的用力下拥了上去，露出了他黄色的鼓鼓的肚皮。他的皮肤毫无光泽，上面白苍苍的一层，那是死皮和灰垢的堆积，我猜不出他有多长时间没洗澡了。我不得不把他重新放下。我只有把他放在我的背上，才能把他送回去。这里离他的家很近。没有人帮我。我对身边的一个胖子说，请帮忙把他放在我的背上。胖子听到我的请求，不是往前，而是往后退了一小步，他粗壮的手臂本来插在口袋里，现在他把它们抽了出来，舒适地抱住了自己的膀子。终于有人帮我了，是两名提着警棍的警察，他们刚刚拨开人群走进来。他们很轻松地一人架一只膀子，把红旗放在了我倾斜的脊背上。

我背着红旗往前走。他的两只脚在我的两侧无力地晃动着，他的脑袋在我肩上无力地晃动着，他的嘴里发出热乎乎的酒臭味。他的身体不断地往下滑，我每走上几步就要停下来，更深地弯下腰，把他的身子往上颠一颠。没走多远，我就有点气喘吁吁了。我自言自语说，红旗呀红旗，你小子可真沉呀。我还说，红旗呀，算我倒霉，让我碰见了你。没想到红旗在我背上居然说话了。他细声细气地说，你，你背我去哪？我说我送你回家。他说我没、没有家了，你放我下来。我说你小子别动，你什么也没有的时候，记住，你还有个家。红旗说骗子呀骗子，你们都是骗子。我说我以前说过你，你不贪图什么的时候，别人永远骗不了你。红旗不再言语，均匀的呼吸又在我的背后响起，他似乎又睡着了。我说不清红旗是怎样走到今天的。这些年来，他似乎恰恰走到了自己的反面，往日曾有的理性与从容消失殆尽，被他稳稳握在手中的人生方向盘似乎在一刹那失灵了。先是一喝酒就怒气冲冲，破口大骂，似乎全世界的人都骗了他。随着时间的流逝，他的骂声越来越少了，但酒量却越来越大。他默默无声地喝。酒曾是他建立人际关系的润滑剂，酒桌是他表演自信的舞台。那时，他是酒的主人，酒在他有如高超匠人手中的工具，能玩出令人眼花缭乱的花活；现在，酒直接成了他的目的，酒是他的主人，酒能把他玩出各种花活。他每天喝，每顿喝，早晨起来要喝，晚上睡觉前更要喝。如果从早晨一直喝到晚上，那必定是他幸福的一天。这一切都与他的处长出事有关。几年前，处长出了经济问题。新任领导要求红旗要认清形势，要敢于站出来，敢于反戈一击。这样，他仍会得到重用。红旗认清形势了。红旗站出来了。红旗反戈一击了。但没有人再理睬红旗，他被彻底晾在了一边，可以想象红旗在机关里的处境。这个中午，我在寒风中背着红旗慢慢向前走，我浑身是汗，两腿越来越软。走过我们身旁的行人，一边小心避让着，一边狐疑地打量着我们。我感到我的脸上冰凉一片，我腾出一只手快速地抹了一把，手上沾满了水痕。我抬起眼睛，稀薄的阳光从干枯的树枝间落下。我想看到什么？雨滴吗？我不想承认我哭了，但那只能是我的泪水。是的，它们仍在不听话地往下流。我的眼眶发热，鼻子发酸，面前的路面一阵阵模糊。为什么我要这样呢？为什么我止不住滚滚涌出的泪水呢？

为我们开门的是一个白发老人，她是红旗的母亲。见到我背着她的儿子，她显得惊慌失措。咋的了咋的了？她声音颤抖着连声问。我喘着气安慰她说，不要紧，他喝醉了。老天爷呀！咋又喝了？她拍着腿喊，在哪里喝的？我把他的酒都锁起来了呀。上午他出去说是去修音响，我亲眼看着他抱着那个东西出去，我也没在意，这一去就没了人影，你说急人不急人？饭早就凉了。我一边听她的唠叨，一边把红旗放在他凌乱的散发着难闻气味的床铺上，拉拉被子盖在他身上。我和他的母亲来到了另一个房间。没有见到小慧。我问她小慧去哪里了。你不知道？他母亲说，去南方了，走了快一个月了。是去珠海吗？我问。对，就是那里。老人说。

这么说她真的去了。就是在大约一个月前她在我家说她要走时，我还认为那只是她的气话而已。她说她的那位最要好的朋友离婚去了珠海（在这天我才知道她秋天的那个晚上住在东里旅社里），她在一家星级酒店的后勤部做部长，她想去她那里找份工作。那天他们争吵的起因并不完全是酒。红旗的表兄在他们家小住了两天，他是一个不成功的推销商，如果他口袋里稍稍多一些钱，他就会去住旅馆，而不会蜷缩在红旗的三人沙发上。这天下午，倒霉的推销商要走了，她希望在午饭后，由他的嫂子陪他去商场给妻子买一点儿礼物。这是一个星期天，姗姗没去幼儿园，他们也带上了她。可是当三点钟小慧和姗姗回来时，红旗像一桶炸药被点燃了。你们去哪里了？红旗穿着松松垮垮的秋裤从床上跳起来喊。商场啊。小慧有点莫名其妙。不对吧？红旗阴毒地说。那你说我们去哪里了？我不说！你们去了哪里还用我说？别以为我看不出你们那点猫腻。王红旗，你把话说清楚，我有什么猫腻？没有猫腻你急什么？狐狸再狡猾也逃不过猎人的眼睛！你看你吃饭时对他多殷勤，吃菜呀，吃菜呀，红旗夸张地模仿女人的腔调。说，你嘴上说不让我多喝，心里巴不得我多喝，我喝醉了，喝得人事不省你才高兴呢！在我面前你们都这样，背着我你们会干什么好事？小慧哭了。她说你问姗姗，我们就去百货楼转了一圈，还是给你表妹买东西。红旗挥舞着他干枯的手指说，你们带着孩子，这正是你们的狡猾之处。那天，小慧对我和妻子说，她一定要离开这个家，如果她再不走，她不疯也会自杀。

　　我不认为问题已到了如此严重的地步。这只不过是女人生气时的夸大其词。消消气就会重新投入她的日常生活。既然忍受了这么多年，难道她突然就忍受不下去了吗？况且类似的话她以前也不是没有说过。

　　我和老人坐在另一个房间里，她布满皱纹的脸上堆积着浓重的忧虑。我问她什么时候来的。她说小慧走后她就过来做饭，接送姗姗。老人深深地叹了口气，说，红旗的身体垮了，你们老同学要劝劝他别让他再喝了，你没看到，他的身上都肿了，脚也肿了。我想起刚才抱他时看到他鼓鼓的肚皮，我还没想到那是病态所致。老人的眼睛慢慢涌出了浑浊的泪水。我让他用茵陈煮水泡泡脚，茵陈我都买来了，他把它扔了；我管不住他喝，我把他屋里的酒锁住，他拿钱出去买。买了酒他不往家拿，放在外面的草丛里，墙洞里。前些日子，他出门我就跟着他，他烦，他撵我走。老人深深地叹了口气，掏出一块已看不清颜色的手绢擦了擦眼睛。那一刻，我仿佛看到在晦暗的光线里，一个老人蹑手蹑脚地跟在一个细小的人影背后，她的白发在寒风中凌乱着，她以与她的年龄不相适的动作，时而藏在一根电线杆后，时而躲在一个墙角，前面那小人儿虽走路摇晃却十分警觉，不时地四下张望，然后，从口袋中拿出酒瓶，快速地喝上一口。两个奇怪的人就这样在家属院的房屋树丛间兜着圈子。老人已经气喘吁吁了，天也更暗了，路灯虽亮了起来，可她的视线还是越来越弱了。小人儿的背影渐渐模糊了，终于消失了，像一滴墨水滴在脏水中。现在只剩下老人自己了。她不再躲藏，她开始大胆地寻找，越是黑暗的地方她越要靠近，她找呀找，天完全暗下来的时候，她终于看到一小团黑影堆在小花园的一条长凳上。她上前轻轻摇晃他，她叫他的名字让他回家，可她说出的话却含混不清，因为她的嘴唇已经冻麻了。

9

这天早晨，一阵电话铃声把我惊醒。我继续躺着，一动不动，等着别人去接。可它坚定地响着，看来屋里是没有人了。我睁开眼睛，看了眼床头柜上的小闹钟，已经八点半了。妻子和孩子最少已经走了一个小时了。是小慧，她喂了一声，我便听出是她。我的耳朵有特别强的辨音能力，我曾以此自豪，并后悔没能成为一个音乐家，后来，当所有听过我唱歌的人众口一词地认为我五音不全时，我才不再后悔。电话是珠海打来的。我说你在那里怎么样？她说我很好。真的很好，从来没有过的好。你怎么无精打采的？她的声音少有的明亮，看来她说的是真话。我说我在睡觉。她做出好心情的人才有的那种夸张的惊讶。我说你找我吗？有什么事吗？她说没事我就不能找你聊聊吗？我说我真嫉妒你有那么好。是呀，她没有听出我的意思，说，我真的很好，这些年我从来没有体会过这种心情。记得你曾问我后悔不后悔，当时我说不知道。那时，我是真的不知道，现在我知道了，我这样说，即使我不告诉你你也知道。我承认我明白她的意思。那个时候如果有人问我到底爱没爱过，我也会说不知道。没有体会过的事情你永远不会明白。嗯，至理名言。我懒散地说。但我突然意识到什么。那么现在呢？我感到心跳有点加快，忽地坐了起来，说，现在你知道了吗？现在你体会到了你没有体会到的东西了吗？她沉吟了一下，说，我不知道该怎么说，也许我不该给你说这些。那么你打电话就是为了说这些？我有点不快。当然不是，她说，我往家里打电话总是没人接，已经好多天了。我不知道他们去哪里了，我只是想和姗姗说说话。我说他奶奶不是在吗？她说可能是走了。上次我打电话时，她说她住不下去了。我想起上次我送红旗回去时，她也这么说过。老人流着眼泪说，红旗不让她带孩子。他埋怨姗姗的土话都是跟她学的。她对我说，你说说，我都七十多岁的人了，哪能学会那普通话？我管不了他喝酒，又不让我接送孩子，我在这里干啥子？还是回去的好。小慧在电话中问我知道不知道情况。我说不知道。不过我可以去看一看。我让她晚上再来一个电话。

　　整整一天我没有找到红旗。我去擂他的门，毫无动静。对门说好长时间没见过他了。我往他们单位打电话。一个男人接的电话。声音怪怪的，说，他呀，半月没见了。进而又说，他这人呐，整天醉醺醺的，上班三天打鱼，两天晒网，没个准。我说你这样评价同志可不好。他说谁是他的同志。我说你他×的真不是东西！他说你这人怎么骂人。我撂下了电话。我几乎给想得起来的所有本市的同学打电话。没有一个人知道。整整一天我都像一个生意人那样抱着电话。我感觉它比我平时一年打得还要多。我想他是不是带着孩子也回老家了。想想又不会，他既然那么在乎他孩子的口音，他定然不会把她带回那个遥远的村庄。眼看天都快黑了。我急得团团转。这小子究竟他妈的跑哪里去了！我骑上车子再次来到了他的院子。我没有上楼，而是敲响了他楼下的门。他的楼下住着一对中年人。我问他们是否听到楼上有人。男人说他俩一般都是早晨出门，晚上回来。不太注意。女人想了想，说她前两天好像晚上听到楼上有孩子的哭声。这两天没什么动静。一股凉气从我的脚跟直窜脊背。我感到汗毛都竖了起来。我撒腿就往楼上奔。拼命地敲打着红旗的铁门。我感到整个楼房都在我的拍打下颤动。我想破门而入，但缺少力量和技巧。情急中我拨打了110。几分钟后，两名警察赶到了。他们没费多少工夫就打开了红旗的两道门。

　　我看到了红旗。他躺在床上。我的天，他怎么变成了这样，本来窄瘦的面孔，此时显示出头骨的正面轮廓，两只眼窝深深地陷了下去，眼睛不可思议地变大了。他凸出的嘴巴四周长满了水疱，有一些已经结痂了，它们连在一起，厚厚的，呈现一种黑紫粗粝的状态，另一些仍闪着明亮的水色。薄薄肩膀即使在秋衣下也凸现出尖利的骨骼，可是他的肚子却出奇的大，像一个怀孕五个月的孕妇，露在裤腿下的两只脚也同样令人心惊，它们已失去了脚的形状，若不是岔开着的脚趾，它们就是两只刚出炉的面包，皮肤被绷得光滑白净，在灯光的照射下显得油光发亮。我伸手按了按他的肚子，又惊恐地缩了回来，那硬硬的感觉就像一面绷紧的鼓。你以为我死了？红旗耳语般地说。他嘴上的硬痂使他无法张嘴。我才不死呢。他甚至笑了一下，我死了谁给姗姗做饭？这时我才注意到姗姗，她安静地坐在一个墙角，玩着几个肮脏的积木，看起来还算正常。只是对我们的到来，显得无动于衷。我还注意到她旁边的桌子上放着一小碗米粥和一盘素炒萝卜丝。

　　我回到家时已近子夜。脱掉外衣后，我径直走进卫生间。我把贴身的内衣脱下来，扔进了洗衣机。我说过，这个时候我得洗一个澡。我摸黑走进了卧室，躺在属于自己的一边。妻子轻轻动了一下。我把一只手放在她的臀部。她翻过身来，把一只腿搭在了我的身上。我们贴在了一起。但没有成功。我不行。这是一个小时内，我的第二次失败。它成为我永远的秘密和耻辱。我不知道我是不是就此成了一个废人。我趴着不知道该如何是好。继续行动显然是徒劳的，下去吗？好像身边就是悬崖峭壁，我们就那样一动不动，只是我们的脸扭向不同的方向。这时，电话铃骤然响了起来。像一把梯子搭在了峭壁之上，我顺着它走了下来。妻子冷笑一声，说，既然没有兴趣，何必要自欺欺人！与此同时，她伸手抓过了听筒。是小慧，妻子听了一下，把听筒递给我说，她刚才打过一次了。找你。小慧在珠海说，这么早就睡了？找到他们了吗？我说找到了。她问姗姗好吗？我说她没什么问题。我没有告诉她姗姗此时正和我的孩子一起睡在另一个房间里。她欢快地说，这我就放心了。早晨你问我，现在是不是体会到了以前没有体会到的，我想，我应该给你说实话。你猜对了。我遇到了大学时的一个同学，他在我们酒店吃饭时，我们几乎同时认出了对方。你记得吗？就是当年老是在路上堵我的那个。他肯定一直在等着你吧。我冷冷地说。哪呀，小慧并不理会我的语气，说，他离婚了，来珠海已经两年了。我不喜欢她的语调，我也不喜欢她谈论的内容，她为什么要给我说这些？我突然对她起了一层反感。我不知道这样对她是否公平。小慧像一只鸟被红旗囚了这么多年，她曾在一家公司工作，干了不到一年，红旗就以公司效益不好，家里不需要她挣钱为由，让她回到了家里。现在她初尝自由的美好，而且毫不避讳她沐浴着爱的芬芳。我希望她回到红旗的身边吗？我说不清楚。我告诉她红旗很不好，他住院了。她突然沉默了。我说他其实是很在乎你的，他告诉我你已经走了五十七天。她继续沉默。我说你能回来一下吗？她低声说，让我想一想。

第二天早晨，将近九点钟的时候，我走出家门，骑车上班。在宽敞的人民路上，我慢悠悠地骑着，一边思考着我的现状，一边将目光散淡地洒向前方。我看到前面的桥上聚集着黑压压的一群人，他们专注地注视着水面。我骑近了他们，然后，从他们的身后经过。眼看我就要骑过桥面了。我突然决定停下来看一看。我要与我的厌倦做斗争，我要培养我丧失殆尽的好奇心，我要唤起我对生活的热情。那么多围观的人让我觉得生活还是美好的。我推着车子走过去。我看到几名警察站在河岸边，其中一个的手中拿着一个长长的笊篱（人们在水中捞鱼虫用的），他倾斜着身体在用心打捞着水中的一个东西。再往前挤一挤，我终于看到了。是一个人。是一具尸体。如果不是他漂浮在水面上的头发，他很像是一个服装店的模特。他只有头顶露在水面，身子倾斜地沉在水中，四肢僵硬，由于水的折射作用，它的个头显得很低。那个警察终于把笊篱扣在了它的头上，两只手握紧木柄开始往水边拉，那颗头沉了一下，滑开了。警察继续努力。终于到了岸边。它的脑袋哪的一声撞在水泥岸上。警察似乎怕它再次漂走，把笊篱扣在了它的后脑勺上。现在可以看得更清楚一些了，它的脑袋很小，也的确是一个矮个的男人。是他杀？自杀？或是仅仅是一个事故，比方说喝醉了，在河边走时失足滑了下去？我的脑袋突然嗡的一声变大了。我怎么觉得那个漂浮着的背影有点熟悉？他是不是也有这样一件灰色的上衣？我的身上开始发冷，很快我哆嗦起来。我得出去。让我出去。身后没有一个人动一下。我的车子是无法推出来了，我松开它，自己挤了出来。一挤出人群，我就奔跑起来。实际上从这里已经能看到那座楼房。但刚刚跑过马路，我就停了下来。他妈的，我这是怎么了？他此时正躺在医院洁白的床单上呢！

惊 蛰

今天是2000年3月5日,惊蛰。……惊蛰是一年二十四节气中的第三个,一般在3月的5号、6号或7号。惊蛰到来,地温迅速升高。冬眠的动物如蛇、蜥蜴等开始苏醒。……下边是城市天气预报……

1

天气预报已经结束了,妻子还没有回来。刘东的心里开始不安。

若是在以前,刘东会觉得这并没有什么特别的,妻子经营一家广告公司,公司里总有忙不完的事。她总是早出晚归,很少有准时回家的时候,有时候甚至彻夜不归。那时,刘东并没有觉得有什么特别的。

今天是刘东和妻子结婚十周年纪念日。对刘东来说,它是非常重要的。但刘东的不安甚至不是因为这个纪念日,或者说不主要是因为这个日子的妻子迟迟不归。

早晨,妻子去公司前,刘东本想提醒她,可他试了试没有说出来。他想让她吃一惊,甚至想让她感动一下。他想借这样一个日子,使两人真正地和好如初。他想象当妻子感动的时候,他就把她紧紧地搂在怀里。

自从那个事件以后,他们已经好久没有亲近了。妻子曾柔情地主动迎合他,纵然他以为在心中早已原谅了妻子,但他还是失败了。他无法做成。

他以为他真的不行了。作为男人的最后一点尊严也被击垮了。他成了一个彻底的废人。

但今天一早,他觉得自己可以了。

当妻子穿着粉红色的睡衣去卫生间时,他觉得他可以了。

他一动不动地躺在床上,听到了莲蓬头喷水的滋滋声,听到热水淋在皮肤上的温柔细响。他想象着妻子的身体被轻柔的水雾拥抱着,无数细小的水柱在她的胸背轻轻飞溅,然后,沿着身体曲线潺潺流下,最后,顺着圆润的小腿肚、秀气的脚脖和粉色的脚后跟缓缓地从洁白的浴缸流走。

水声小了。他听到妻子跨出浴缸。接着,门开了,水雾涌了出来。妻子没有再穿睡衣,她用浴巾边擦身上的水珠儿,边走进卧室。在卧室门口,她一只脚向后甩着水,另一只脚已踩在卧室的地毯上。两只塑料拖鞋放在门口。

刘东感到了自己强烈的需要。他的身体在微微悸动。但他仍然躺着,一动不动。妻子并没有看他一眼。他缺乏自信,也有点难为情。他想装睡,但他无法把眼睛完全闭起来。他只是眯着眼睛偷窥着。

欲望像无声的海潮,一浪浪在他体内滚涌。巨大的诱惑折磨着他。

他没有动,并且拉紧了被子。

她从容地擦干了身子和脚趾,轻巧地套上了精致的镂花红裤头，然后是同样颜色的胸罩。

谁会相信这个小巧白净的女人是一个结婚已经十年、有着一个六岁孩子的母亲？小腹那么平坦，腰肢那么柔软。她和十年前的唯一区别是略显丰满了，均匀的皮下脂肪，使她的乳房和臀部更加圆润，丰盈如水。

十年前，当妻子的肉体第一次袒露在他面前时，惊悸和眩晕使他难以自持。他不知道女性的身体会这样的白净细腻、通体无瑕，并会闪现出太阳一样的光芒，这光芒刺伤了他的眼睛，并使他溢出泪水。

事后，他告诉了她。她幸福地蜷缩在他的怀里，让他猜她小时候叫什么名字。她告诉他，因为长得白净、个小，别人都叫她大白花生米。啊，大白花生米，他一下子搂紧了她，我想吃你这颗大白花生米。他在她耳边说。

从那之后，他要她的时候，他就温情地耳语一句：我想吃大白花生米。

现在，他真的想在她的耳边再说一句。但他没有说。他缺乏勇气。他痛恨自己软弱。

妻子已经穿上了她白色的圆领紧身内衣，匀称的两腿光裸着。她弯腰从地毯上拾起驼色的薄呢长裙。

她没有看他。他把自己的不满转向了她。若是在以前，他们只需相互看一眼，就会知道对方需要。现在不行了。是从什么时候起，他们不再心有灵犀？不，不是从那个事件开始，要比它更早。她有意无意地忽略了他。

他痛苦地闭上了眼睛，也许过去的一切再也不会重现了。他悲哀地想。

妻子走到他的身边，弯腰轻轻地叫他。他睁开眼睛，伸了个懒腰，莫名其妙地做出刚刚睡醒的样子。

妻子在对他微笑，提醒他不要误了把孩子送幼儿园。

窗帘拉开了，卧室里异常明亮，妻子已经收拾停当，清爽利落地站在他面前。他闻到了熟悉的化妆品的香味。

妻子的微笑像水一样溶化了他心中的怨恨。她的确漂亮，一种稳重、成熟的美含蓄却又无处不在地洋溢在她身上。他不自觉地又以一种客观的眼光去审视她，她不会不引起男人的心动，但这不是她的错。

在这个世界上，女人做一点事情太难了，也许女人每一次成功的背后都有着自己难以言说的代价？他不知道。他愿意把妻子的代价看作自己的代价，看作自己家庭的代价。他应与她站在一起。

她仍是自己的妻子。一起生活十年，他仍这样迷恋她。他不知道没有她，他会怎样生活。他相信，她也爱他。即使她有过什么过失，她也重新回到了自己的身边。

妻子对他笑了笑，说我走了。她转身走出卧室，向客厅走去。刘东注意到她的臀部在长裙下轻轻蠕动，异样的感觉再次升起。

就在这时，他想提醒她今天这个特殊的日子，但没有说出口。这段时间，妻子每晚都按时回来。如果有事需要耽搁，她会事先交代的。

今天，她没有交代。

八点半了，妻子还没有回来。

刘东的不安在加重。他从沙发上站起来，走到窗口，拉开铝合金窗扇，倾身向楼下张望，他什么也没有看到。他无法从亮处看清黑暗的地面。

是不是有事拖住了？那她应该打个电话呀。刘东看了看矮柜子上的电话。它沉默着。

或者正在回家的路上？

女儿纯纯伏在沙发前的茶几上用蜡笔画画,几分钟前,她嚷着饿了。现在她又说我饿了,一边看着餐桌上的菜。刘东耐心说等妈妈回来吧。纯纯不高兴地噘起了小嘴儿。

女儿长得也像妈妈,那眉眼、鼻子、脸蛋儿,简直就像复印机缩小的。自从妻子下海开了公司,纯纯的一切都是刘东照顾的。他是个称职的父亲,甚至比母亲还要耐心。

桌上的热菜早已凉了。刘东今天特意做了六个菜,其中,有妻子爱吃的青豆沙拉和清蒸鲩鱼。为此,他整整忙乎了一个下午。

下午,刘东到单位转了一圈就回来了。他在文化馆工作,原是不需要每天都去上班的。平时,单位里除了办公室几个中年妇女和几位领导,你找不到其他的人。刘东则是个例外。

馆里只发百分之七十的工资,领导当然不指望同志们都老老实实去上班。再说了,上班干什么呢? 没有什么可干的。

只有到发工资的日子,冷冷清清的后院才显出点生气。大概因了这点人气,领导始终不同意把工资打卡上。纵然只有百分之七十,但人们还是愿意抽暇跑一趟的。

刘东知道,那些不上班的人是真正的能人和忙人。每月 8 号只有领工资才在单位露一下面的人,除了离退休的,没有一个是靠可怜的百分之七十工资维持生计的。他们有的有着自己的公司,没有公司的也大都兼着一份或两份的工作。有一技之长的还个人办起了班,什么舞蹈、音乐、美术、书法、形体等。家境如何,赚钱多少,你只要看看他们所开的车就大致知道了。

在单位里,刘东是少数几个既不会开车也没有汽车的男人中的一个。

刘东的对门、楼下原都是一个单位的同事,后来都发了。前者经营一家电脑公司,整日忙于招标;后者则在一家房地产公司做企划部部长,不断策划开盘庆典。两家像是较上了劲,最早是一块装修房子,后来又一起买了复式。据说,他们已经在谈论别墅的位置和风格了。孩子也都在学钢琴,并进了同一家收费很高的学校。

这天夜里,两人睡不着,妻子在床上叹息一声,对刘东说:

"咱这样不行啊。"

刘东当然知道妻子指什么。他说:

"那么多工人、农民不是还不如咱?"

妻子说:"只是咱俩当然好说,你不为孩子想想?不能因为咱们无能,影响了孩子的成长,从小不如别人,养成自卑感。"

一提孩子,刘东气短了,他爱孩子,而孩子也确实可爱,大大的眼睛,粉团一样。他嘟囔说:"孩子不是还小着呢……"

妻子说:"照眼前的样子,你认为孩子再大一点就能给她买钢琴、住大房子?"

刘东不吱声了。他知道这很难。妻子在一家事业单位工作。两人的工资、奖金加起来每月也就四千块钱左右。为了孩子,他们每月坚持存上五百。家里除了结婚时买的几件电器,几年来,居然没有添置一件像样的东西。妻子甚至没有一套上得了场面的衣服。这和对门、楼下形成了多大的反差啊!

刘东不是个没有责任感的人,他很想为妻子、孩子,为这个家多做点什么,但除了家务,他实在不知道从何做起。他好像一下子同这个社会隔膜起来了。他也曾想过出去兼职。妻子很鼓励他。在报纸上看到一个报社的招聘启事后,他去报了名。先笔试。一走进考场,刘东的脸一下子就涨红了。他看到监考的竟是他们单位分去不到两年的一个大学生。刘东差一点扭头就走。最后还是强忍着,硬着头皮写完了模拟报道。

后来他听说那个大学生兼职兼到了那家报社的总编室主任。刘东侥幸地想,也许总编室主任会看在同事和老大哥的分儿上,替他说说好话。但自从走出考场，刘东再也没接到报社的任何消息。对此，妻子也没再问他一句。

那天晚上，妻子似乎打定主意要与刘东探讨出结果。见刘东不吱声，妻子说：

"孩子那么漂亮、机灵，咱要让她受最好的教育。将来送她出国去留学，你说对吗？"妻子声音很低，充满了温柔和憧憬。

"要不让我出去试试……怎么样？"

刘东说："你能做什么？"

妻子说："找找看呗，总会有适合我干的。树挪死，人挪活，不缺胳膊不缺腿，又不比别人笨，为什么人家富咱就偏受穷？"

刘东没吱声，算是默许了她。

后来，他想，那天夜里，妻子跟他谈话是蓄谋已久的。说不定在她征求他意见时，她已经找好了去处。因为几天之后，她就到那家广告公司上班了。

妻子就是这样一个持重、含蓄、要强的女人。对丈夫又温柔、体贴。她不愁他不答应，她有的是办法。他爱她，在日常生活中，她提出的建议和要求，比方说为了产生一种新鲜感，把有限的几件家具怎么重新搬动一下，家里添置一个什么小商品，让他陪她逛商场，他没有过异议；有时，为了用最少的钱买一件相对称心的衣服，他会陪着她在廉价的服装批发市场，转上整整一天。

那天晚上，两人都特别地冲动和投入。做妻子的似乎在感谢丈夫的理解和支持，似乎已经看到所憧憬的美好未来，一个崭新的世界正向她走来；刘东似乎是在赎罪。从内心深处，他确实不想让心爱的妻子抛头露脸，东奔西走，可又不能阻拦她。他无力改变眼前的现实，无法为妻子买高级时装，无法让女儿住大房子、受最好的教育。他用他的狂热来掩盖心中的无奈和悲哀。

妻子先是应聘到宏基房地产公司下属的广告公司，而且一去就任了经理。对于后一点,刘东最初并不清楚,他只知道妻子每月交给他的钱,从五千开始不断递增。

这家房地产公司用两亿元买断了新竣工的五座立交桥及其周围地区十年的广告代理权。

妻子飞深圳、下广州,像一个真正的女强人那样飞来飞去,早出晚归。

一年半之后,妻子就辞掉了这份工作,成立了自己的广告公司,拥有了自己的第一辆汽车桑塔纳2000。刘东真的对妻子刮目相看了。

从妻子到公司上班的第一天,刘东就担当了模范丈夫的角色,洗衣,做饭,打扫房间,接送孩子去幼儿园。作为男人,刘东没有什么不良嗜好,不抽烟,不喝酒,不打麻将,没有乱七八糟的朋友,甚至连门都不随便出。

生活总需要一些内容来充实。对于三十五岁的刘东来说,生活内容似乎过于简单了些。

有时候,刘东觉得自己每天喝喝茶,看看报,和单位的老弱病残聊聊天,真像一个退了休、安度晚年的人。

单位的年轻人遇到他,有的羡慕他找了个好老婆,有的笑他的阴盛阳衰。起初,刘东觉得不自在,逐渐地也觉得没什么,老婆确实是好老婆;一个家庭也总得有个守家的人,再说了,是不是真的阴盛阳衰,也只有刘东和妻子知道。

不管怎么说,富裕起来的刘东感到挺自在,挺幸福,自在幸福不只是来自物质的丰富,更来自温馨、美满的家庭。若不是那个匿名电话,刘东真愿意永远地这样生活下去。

刘东的不安变成了焦躁。

已经九点二十五分了,妻子仍然没有回来。

他站起来，往公司拨了个电话。没人接。

刘东重新坐下，胡乱地换着电视频道。墙壁一样的大型彩色屏幕，不断跳动着画面。

"爸爸，我要看《机器猫》。"

女儿自然看不出爸爸心乱如麻，还一个劲儿地吵嚷着。"看什么《机器猫》，看多少遍了！"

刘东逐渐失去了耐心，赌气地又按下一个键。

"我就看嘛……"

刘东不理她。

"我饿了……"

刘东完全失去了耐心，他对女儿吼道：

"饿什么饿，在幼儿园刚刚吃过就饿了？"

纯纯的眼圈红了。她委屈地扔下手中的蜡笔，向卧室走去。

刘东决定打妻子的手机。没人接。

他很少给妻子打电话或手机。妻子刚到公司时，若晚上有应酬，她会事先交代或偷偷打电话给刘东，让他九点半之后，每隔十分钟给她打一次电话。她实在反感那种没完没了的酒宴，受刑一样的卡拉OK。逐渐妻子不再交代他打电话了。有时，他自作主张地打出一个，妻子会一本正经地问他有什么事，倒把刘东问得无言以对。

电话响了。刘东跳起来，抓住听筒。

"喂——"

他听出是妻子的声音，尽量平静地问：

"你在哪儿？"

"我在做脸。"

刘东犹豫了一下，说："我等你。"

刘东放下电话，重新坐到沙发里，但他很快又站了起来，仿佛宽大柔软的真皮沙发布满了针刺。他在客厅里来回走动。

妻子在骗他。那不是美容院。美容院不会是那种声音。他分明听到了嘈杂、一个女人尖利的浪笑和卡拉OK的点歌声。她是在夜总会给他回的电话。

他知道,他那隐秘的疤痕又流出了血。

元旦前夕,也就是去年的十二月二十八日。刘东永远不会忘记这个日子。一阵电话铃声把刘东从午睡中惊醒。

"刘先生吗?"

是一个女人的声音,音质很好,却无表情。

"是呀……"

"蓝天假日酒店1108房间有人等你,记住1108房间。"

对方挂断了电话。

刘东穿衣起床,边想是谁找他。他没有什么朋友,住酒店说明不是本市人,那么说是一个外地人了?而且是一个有钱的外地人。蓝天假日是一家四星级酒店。是不是大学的一个同学?刘东是个疏于交往的人,这些年,跟大学的同学几乎没有任何联系。为什么不亲自打电话,而让一个……是他的女秘书吗?刘东的思绪像一只无头苍蝇一般,瞎飞乱撞起来。

走出家门时,刘东想这或许是个恶作剧,一个玩笑?想想周围也没有这样一个人,还是去看看吧,反正也没事。

刘东打的赶到酒店,直奔十一楼。

楼道里很安静。土黄色地毯配以咖啡色的墙裙和门扇,看起来和谐又庄重。厚厚的地毯走上去悄无声息。

刘东伸着脖子看门上制作精致的铜号码。一个穿绿制服的女服务员从一个角落走了出来,问他找谁。刘东有点猝不及防,他不知道他要找谁。支吾了一会儿,他说要找1108房间。服务员狐疑地看他一眼把他领到了8号房的门口。门把手上却挂着"请勿打扰"的牌子。

这下刘东不知该怎么办了，踌躇起来，不知该不该按下门铃。服务员一直站在他的身边，看着他。这回又问他到底找谁，刘东笑笑说，他也说不清。

刘东本想一走了之，但穿过大堂时，他改变了主意。他走上前台，这回他变聪明了，礼貌地问：

"小姐，我的一位从北京来的朋友，姓王，说是住在1108房间，麻烦你查一下，可以吗？"

小姐按了几下电脑的键盘，微笑着告诉他：

"1108房间的客人不姓王，姓李。"

"李什么？他从哪儿来？"

"花洲酒业集团的……"

他注意到小姐职业性的微笑上慢慢罩上了疑问。

"啊，谢谢，我弄错了房间号，我在这里等他。"

他迅速走过去，坐在了大堂深处酒吧的座位上。

刘东是个不会说谎的人，他坐到酒吧的沙发上，只是为了掩盖他的慌乱而已。他想，坐上几分钟就可以从容走掉了。

就在这时，他看到了一个熟悉的身影从电梯里走了出来，那是他的妻子。

电梯里同时走出的还有其他几个人。刘东想原来是妻子找自己，他站起来准备走过去叫她一声，但他一瞬间改变了想法。他看到一个男人走到了她的身边。如果仅仅是与一个男人同行，刘东决不会有什么吃惊，关键是那男人用他的右臂轻轻挽起了妻子的左臂，然后，俯身在妻子的耳边窃窃私语。

刘东一下子跌坐在沙发上，他注视着他们穿过大堂，走向外面的停车场，隔着锃亮、宽大的自动玻璃门，他看到他们钻入一辆黑色的凌志轿车。一辆黑色的凌志。没错。

刘东是个缺乏想象的人，这件事却像一把钥匙，突然打开了他想象的宝库，如果说现实已经伤害了他，使他嫉妒、愤怒，那么，他虽发育迟缓却突然勃发的想象，加深了这种伤害，并使自己已变得仇恨和绝望。

后来，当刘东假装随意问起蓝天假日，妻子却表现得相当平静。她问："你跟踪我了？"

"没有，是一个电话……"

妻子笑了起来，说："匿名电话你也相信？"

"我相信我看到的。"

"这么说，你还是跟踪了我。"

"我已告诉你了，是一个匿名电话招我去的。"

"我总算明白了，那么说，你看到了什么？"

"我看到了'请勿打扰'的牌子，看到一对情侣从电梯走出，他们……"

"他们怎么了？刘东你说呀！"

"他们勾肩搭背，令人肉麻……"

妻子苦笑着，摇了摇头，说：

"刘东，我累了……"

"你累了，他可是个大块头……"

"刘东！"

刘东胆怯地看了一眼瞪圆眼睛、厉声而吼的妻子，然后垂下了脑袋，十根手指插进头发，暗暗撕扯着发根。他一直在颤抖。

妻子无奈地看着他，缓和了一下语气，说："刘东，你一头就钻进别人设置的圈套。你不知道，我的对手有好几家，他们都想争夺代理人，那可是一个大客户……"

"我知道，花洲酒业集团的李董事长。我没说错吧？"

"没错，你可以做侦探了。"

"为了争夺客户，就什么都可以……"

"刘东……我怎么说你呢……"

"说我？说我什么？"

"……不说了，我不想伤害你。"

"你已经伤害了……"

"好，那我告诉你，刘东，你是一个极端无聊的人，知道吧？"

刘东怔住了，他木然地看看黑暗的窗外。

"你说得对，我是一个无聊的人，不但无聊而且无能，我是一个靠老婆养活的窝囊废……"

妻子叹了口气，说："刘东，事实并不是你想象的那样，真的。"

过了一会，她又说：

"……如果，如果我真做了什么事情，我不求你的原谅，只希望你能够理解……"

这几句简单的总结，让刘东如堕雾里。

他哭了，无声地。

他把脸埋在手掌里，肩膀一阵阵地颤动。

刘东不明白怎么会是这样。他没有等来他希望的眼泪和辩白、解释和忏悔。他不明白妻子何以能这样的坦然、冷静、不屑地对待如此肮脏的事实。他不明白到头来反倒像自己做了对不起妻子的事情，为什么流泪的竟是自己？

在这之前，刘东已经在心中无数次地预演了这一场面，但现实却完全超乎他的想象。他打定主意不相信妻子的任何狡辩，甚至准备好了自认为犀利、准确的回击语言。但妻子没有狡辩，甚至没有解释，更没有忏悔，仅仅一句话就把他打垮了。

他不知道妻子是不是已打算背离他、背离这个家，如果是这样，她究竟已走出多远？

他真的想知道，可他什么也不知道。如同从山涧跌入云海，他不断下沉，不知道最终会落到什么地方。只有妻子能救他，可她却一动不动。

此时此刻，刘东悲怜地想，妻子说出什么他都会相信，哪怕是一种欺骗。

妻子终于说话了。她看着无声抽泣的刘东，长叹了一声，说："刘东，你太可怜了……"

宽大的电视荧屏上一片雪花。

刘东站起来，走进卧室。

纯纯和衣蜷缩在床上，她已经睡着了，弯弯的眉毛微蹙着，圆圆的脸蛋上仍挂着一颗泪珠。

刘东替她盖好被子，用手抹去那颗泪珠，轻轻亲了亲她的脸颊，但一颗更大的泪滴坠落在女儿小巧的鼻梁上，那是刘东的。他俯在床边，喃喃低语说：

"爸爸对不起你，你想看《机器猫》，爸爸不让你看；你饿了，爸爸不让你吃。孩子，你知道今天是个特殊的日子吗？你不懂，等你长大才会懂，你懂了就会原谅爸爸的。"

2

谭晓彤有一段时间没来大洋夜总会了。

晚上，他们通常去玫瑰音乐吧或来这家夜总会。"大洋"的老板是张超骏的朋友。

那天中午，谭晓彤冲完澡，身上裹着浴巾从卫生间走出来。

张超骏还躺在床上，他说："晚上去'大洋'怎样？我明天就走了。"

谭晓彤说："……等你回来再去，好吗？"

张超骏坐起来，靠在床头，打量着她，说：

"晓彤，你好像有事，这段时间你老是心神不宁的。"

"还不是因为你要出差……"

谭晓彤坐在床沿上，去掉浴巾。他从后边搂住她，把她拉到怀里。

"真的吗？真的是因为我要走？"

"你说呢？"

她轻轻拧了他一下，重新坐起来。他又从后边搂住她，手掌捂在她的乳房上。她把他的手往下按了按，没按动。她不动了。他在她耳边说："你在骗我，告诉我实话，要不我不放开。"

谭晓彤犹豫了一下，说：

"……刘东，他……"

"刘东？刘东是谁？噢，我知道了，你丈夫。他发现什么了，难怪这段时间，你晚上都不和我见面了……"

"不是，不是我们……"

"不是我们？什么意思？到底怎么回事？"

谭晓彤拿开他的胳膊，起身从沙发上拿起内衣。她说："你知道那个李得金吧？"

"李得金……我认识他，一个黑胖子，花洲酒厂的厂长，怎么了？"

"我想做他们的代理。元旦前，他来了一趟，约我到蓝天假日。"

谭晓彤边穿衣服边告诉他那件事。他笑起来。她红着脸瞪他一眼，说："这有什么好笑的？"

张超骏笑得更开心了，说："一边是吃醋的丈夫，一边是李得金，哎，宝贝，你真的没有和他……"

"滚你的吧！"

谭晓彤娇嗔地抓起床上的浴巾，扔到他的脸上。他嬉笑着，说："跟你开个玩笑嘛……"

"快起来吧，你美丽的杨总找你该找疯了。"

张超骏从床上跳下来，很快冲了个澡，穿戴整齐。谭晓彤替他把领带系好。她把手背到后面，退一步，上上下下打量他，点点头，说："嗯，这才像个好孩子。"

她与他同岁，只是生日上大几天，所以，她觉得有权称他为孩子。

张超骏走过去，拥住谭晓彤，在她的额头吻了一下。谭晓彤说："那个杨小姐可是比我年轻漂亮得多……"

"呵，吃醋了，我还没见过你吃醋的样子，让我看看……"

谭晓彤推了他一下，说：

"去，谁吃醋，衣服我给你收拾好了，放在皮箱里。"

"谢谢。"

他狠狠地搂了她一下，然后松开了。

张超骏一去就是二十多天。"宏基"刚建好一个大型商贸城，他到南方几个城市去招商。最初几天，张超骏打来过几个电话，后来就没再打了。她知道他是个工作狂。她给他打。接电话的却是那个杨小姐，她一下子就没了兴趣，简单说了几句就匆匆挂断了。

那时，他们是在珠海，现在到哪里了？谭晓彤不知道。她不想打他的手机，让他以为她在跟踪他。

她等他回来。她不想让对方看轻自己，特别是那个同行的杨小姐。

他们有这种关系快两年了。他总是飞来飞去，像这样的分别也是时有发生的，但她从来没有像现在这样，牵肠挂肚，心里空荡荡的。

她想他，非常地想。活到三十三岁，她还从没有像现在这样想念一个人。

思念是一种幸福，也是一种折磨。

谭晓彤感到浑身无力，两腿发软，她不知道这是怎么了。近两年来，她还从来没有这种感觉。是不是因为家里发生的那件事，气氛太过于压抑？

有时，中午她独自到他们的小巢去，她想像以前那样，独自躺在床上，把他的枕头拥在怀里，在温馨的回忆中，幸福地睡上一觉。

但这次不行了。在与他断了联系的日子里，她从未睡着过。她的渴望、惆怅和寂寞，再也得不到抚慰，反而加强了。

她想去他们常去的玫瑰音乐吧。但她没敢去，那里幽静的环境、桌上的玫瑰，以及一对对喁喁低语的情侣和充溢不绝的抒情音乐，都将是对她的折磨。

她觉得自己正在枯萎下去。

下午，她提前下了会儿班，到美容院做了保养。做完后，她来到"大洋"。

她找了一个座位坐下来，要了一听苹果汁。不少人在点歌，先后有两个男人来邀请她跳舞，她都摇头拒绝了。今晚，她既不想唱歌也不想跳舞，她只想在这里坐一坐。

一个丰满、高个的维吾尔族姑娘随着音乐翩翩起舞。她穿着艳丽的花长裙，戴一顶小巧的维吾尔族小帽。她不断旋转，辫子和长裙飘起来。那么顺畅、自然、美妙，仿佛一枚花瓣漂浮在溪流上。

谭晓彤完全被吸引了，待舞蹈结束，她情不自禁地鼓起掌来。

就在这时，她的电话响了。她掏出手机走到过道里，那里相对安静一些。她告诉刘东她在做脸。她想再坐一会儿就该回去了，但她忽略了周围嘈杂的环境。

看到他，是在她重新坐下之后。

当意识到是张超骏坐在那里，谭晓彤一下子惊呆了。时空在那一瞬间发生了倒错。是他吗？怎么能是他？他应该在南方的某座城市呀，难道现在只是一场梦境？

她知道这不是梦，那确实是他。她不会认错与自己肌肤相亲两年之久的男人，尽管灯光那么暗淡、变幻不定。实际上，他们只相隔两张桌子。

谭晓彤脸色惨白，手脚像死人一样冰凉，她的心往下沉，一瞬间，仿佛停止了跳动。她不知道他们是一直坐在那里，由于她刚才过分关注那位新疆姑娘的舞蹈而没有注意到他们，还是在她出去接电话时，他们刚刚来到。

谭晓彤的心狂跳起来，那不像是一颗心脏，更像是一台马力强劲的机器，把她的全身都震动了。

他们那么亲昵，两颗脑袋几乎贴在一起。他们在喝酒，不用看，谭晓彤就知道他们喝的是法国产的白兰地，就像自己和他在一起那样。杨良似乎很能喝酒。现在，他们碰了一下杯，各自把杯中的酒喝干。

张超骏重新把酒斟上。杨良用她细长的手指捏着纸巾，探身沾着他的嘴唇，她的眼睛流光溢彩，动作轻柔缠绵。张超骏用另一只手捏了捏她的鼻梁。然后，他们笑了。

谭晓彤闭上了眼睛，眼泪同时涌了出来。作为一个过来人，她清楚地知道，南方之行使他们的关系发生了质的变化。

她终于明白为什么接不到他的电话，为什么心中空落毫无依托，为什么那样惶惑不安、惆怅孤独。

她有预感，但她不愿承认。现在，预感得到了证实。

谭晓彤不是个小肚鸡肠、嫉妒成性的女人，他们的关系维持这么久，这一优点占了不小的比重。天下的女人没有不嫉妒的，不嫉妒是她自信自己的地位不会受到威胁。

张超骏是个事业成功的男人。他的公司里尽是花枝招展的女孩子。而漂亮女人的目光又总是盯着成功者。但谭晓彤没有把她们放在眼里，她们不是她的对手，更不是张超骏所喜爱的。她们漂亮但肤浅，追求精致的生活，骨子里却低俗、平庸。

但杨良是个例外。第一次见到她，谭晓彤便意识到这一点。杨良是一个海归，气质高雅，年轻美丽，精力充沛，待人接物热情大方又彬彬有礼。她身上散发出的超凡脱俗的魅力，使谭晓彤也不得不用一种欣赏的眼光去看她。

在她们见面之前，张超骏不止一次地在她面前流露出对杨良的欣赏与赞美。

第一次见面是在一个冷餐会上。谭晓彤是以商业伙伴的身份出席的。但她相信，她与张超骏的关系躲不过这位新任总经理助理的眼睛。

对于两个聪明女人来说，她们只需相识一笑，便知道了各自的内心。

谭晓彤相信，只要她愿意，张超骏会立即拜倒在她的脚下；同时，她也相信，只要张超骏愿意，这位洋硕士迟早也会投入他的怀抱。

在平静状态下，他们并没有真正谈论过未来。张超骏不谈，谭晓彤决不会主动去谈。张超骏是一匹马，他不会或暂时不会在他的背上架上一副鞍，更不会把缰绳递给别人。

这注定是一段没有结局的恋情。

她曾告诫自己，没有结局就没有结局。只当是一株迟开的花朵，但令她始料不及的是，当它突然凋零时，她竟是这样伤心、绝望、难以释怀。

她清楚这无法挽回,与刘东十年的婚姻,一朝可以背离,与张超骏又有什么?一段情?情是什么?情是一阵风,来无踪去无影。风过时刮动绿树摇曳,风过后落下残枝败叶。

如果不是那次出差,不是那次突发事件,谭晓彤也许不会那么早地投入张超骏的怀抱。

他们住在三亚临海的一家酒店里,在十二楼。他们相邻而居。

深夜,谭晓彤被一阵激烈的闷响惊醒。她以为是鞭炮声。接着,她听到了跑动声和叫喊声。一个声音一遍遍地叫着:我们是警察,在执行任务,请旅客们不要出门走动。声音通过喇叭和木门传进来有些失真。

闷响仍在继续。当谭晓彤意识到是枪声时,她忽地从床上坐了起来,吓得浑身发抖。她不知道外面发生了什么。枪声虽然沉闷,听起来却又很近,似乎就在她的右隔壁。想到隔壁,她的心一下子提到了嗓子眼。张超骏就住在她的左边呀!

这时,电话响了。

她哆嗦了一下,神经质地抓起来,是张超骏。他告诉她是警察在抓罪犯。他温柔地说:

"晓彤,躺到床上,我听出你的声音都在发抖,别怕,乖乖地躺到床上去。"

她说:"我全身都在发抖……"

他说:"听我的话,躺到床上,把自己盖好,子弹穿不过墙壁。"

他又说:"警察叔叔很能干,一会儿就完事了。你不觉得这种场面很刺激?以前我们只在电影中见过。亲身经历一下,让你终生难忘。"

他最后说:"躺下了吗?我保证一会儿就完事。你听,已经没有枪声了。"

枪声确实没有了。张超骏的话也缓解了她的紧张。

过了一会儿，电话又响了。她钻出被单，拿起话筒。张超骏向她报告消息说，战斗胜利结束了，共两名罪犯，一个被击毙在房间，另一个跳楼身亡。

他问："还怕吗？要不，要不我过去陪陪你……"

她说："……不……"

他问："是不怕呢，还是不让我陪？"

她说："……我想，我能行……"

周围逐渐安静了。谭晓彤轻轻从床上下来，走到窗口，悄悄扒开窗帘，向楼下偷窥。一棵高大的椰树旁，几辆警车的警灯无声地闪着。一群人围在一起。她看到闪光灯的亮光和仆在地上的人形；接着，有人用一张白布盖住了它。

她的小腿肚一阵阵发凉。她退到床上，重新把自己盖起来。她闻到有一种奇怪的气味在灰暗中浮动，而且越来越重。她仔细辨着，闻到了火药、木屑、空气清新剂的味道，闻到了血的咸腥味。它们溶合在一起，充斥了周围的空间。

谭晓彤蜷缩在被单下。她觉得那种气味无孔不入。她想象着她的隔壁有一具尸体，在黑暗中，静静地躺在血泊之上，面目狰狞，血肉模糊，一摊黏稠的血汇在墙根儿，它们就要渗过墙壁，爬到她这里来。谭晓彤越想越怕，越怕越想，她被自己的感觉和想象折磨着，浑身抖作一团。

她拨了他的电话。

张超骏拉开门。谭晓彤像个孩子一样投到他的怀里。张超骏搂住了她。门在他们背后轻轻地碰上了。

他们相拥着靠在门上，一动不动。

良久，他在她耳边柔声说："还怕吗？"

"……抱紧我……"

他搂紧了她,用牙齿轻轻咬她的耳轮,然后,含住了她的耳垂。她的呼吸逐渐变得局促。他把她的睡衣的细带从肩膀上捋了下去。她浑身瘫软。她的柔情溶化了他,他早已激情难抑了,抚摸着她,狂吻她的脖颈、胸脯。她呻吟一声,几乎昏倒在他的怀里。

…………

他们并排躺在床上。他温情地问她,当时那么多人去公司应聘,为什么选中了她。她说不知道,只感到幸运。自己没有一点广告从业的经验,在那一群应聘者中,岁数又偏大。

他用一只手肘支着面颊,侧身凝视着她。

"是因为你这双眼睛。"

她的脸红了,含情脉脉地说:

"同时去应聘的,比我年轻漂亮的有好几个……"

"我不是选美,我是在选一名经理。你的眼睛当然漂亮,但我注意的是另外一种东西。你的眼睛表面上有一层胆怯,但在它的深处,我看到了挑战。胆怯只是担心别人会不会承认你,一旦你得到最初的承认,肯定会干出一番事业。你是个要强的女人,身上憋着一股劲儿,我没说错吧?"

她微笑着看他。

他把她搂在怀里,抚摸着。她贴紧了他。

…………

那个夜晚,他们没有怎么睡觉。

谭晓彤初次偷情,如同第一次经历枪战那样,让她刻骨铭心。

后来,张超骏问她,第一次见她,他给她留下什么印象?谭晓彤想了想,说:"年轻,再就是自大。"

与他的成功相比,张超骏确实显得年轻了点。最初,谭晓彤甚至不相信他那么年轻就有上亿元的资产。她常听公司的女孩子们私下议论这个未婚男人的传奇经历，但她从未参与过她们的讨论。对于他，她知之甚少。

她没有想到张超骏会主动接近她。

第一次是去"大洋"夜总会。

张超骏带领着公司的几位副总，还有几位漂亮小姐，她们是公司公关部的。张超骏亲自打电话叫上了谭晓彤。

谭晓彤没有想到是去"大洋"，在此之前，除了工作上的关系，她从未与公司的上层有过纯属私人性质的接触。

更令谭晓彤受宠若惊的是，张超骏邀请她上了他的奔驰，并亲自为她打开了车门。谭晓彤平生第一次坐上这么高级的轿车。宽敞、平稳、舒适、纤尘不染。她由衷地赞叹："这车真漂亮。"

在"大洋"，谭晓彤安静地坐着，心却莫名其妙地跳着。夜总会她不是没有来过，在单位上班时，偶尔也有人请，她和单位的同事一起来过几次。但这次的感觉不一样。

同行的几个女孩显得见多识广。她们嘻嘻哈哈说笑不已，不停地同人打着招呼，仿佛自小就在这种环境长大一般。在迷蒙的灯影里，她们就像一群美丽的热带鱼，自由自在地游来游去。

谭晓彤禁不住有些自卑。

一曲终了，张超骏坐到了她的身旁。他希望谭晓彤与他对唱一首《东方之珠》，她本想推辞，但歌已经来了，只好站起来，第一段唱得有些别扭，第二段就自然多了。后来，又对唱了首《心雨》。谭晓彤逐渐找到了些感觉。

整个晚上，他们没有分开，唱歌，更多的时间是跳舞。他们相拥着，沉默不语，一曲曲地跳下去。谭晓彤完全沉浸在里面，陶醉在里面。当他们不得不离开时，她甚至有些意犹未尽。

后来，他们又一起出去玩过几次，打保龄球、游泳或射击。

谭晓彤逐渐了解到一些张超骏的传奇经历。他是郊区人，没考上大学，带八百元去了深圳。在深圳，他什么都干过，保安、仓库保管，组装过电子元件，还进过玩具厂、鞋厂、服装加工厂。

张超骏把他个人能赚的钱全部投入股市。半年后，它们几乎翻了一番。这时，他已是深圳一家房地产公司的副总了。而他才只有二十八岁。

面对这个八百元起家，充满冒险精神的郊区人，面对这个年轻气盛、雄心勃勃的房地产商，谭晓彤敬佩不已。

如果说在此之前，谭晓彤离开单位，走进商海，只是为了改变家庭生活现状，满足争强好胜心的话，那么，逐渐地，谭晓彤已把它看作一份大有可为的事业了。

张超骏看得很准，谭晓彤确实有一股韧劲，在她身上，隐藏着冒险和挑战精神。在雄心勃勃的房地产商的影响下，谭晓彤也变得雄心勃勃了。

所以，正当谭晓彤把"宏基"的广告公司干得生龙活虎，在市内数百家公司中犹如骏马狂奔后来居上时，突然提出辞职，张超骏只是在稍一愣神后，便点头同意了。

他理解她。他知道他留不住她。

谭晓彤逐渐明白她最初为什么不敢直视张超骏。那是因为他的经历、成功、财富和自信在他身上形成了一个无形却有力的"场"，这"场"慑人眼目，使你无法直视。

现在，这些东西却异常强烈地吸引着她，激励着她，但她依然不敢直视他，不敢直视他的眼睛。

女人对男人的眼睛总是敏感的。

谭晓彤对张超骏眼睛里流露出的某种内容是再清楚不过了。如果最初她还能装作浑然不觉，加以躲避的话，那么随着他们交往的不断深入，她已预感到最终她将束手就擒。

她知道自己踏上了一条危险的道路，但她没有足够的力量去拯救自己。

他们经常在晚上一同出去。不再是一种集体行动,只有他们两个。选择的地点也发生了变化,他们躲避着嘈杂和纷扰,不再去夜总会、保龄球馆。偶尔到远郊的会所去游泳,在田野散步,更多的时候,他们躲在玫瑰音乐吧。

这里,精致、典雅,迷蒙的灯光下,花影扶疏,暗香流动。含情脉脉的环境鼓励着含情脉脉的心灵。

这里是恋人的花园。这里只开放一种叫爱情的花朵。

他们某一天走进这里,便再也不愿到别的地方去了。第一次走进去,便流连忘返,他们是最后一对离去的,那时,已近黎明。

三亚的夜晚,机会终于来到了。

从三亚回来的第一件事,便是在一个安静的小区营造了自己爱巢。

在这里,谭晓彤充分体会了肉体的战栗、生命的闪光。

她这才知道,男人与男人是那么的不同,男女之间本以为习以为常的事情,竟有那么多的秘密、乐趣和惊喜。

她禁不住拿刘东和张超骏相比,前者只是一杯白开水,只能用来解渴,喝多了使人发胀,后者则犹如美酒,让人沉醉、昏迷甚至疯狂。

最初,张超骏充满想象的做爱,让谭晓彤惊讶和不知所措。她慌乱而兴奋地说:

"在你面前,我简直像一个村姑……"

张超骏说:"恰恰是因为你太文明了。"

张超骏脱去了她的衣服,也脱去了她的文明。谭晓彤呈现的是纯粹的、激情勃发的肉体。俩人纵情欢愉,毫无禁忌。

张超骏就像一名高级调琴师,通过他的手把谭晓彤调试到最佳状态,弹奏出最激动人心的乐章。

张超骏说:"你是个好女人,我早就看出来了。"

谭晓彤问:"你经过很多女人吧?"

张超骏说:"她们大多目的不纯,又喜欢装腔作势,要钱我可以给她们,但在这种事上装腔作势最煞风景的。我喜欢共鸣,就像你。你是我真正需要的那种女人。"

谭晓彤面红耳赤。

她倾慕他的成功,更迷恋他的肉体。

有时,她想,有了这番经历,也不算枉来人世一遭。

谭晓彤曾担心,过分纵欲会使自己萎靡和衰老。但实际上,她更加容光焕发,工作起来也总是精力旺盛。人真是一种奇怪的东西呀。

3

谭晓彤异常疲惫。

她本以为自己已忘掉疲惫,恢复了青春。不想它们却积攒在某一个地方,为的是在某一刻一同向她袭来。

她的疲惫是深邃的,来自每一块肌肉,每一束经络,来自她的心。

她知道这是张超骏留给她的唯一印记。

就像一场游戏,无论如何盛装、逼真,终归是假的。狂欢之后,只留下疲惫。

既然是一场游戏,结束了就得离去,这是规则。

可谭晓彤并没有很快走掉,这使她自己也感到奇怪。在黑暗中,她的眼睛一刻也没离开过那对情侣,似乎窥探带给她的不是痛苦,而是快乐。

她过分迷恋自己的角色,而忘记了规则。

她的确体会到一种畸形的快感。

现在，张超骏和杨良一同站了起来。谭晓彤沉寂下去的心一下子又提了上来。

他们绕过一个个沙发，向门口走去。就在他们在门口消失的一瞬间，谭晓彤下意识地站了起来。

下雨了。

张超骏和杨良分别从两边的车门钻进了奔驰。尾灯闪了一下，车子启动了。

已经来不及去停车场的另一端开车了。谭晓彤当机立断，钻进了一辆停在马路边的出租车。

"跟上那辆车。"

说出这句话，她和司机同时吃了一惊。

司机似乎突然高兴起来。他问："是你丈夫？"

谭晓彤紧紧盯着前方，没理他。

司机看了看她，感叹说："哎，男人有钱就变坏。"

谭晓彤一点也不知道这样做的道理，但她无法控制自己。

司机又意味深长地看了她一眼，说："女人变坏就有钱。"

谭晓彤瞪了他一眼，说快点。

奔驰已上了匝道，绕了个圈上了高架桥。

出租车紧紧尾随其后。

当谭晓彤独自穿过寂静的楼群，站在她熟悉的门洞前，仰脸注视着三楼的一扇窗子时，她突然变得茫然无措。

为什么要跟踪他们？她来这里干什么？那一瞬间，谭晓彤脑中一片空白。她不知道接下来该做什么。

楼下停放着几辆汽车。谭晓彤看到了离她不远的奔驰。即使在灯影下、雨雾里，它依然闪着富丽华贵的光芒。

谭晓彤从地上拾起一小块被雨水打得发亮的玻璃，走过去，紧紧捏着玻璃的一端，把锐利的尖角露出去，刺——从车尾到车头，车身上留下一道深深的划痕。她扔掉玻璃，头也不回地向小区大门走去。

一辆汽车从后面开过来，谭晓彤并没有在意，只是往路边靠了靠，继续往前走。可汽车并没有从她身边开过去，而是靠近了她，并缓缓与她同行。她感到奇怪，扭头看了一眼，是一辆黑色凌志。与此同时，窗玻璃无声地滑落下去。

谭晓彤停下，说："怎么是你？"

李得金刹住车，说："是我。"

"你怎么在这里？"

李得金探身打开副驾驶的车门，笑笑，说："快上来吧谭小姐，瞧你衣服都湿了，会感冒的。"

谭晓彤没有犹豫就钻了进去。她冻坏了。车子里非常温暖。重新启动后，她又问他为什么会在这里。

李得金笑笑，说："你坚持要问，我就老实交代。刚才我也在'大洋'，我看见了你，就这么回事。"

"你为什么跟踪我？"

"别生气，谭小姐，我只是担心你，我看你有点……"

"你什么都知道了？"

"我知道啥？我啥也不知道。"

谭晓彤知道他在撒谎。她与张超骏的关系在圈内也算是公开的秘密。李得金虽不在本市也不会充耳不闻，况且他对谭晓彤也颇为用心。年前，在蓝天假日酒店，他明白地向谭晓彤表露了心迹，希望她成为他的私人朋友。那时，他可能还不知道她与张超骏的关系。谭晓彤婉转又不失体面地拒绝了他。他当时甚至谈到了婚姻。谭晓彤觉得挺可笑，男人与男人是多么的不同！他可能是真心的，但谭晓彤却不可能与他走到一起。

由于刘东的突然插入，谭晓彤放弃了花洲集团的广告代理权，这使得李得金百思不解，他想是他得罪了谭晓彤。他曾打电话给谭晓彤，如果是他的鲁莽冒犯了谭小姐，他愿意负荆请罪。谭晓彤笑着告诉他，他一点也不鲁莽，而且是相当文雅的，他一点也没冒犯她。她是因为太忙才放弃了这次代理。李得金当然不相信她，有什么会比生意更忙？谭晓彤温柔地说明年吧，明年我一定跟你合作。

谭晓彤的脸颊一阵发烫。她还是感到了难堪和窘迫。她虽然对李得金自作主张的行为有点恼火，此刻却无法把火发出来。

她沉默着。

李得金并没有看她，这使她稍稍好受一些。他似乎只一心开着车。她心里又有点感激他，如果没有他，从这么偏僻的地方，这深更半夜的，她该如何回家？这个问题被她彻底忽略了。

很快上了外环道。路上车辆稀少。车灯的光柱直指前方，细小的雨丝如密集蒸腾的雾团，随风飘浮。能见度很低。

进入市区，李得金关切地问：

"谭小姐，现在去哪儿？"

"回家。"

她几乎是脱口而出。李得金扭头看着她，说："你就这样回家？要不……要不去买套衣服换上？"

"谢谢你，不用了。"

谭晓彤靠在柔软、舒适的座椅上，浑身无力。她想她已经走得太远了。她太累了，是该回家的时候了。她闭上了眼睛。刘东和纯纯恐怕早已睡熟了。想到家、想到丈夫和女儿，谭晓彤心中涌出一股暖流。

刘东那么善良、宽厚，为支持她，默默无闻地操持了全部家务，还把纯纯照顾得那么周到。纯纯多可爱，那么的聪明、漂亮。

她和刘东曾一起为女儿设计一个又一个美好的未来，可她把它们都淡忘了。

谭晓彤无声地流出了眼泪。

"谭小姐，你没事吧？"

"……没事，请你开快点……"

有家真好，当一个人无路可走时，他首先想到的肯定是家。谭晓彤想，她要重新开始。她会是世界上最好的妻子和母亲。她本来就是。她要让丈夫和女儿为她骄傲。

该怎样面对刘东？保持沉默还是向他忏悔？她对刘东曾那么的居高临下，不屑一顾。这对一个男人来说是残忍的。

刘东无声的哭泣再次出现在她的眼前。她知道她伤透了他的心。

她决定向他坦白一切，求得他的原谅和饶恕。

刘东下楼之后才发现下雨了。但他一点也没有想到要上楼去拿一件雨具。

刘东没有犹豫地朝院门走去。

院门外是一条正在扩建的马路。马路边有一堆一堆的沙石、土堆，以及用于埋藏地下的下水管道。

刘东沿着路边向前走。

小雨似乎越下越密。路灯下就像撒开一张灰色的网。地面已经湿润了，变成了黑色。

正在拓宽的路段并不长。刘东一会儿就走到了头，前面是一座竣工不久的三层立交桥，它被高耸的塔式路灯照射得一片通明，最上一层如彩虹一般从楼群间飞渡而过。

走着走着，刘东失去了主张。他不知道该往哪里走。他断定妻子在欺骗他，可他到哪里去找她呢？全市有数不清的娱乐城、夜总会。他只是一时冲动走了出来。

他决定在这里等候。

通常情况下，妻子回家会走这条路。

雨仍然下着。刘东似乎没有感觉。

夜深了。来这里的车很少，四周一片阒寂。

终于又有一辆车从立交桥上滑下，朝这里开来。是一辆黑色轿车。他模糊看到车头上的"L"。凌志，他心动了一下。

车灯照亮了前面正修整的路面。黑色凌志在路边停了下来。车内的灯亮了。一个女人从司机旁的座位上下来。男人从另一边下了车。男人绕过车头走过去，他们站到了一起。

"……不用了，我能行，前边就是……"

"……有事就给我电话……"

"……我会的……"

"我等着……"

凌志调头，开上了桥。

刘东的身体绷紧了。像一条蛇突然袭击了他，毒液迅速在他的血液里漫延。他的身体瑟瑟发抖。

他走了过去。

"刘东？你怎么在这里？孩子呢？"

"你还知道孩子？"

"咱回家吧，刘东。"

"你还知道回家？"

谭晓彤听出了刘东声音里的切齿和冰冷。她愧疚地笑了一下，与此同时，听到一声脆响，面颊顿时像火烧一样疼痛。她没有看到刘东挥动手臂，巴掌便像鞭子一样抽在她的脸上。

谭晓彤突然受到重重一击，脚下一滑，摔倒在身后的一堆碎石上，手中的包也甩了出去。她瞪大了眼睛，恐惧地看着刘东。

"东东……"

"你一直和他在一起？"

"是的，不……刘东咱回家吧……"

谭晓彤刚刚艰难地坐起来，便被疯狂的刘东重新扑倒。刘东用手卡住了她的脖子。

"你还在欺骗我。你一直和这个畜生在一起，你一直欺骗我……"

谭晓彤痛苦地扭动着脑袋。

"东东……别这样……东……带我回家……"

刘东用膝盖顶着谭晓彤的腹部，左手仍紧紧地卡住她的脖子。她的双腿剧烈地踢蹬着，本能地进行着抵御，但无济于事。刘东的力量太大了。她的眼睛越睁越大，刘东用另一只手不停地抽打她的面颊。

现在，刘东几乎把整个身体都压在了谭晓彤的身上。谭晓彤拼命扭动着，喉咙深处发出低沉而绝望的哀鸣。她用最后的力气推拒着卡在脖子上的手腕。她的指甲深深抓进了他的肉里。尖利的疼痛没有使他清醒，反激起他更大的仇恨。他抄起一块石头，不断砸向她的脑袋。

"……骗子……荡妇……婊子……贱货……"

刘东气喘吁吁，狂暴地号叫着。疯狂的石块像秃鹫丑陋的巨喙，不断啄向谭晓彤的前额、脸颊、鼻梁、眼睛……

谭晓彤安静了。

刘东也安静了。

谭晓彤无声无息地躺在石堆上。刘东坐在她的身旁。

雨仍然下着，不紧不慢。

刘东好像刚刚经历了一场梦魇，全身瘫软。他木然、吃力地把妻子搂在怀里。几秒钟之后，嘶哑、瘆人，犹如荒原巨兽般的悲鸣冲口而出。